Andrea Morgari

1972!

Andrea Morgari

1972!
Ein kanarischer Gesang

Erzählung

FSC
www.fsc.org
MIX
Papier aus ver-
antwortungsvollen
Quellen
Paper from
responsible sources
FSC® C105338

Bibliografische Information der Deutschen Nationalbibliothek:
Die Deutsche Nationalbibliothek verzeichnet diese Publikation in der
Deutschen Nationalbibliografie; detaillierte bibliografische Daten sind im
Internet über http://dnb.dnb.de abrufbar.

Lektorat: Kuno Rinke
Cover und Gestaltung: Kuno Rinke
Coverfoto: Franco Radura (DGPh)

Herstellung und Verlag: BoD – Books on Demand, Norderstedt

ISBN: 978-3-7562-1644-4

Salud! den spanischen Demokraten, Sozialisten,
Kommunisten und Anarchisten
gegen die Franco-Diktatur

Eins

Es brach das Wetter am Siebengebirge, die Stoßfront riss entzwei von Kuchenbach bis Bockeroth. Milchweiß steppten letzte Wolken über Sonderbusch, der Saum nordwärts schon zerfleddert, im Süden ein Gespinst aus Zementstaub, der Wind ließ es beben wie ein Leintuch. Unterirdisch blau pflügte in der Mitte ein Keil nach Osten, darin kein Staubkorn mehr und die Luft oxydiert. Der Sturm funkte nur noch Radiowellen, er hing sie an den Himmel des Hügellandes hinter dem Heiligenhäuschen von Hartenberg.

-- Schau dir das an! Als ob eine Invasion vom Mars bevorstünde.

Frank bremste und landete halb im Graben. Er sprang aus dem Wagen und lief zur Brücke über die Autobahn. Auf der Spiegelreflex aus Dresden war aufgeschraubt das 20er Flektogon, und eingelegt ein 400er Farbfilm von Fuji. Ans Geländer gelehnt belichtete er mit Blenden ab 4 in halben Stufen und war fertig mit der Serie vor einer ersten Regenbö. Er schob den Apparat unters Hemd und schlenderte zur Straße zurück. Der Regen war erstaunlich mild für die Jahreszeit.

-- Im Hemd! Du holst dir noch den Tod, Schatz.

-- Doch du passt ihn ab und bringst ihn auf andere Gedanken.

Frank fiel in den Sitz und reichte Vera die Kamera. Er zündete den Motor, fuhr aber nicht los, sondern lehnte sich zurück, legte ihr die Hand auf den Oberschenkel und sah sie an. Sie saß still und schüttelte dann belustigt den Kopf. Auf der Abfahrt nach Oelinghoven rubbelte sie sein Haar und kraulte ihn. Sie hörte auf, als er das Auto auf der abschüssigen Alten Poststraße in Stieldorf parkte.

-- Was wird das heute?

-- Ein Abwehrkampf. Und hoffentlich gibt es was Anständiges zu trinken.

-- Du wirst ihm nicht nachgeben?

-- Hab ich nicht vor.

Zwei

Das Haus lag im schrägen Licht, davor der rote BMW. Im Innern noch eine Ahnung von Almas Veilchenparfüm, alles wie gewohnt, nein, das Patriarchen-Gemälde des großen Wilhelm Zabel gegenüber der Garderobe fehlte.

-- Hast du den Schinken entsorgt oder noch deine Mutter?

-- Das hätte sich Alma nicht getraut, sagte Paul, die Putzfrau hat mich gedrängt. „Ist ein fürchterlicher Staubfänger, man braucht die hohe Leiter, die aber hat Ihre Mutter mitgenommen ...“

Vera lachte und hängte sich bei Paul ein.

-- Den Bau hätte ich auch genommen, da hältst du sogar das Kaff hier aus. Und sie hat dir auch ihren roten Flitzer überlassen?

-- Künftig will sie Lancia fahren wie Monica Vitti. Sie übt gerade stilgerecht in Mailand, die Bonner Wohnung im Römerlager hat sie schon perfekt gemacht.

Es klingelte. Inka und Mirabeau standen vor der Tür.

-- Wer kommt noch? fragte Vera, nachdem sie Mirabeau umarmt hatte.

-- Die Party ist komplett.

Paul winkte ins Wohnzimmer.

-- So reicht auch der Wein, stellte Inka fest, wir haben nämlich nur noch einen einzigen Probenkoffer.

Mirabeau und Paul waren auf dem Weg zum Balkon, Paul die Hand auf der Schulter des Wikingers.

Die Katze war rollig und machte einen Buckel. Sie streunte zu Frank, der vor der Bücherwand stand und rieb sich an seinem Bein. Inka berührte Vera am Ellenbogen.

Man versammelte und setzte sich.

-- Ich habe ein Art Flugblatt mitgebracht und einen Tipp-Schein. Womit soll ich beginnen? fragte Paul in die Runde, während Mirabeau eine Flasche Silvaner aus Rheinhessen entkorkte und eingoss, die Gläser standen bereit.

-- Was ist amüsanter?

8

-- Das Flugblatt der Maoisten, ich les mal vor: „Auf dem Höhepunkt des rheinischen Stumpfsinns, der sich als Frohsinn tarnt, lud auch dieses Jahr wieder das ZDF in seine Bonner Kulissen. Alle kamen, die meisten kostümiert. Und wer durfte nach Auskunft der werktätigen Genossin hinter der Theke wie selbstverständlich dabei sein? Frank Barreur, Inka Gotland und Anhang. Der Verwaltungsdirektor schmiss ihnen eine Runde nach der andern und diese Zierden des Salonsozialismus genossen die repressive Toleranz der Staatsmacht in vollen Zügen. Barreur scharwenzelte um die Focke rum, als wolle er morgen ihr persönlicher Referent im Kanzleramt werden. Nichts dagegen. Dann bleibt dem Graduiertenausschuss auf jeden Fall dieser Edelproletarier als Vorsitzender erspart."

Paul schaute in die Runde und merkte, dass seine Gäste das amüsant fanden.

-- Was war da?

-- Karneval! Wir waren zu viert und hatten natürlich keine Karten. Wir machten impertinent auf „SPIEGEL direkt aus Hamburg" und kamen rein. Als wir drin waren, hat Frank einen untersetzten Piraten an den Schultern gepackt, umgedreht und ergriffen angeglotzt: Du bist prominent! Du bist Lino Ventura! Der wehrte sich gar nicht erst, sondern hat gleich eine Runde ausgegeben und dann noch eine. Dass es ein hohes Tier im ZDF war, ahnten wir erst, als die Focke Frank für seinen Referenten hielt.

-- Also stimmt das mit der Focke?

-- Es war viel schlimmer, fuhr Inka fort. Frank ist nicht nur um sie herumscharwenzelt, er hat sie beim Tanzen mit beiden Händen unterm Po gepackt und hochgestemmt, damit sie sich auf seiner Heldenbrust abstützen konnte. Sie hat in seinen Haaren gewühlt und ihm Locken gemacht, sie hat die Arme geschwenkt wie das Funkenmariechen der Garde, sie hat gejauchzt. Alle haben geguckt und einige sogar geklatscht, es war genug Zeit dafür.

9

-- Und du, Vera? fragte Paul ungläubig.

-- Ich bekam das nicht mit, ich musste mich wehren gegen gewagte Griffe von Lino.

-- Nicht in der Métro, in den Räumen des Staatsfernsehens ging es Zazie an die Wäsche, prustete Frank los, ganz erfüllt von Raymond Queneaus Paris-Tableau, aus dem er Vera noch am Nachmittag vorgelesen hatte.

Vera schaute ihn abschätzig an, dann fiel ihr das passende Zitat ein.

-- „Du quasselst, du quasselst, das ist alles, was du kannst."

Inka nahm die Hand vor den Mund, die anderen waren offen amüsiert.

-- Und was ist mit dem Tipp-Schein? fragte Mirabeau nach einer Weile.

Paul schaute missmutig und antwortete nicht.

-- Paul, jetzt tu nicht so, als ob diese Sektierer mit ihrem doofen Flugblatt etwas bewirken könnten, warf Inka ein. Frank wird gewählt werden und wenn nicht er, dann ich, aber doch keiner von denen.

-- Bist Du sicher? Die Nummer ist gut formuliert und trifft einen Punkt.

-- Ja, aber bei wem? fragte Frank. Bei den Doktoranden?

Er musterte in der Stille das Gefechtsfeld und ging zum Angriff über.

-- Paul, Du hast uns gerufen, weil dringend über das Zeitschriften-Projekt zu reden sei, und es stimmt, eine Verständigung ist fällig. Mir scheint nach wie vor klar, dass wir ohne die Schreibkundigen aus den Institutsgruppen einen Start gar nicht erst zu diskutieren brauchen, denn mit unsern paar Hanseln kriegen wir vielleicht ein schönes Einzelheft hin, aber keinen ganzen Jahrgang. Mit der strammen Hegel-Fraktion aus den Institutsgruppen wird es allerdings auch nicht gelingen und schon gar nicht, wenn deren Spezis von der Marxistischen Gruppe in

10

München im Bunde sind, also die Propheten der frohen Botschaft, „Der Kommunismus kommt, weil er wahr ist." Diese deutschen Idealisten haben nicht ein Rad ab, sondern drei. Ich will nicht um den heißen Brei rumreden: Wie es aussieht, wird das Projekt nicht klappen. Ich bin deshalb dafür, dass wir uns überlegen, wozu wir politisch sonst noch gut sein könnten, und zwar mit Blick auf die ebenfalls fälligen Entscheidungen in puncto Studienabschluss und Berufsabsichten, das kann man ja sinnvoller Weise nicht mehr voneinander trennen.

An Pauls Antwort ließ sich ablesen, worauf er gefasst war und wogegen er sich gewappnet hatte.

-- Seit Wochen spielst du auf Zeit, François, nun willst du nur noch raus. Ist dir klar, was das bedeuten würde? Wenn wir die Beine langmachen, überlassen wir das Feld komplett den Maoisten, den Putzbrüdern und der RAF. Das kann der Anarchosyndikalist, der libertäre Gallier in dir doch nicht gutheißen! Was ist in dich gefahren?

Frank bekam einen Knuff von rechts und einen leichten Tritt ans Schienbein von gegenüber. Er zeigte keine Wirkung.

-- Paul, nicht auf diese Tour. Ich mache eine Rechnung auf, und wenn du sie für falsch hältst, dann erklär mir warum, aber komm mir nicht moralisch, mit Treu und Glauben hat unser Streit nichts zu tun.

-- François, ich wiederhole nur eine Ansicht, die wir bisher teilten. Wenn wir mit der Zeitschrift einen erstklassigen Auftakt hinlegen, binden wir am Ort die kluge Hälfte der IG an uns und bingo. Bundesweit werden wir alles haben, was Anderen abgeht, Einfälle, Klasse, Freigeist und Kohle. Und dann sitzen wir auch noch da, wo die Musik spielt und das Politorchester mehr Infos versenkt als veröffentlicht. Wir können eine kleine, feine publizistische Macht werden jetzt, wo die linke Szene derartig zerfasert.

-- Ja, eine Macht in der Szene, aber die Szene ist schon lang keine Macht mehr, sie wird nicht einmal als Szene überleben. Das

11

antiautoritäre Luftholen, der freche Übermut, das Denken, das sich nicht imponieren lässt: Ist doch alles überlebt! Stattdessen Sekten, die sich kommunistisch kostümieren und Kim Il Sung anbeten, Buchhändler, die geklaute Bücher ungelesen verhökern, ausgemachte Idioten, die ihresgleichen zum bewaffneten Kampf aufrufen und sich im Alltag vom kleinen Klassenverrat der Bourgeoisie nähren: Das ist die Szene heute, ein toter Hund wäre besser. Mein Erzeuger war lesender Arbeiter, und mich haben Karl Marx und Georg Lukács nicht als Propheten berauscht, sondern etwas gelehrt. Den doofen Driss dieser Sektierer ertrage ich nicht, da hast du völlig Recht, ich will raus!

-- Frankie, was soll die Schärfe? ging Inka dazwischen. Du wirst doch nicht gleich emigrieren wollen, oder?

-- Na ja, wir könnten Wein in Australien anbauen, bemerkte Mirabeau Schulz, und Vera Mühlen hob ihm, von blond zu blond, von werktätig zu werktätig, das Glas entgegen.

Paul ging zum großen Fenster und drehte Sonnenschutz ein. Auf dem Rückweg nahm er aus der Brusttasche einen Tippschein von Nordwestlotto und schwenkte ihn wie ein seidenes Taschentuch. Alle Blicke richteten sich auf ihn.

-- Tust du wirklich tippen? fragte der Pfälzer in Mirabeau.

-- Ja, habe ich von meinem Opa mütterlicherseits. Der erklärte, das ist die einzige Möglichkeit, reich zu werden, ohne wie dein Vater die Arbeiter auszubeuten und die Kunden zu betrügen.

-- War dein Opa Kommunist?

-- Nein, er war bei den SPD-Abweichlern, bei denen auch Brandt war. Er hat nie gewonnen, sagte er mal.

-- Aber du offenbar? fragte Vera.

-- Ja, auf meinen Haufen hat der Teufel sogar doppelt geschissen, erst Ausbeutererbe, jetzt Lotterieasche.

-- Einen echten Haufen? wollte Vera, leicht ungläubig, wissen.

Die Katze machte wieder einen Buckel, und Frank streichelte sie mit sanftem Druck in die Waagerechte zurück.

12

Paul hatte Platz genommen. Erneut bewegte er sachte den Schein.

-- Ich dachte mir schon nach dem letzten Treffen, dass es nicht einfach werden würde mit dieser Aussprache über das gemeinsame Vorhaben. Also habe ich gut sozialistisch einen Plan gemacht, bei Nordwestlotto getippt und mit mir selbst einen Vertrag geschlossen, Inhalt: Wir fünf sind eine Tippgemeinschaft, alle anfallenden Gewinne bis 10 000 DM werden nach einer Vorgabe gleich geteilt, alle Gewinne darüber hinaus gehen an mich. Und siehe da: Ein Gewinn ist über mich hereingebrochen, man könnte an den Herrn glauben!

-- Und warum du so viel? wollte Vera wie aus der Pistole geschossen wissen.

-- Weil ich den Schein bezahlt habe, du Herzchen.

Mirabeau begann zu lachen und blubberte, „den Vertrag hätt ich gern mal schriftlich, du erzählst uns einen vom Pferd." Frank lachte mit: „bis 10 000, immerhin eine runde Summe!" Die Frauen lachten nicht, sie hatten die Nase im Wind.

-- Du hast wirklich gewonnen, du bescheißt uns nicht? Wie viel? wollte Vera wissen.

-- Und wie viel fällt für uns ab? legte Inka nach.

-- Und was heißt nach einer bestimmten Vorgabe? fragte Mirabeau, aber das ist jetzt nicht so ernst gemeint, fügte er hinzu.

Paul steckte sich eine Gauloises an.

Zu Almas Zeiten war Rauchen nur knapp unter dem Dach erlaubt, wo es eh nach Kamin roch. Obwohl die Vier auch Raucher waren, folgte niemand dem Beispiel, sie waren gebannt.

-- Der Vertrag sieht vor, dass die Gewinnsumme dann ausbezahlt wird, wenn ihr einwilligt, euch unmittelbar nach dem Gewinn paarweise, aber über Kreuz nach Spanien zu verfrachten, dort binnen 14 Tagen die Kohle bis auf den letzten Pfennig zu verprassen und spätestens eine Woche nach Rückkehr unter Fünfen einen Bericht über das Leben und die Liebe unter Spaniens

Sonne zu erstatten: entspannt und wohlwollend, was unser Projekt anlangt. Mein Anteil wird fällig, wenn ich dann einen Plan für die verbleibende Summe vorlege, der eure Zustimmung findet. Ist doch fair, oder?

-- Ich habe schon eine Idee für das große Geld, falls du scheiterst: Du schließt dann Lebensversicherungen für uns alle ab, das befördert den revolutionären Elan, schlug Inka vor und drehte mit beiden Händen an zwei imaginären Eiern, als seien es Birnen in einer Lampenfassung.

-- Was heißt paarweise und über Kreuz? wollte Mirabeau wissen und tat es gestisch Inka nach. -- Schweinekram?

-- Zeig zuerst die Kohle! Vera wackelte und hüpfte auf dem Po wie vor zwanzig Jahren an Weihnachten.

Paul stand auf, holte aus dem Steinregal neben dem Kamin eine schwarze Aktentasche aus Kunstleder, öffnete sie am Rauchtisch und packte fünf Couverts und einen blauen Gummisportbeutel aufs Glas. Auf den Couverts stand rot 2 000, auf dem Sportbeutel gelb und schwerer lesbar 68 670.

-- Lire oder Schilling? ätzte Frank.

-- Das ist ein Fünfer mit Zusatzzahl, sagte Paul und legte einen Brief von Nordwestlotto dazu.

Frank griff den Sportbeutel, zupfte die Verschnürung auseinander und kippte den Inhalt auf den Tisch. Der Inhalt war blau und gebündelt, es waren Hunderter.

-- Hey, sagte Frank zu Paul, spinnst du?

Mirabeau stand auf, ging zum Gartenfenster und zog den großen Vorhang zu. Inka und Vera gaben einander Feuer, Frank steckte sich zögernd eine Reval an. Paul war regungslos.

Mirabeau, nun auch Raucher, beendete nach einer Weile das Schweigen.

-- Jetzt nochmal, Paul, fürs Protokoll.

-- Du mit Vera zum Beispiel nach Gran Canaria, Inka mit Frank nach Teneriffa oder nach Andalusien, Euer Anteil reicht für 14

Tage in erstklassigen Hotels, danach wird berichtet, ihr entspannt, ich professionell, und dann sehen wir gemeinsam weiter. Für die Buchung das Reisebüro Siebenmorgen nehmen, da ist vorgesorgt und ihr könnt noch am Wochenende weg. Das Geld überweise ich morgen, Vertrauen gegen Vertrauen. Und jetzt ist Sense, lasst es auf euch wirken. Schenk den Pinot noir ein, Mirabeau, danach gehen wir zu Sutorius essen. Besprechen könnt ihr euch zu Hause.

Als die zweiten Gläser gefüllt waren, hob Frank das seine und schaute Paul in die Augen.

-- Auf Dein Wohl, Paul! Dein Großvater würde beifällig nicken, dein Herr Vater aber wäre stolz auf dich.

Sie tranken.

-- Diese Runde ist gegen alle Erwartung an dein Herrchen gegangen, sagte Inka zu der Katze, die den Schwanz steil aufgestellt hatte.

Drei

Frank wartete vor Tchibo und beobachtete Vera, wie sie in der strahlenden Mittagssonne die Remigiusstraße herunter stöckelte und der Jahreszeit trotzte: Minirock, offener Wollmantel, Beine wie aus der Kunert-Reklame, schwarz bestrumpft, auf der Nase eine große Sonnenbrille. „Die gesamte Beamtenmittagspause ist scharf auf deine blonde Madonna", hatte Mirabeau das gelegentlich kommentiert.

-- Ich bin spät, die Referenten-Runde des Gesamtverbandes hielt mich auf, begrüßte sie ihren Mann, Ingenieure können hartnäckig sein.

-- Kein Wunder, lächelte Frank und kniff sie sachte in die Taille, als sie ihn links und rechts küsste.

Zwei Kaffee in der Hand fanden sie einen Platz am Eingang mit Blick auf Carthaus gegenüber. Vera schaute Frank erwartungsvoll an.

-- Kein Ort für tiefschürfende Erörterungen, sagte der und registrierte missmutig die indezente Aufmerksamkeit ringsum. Er zündete eine Reval an.

Vera ließ sich nicht ablenken.

-- Sag schon, was treibt Paul? Hast du mittlerweile eine bessere Idee als gestern?

-- Nein, er versucht ein Spiel mit uns, er will uns seinen Willen aufzwingen. Was soll es sonst sein? Das hat er den Kommunisten abgeguckt, die haben so ihren Nachwuchs kirre gemacht.

-- Bist du wirklich sicher, dass das die Hauptsache ist?

-- Ja.

-- Und das mit dir auf keinen Fall?

-- Für 2 000 oder 4 000 Mark? Wenn ich eine Chance hätte, auch über die 70 000 zu bestimmen, sähe es vielleicht anders aus. Hätten wir die?

Frank versank in Gedanken, und Vera übersah die Blicke ringsum. Beide waren ernst im Gedränge bei Tchibo.

-- Er ist echt ein Schuft, sagte Vera schließlich ohne Schärfe, er weiß, wie gut wir nach der Plackerei des Winters einen doppelten Frühling gebrauchen könnten. Meinst Du, dass er uns wirklich auseinanderbringen will?

-- Uns beide?

-- Ja, oder uns alle.

-- Wegen der Zeitschrift?

-- Ja, oder aus sonst welchen Gründen.

Frank schob die Augenbrauen zusammen.

-- Was meinst Du damit? Aus sexuellem Interesse?

Vera schaute erschreckt in die Runde, aber niemand hatte aufgemerkt.

-- Was weiß ich? sagte sie. -- Welchen Reim machst du dir auf unsere Beziehungskisten?

-- Keine Ahnung. Worauf willst du hinaus? Bin ich wieder naiv?

16

Vera schaute auf die Gasse, Frank auf die Uhr. Als er friedfertig nachbessern wollte, pflügte Arno durch den Laden, direkt auf sie zu. So sagte er bloß „heute Abend mehr, Schatz", entschuldigte sich nach der Begrüßung des Hünen und brach auf.

Arno Hübner war ein Sonnenschein und ein Dichter und gerade wieder für den medialen Auftritt und die Reklame in Veras Verband engagiert worden. Vera mochte seine Stimme und sein herzliches Wesen, sie strahlte mit ihm um die Wette. Seine monumentalen 1,92 verunsicherten sie unterschwellig, da allerdings stärker als die Messer Ockhams in Franks Rüstzeug und dessen gelegentliche Naivität, beides konnte sie erkennbar kalkulieren.

Vier

Paul Zabel und Wolfgang Herr tranken Kaffee in Bouviers Uni-Dependance an der Ecke Nasse-/Lennéstraße. Anders als vor der Tür roch man hier die Mensa nicht mehr.

-- Keine guten Nachrichten, sagte der Mann von den Institutsgruppen, wir sind zu spät, fürchte ich. Wenn Franks Rückzug öffentlich wird, gerate ich in meinem Verein ins Hintertreffen.

Paul rauchte und sah zum Fenster raus.

-- Noch ist es nicht so weit. Du unterschätzt die Beziehungsdynamik, es kann auch gutgehen, falls die vier sich auf den „spanischen Urlaub" in Anführungszeichen einlassen.

-- Weshalb glaubst du das?

-- Ich setze darauf, dass Inka die Zeitschrift will und die Konsequenzen dafür in Kauf nähme. Sie ist fertig mit dem ersten Examen und hat vor sich das Grauen: Referendarin in Bottrop und Arnsberg oder schwanger in Neustadt an der Weinstraße. Da wird sie lieber Redakteurin mit Kohle in Bonn und auf unbestimmte Zeit Doktorandin der Rechtswissenschaften. So emanzipiert ist sie allemal.

-- Stimmt, und sie kann auch berechnend sein. Aber sie wird es nur beschränkt in der Hand haben.

-- Ich habe 80 000 aus der Lotterie und kann ohne Konsumverzicht dreimal 80 000 drauflegen. Das reicht locker für mindestens drei Jahre Sicherheit und Renommee bei der Zeitschrift und für zwei Doktorarbeiten ohne Stress zusätzlich. Das wird nicht nur Inka beeindrucken.

-- Du meinst Frank auch?

Paul schnippte die Kippe aus dem Fenster.

-- Klar. In diesem Szenario verdient er richtig Geld und ist sein eigener Herr. Er kann dann ohne schlechtes Gewissen all die hübschen Mädels bumsen, die ihm schöne Augen machen und denen er im Moment nur wehmütig hinterher schaut.

-- Das würde Inka so wenig gefallen wie Vera, lachte Wolfgang.

Überzeugt war er nicht, man sah es ihm an. Paul legte nach.

-- Man darf nicht die Bande zwischen Vera und Mirabeau übersehen. Das sind zwei Kinder aus Händlerfamilien, die unter anderen Umständen leicht zueinandergekommen wären. Beide werden intellektuell gern unter Wert gehandelt, empfinden das manchmal auch so und sind allem Anschein nach mit Familiensinn gesegnet. Diese Seite der Gleichung ist eher noch einfacher als die andere.

Wolfgang malte ein Fragezeichen in die Luft, lächelte und schüttelte schließlich den Kopf.

-- Ich glaube, du irrst, Paul. Die Vier sind verschworene Freunde, und eine fundamentale Kraft fesselt Frank Barreur und Vera Mühlen aneinander, er steckt sogar weg, dass sie keine Kritik abhaben kann, ich habe es mehrfach erlebt. Bei den Freunden Stalins, aber auch bei dir oder bei mir wäre er stattdessen aus dem Hemd gesprungen, lachte er. – Aber vielleicht kommt es ja zu dem Experiment, danach werden wir es wissen.

18

Fünf

Im Tutorium zum Bracher-Seminar, das der Ordinarius Frank Barreur anvertraut hatte, war die Stimmung angespannt. Ein letztes Mal vor den Semesterferien und den Scheinen waren „Die politischen Grundbegriffe der Moderne" Gegenstand, zum Abschluss drehte sich alles um Demokratie und Rechtsstaat, um Legitimation und Repression im Rahmen des hoheitlichen Gewaltmonopols.

Mit einer Kritik des Radikalenerlasses hatten Barbara Hörmann und Wilfried Groß, beide politisch bei den Jungsozialisten am Niederrhein zu Hause, die Diskussion eröffnet. „Barbara ist einfach die Klügste", notierte Frank in seiner Kladde.

Die Übung war intellektuell stark besetzt, so dass der Tutor sich bei Diskussionen zurückhalten konnte und bloß auf den roten Faden achten musste. Frank hatte das erkannt und beherzigt und so sich einen Ruf erworben.

Doch hier spitzte es sich zu auf RAF, Bölls Essay im „Spiegel" und die stumme, die immaterielle Gewalt der veröffentlichten Meinung. Der Ton wurde nicht direkt aggressiv, aber manche Wortmeldungen hatten etwas verzweifelt Ärgerliches.

-- Gibt es im Rechtsstaat wirklich keinen Platz für freies Geleit? insistierte Inge Urbach von der Evangelischen Studentengemeinde um Punkt 3 Uhr und leicht erschöpft. -- Und wenn nein, wo ist dann verdammt nochmal der humane Fortschritt gegenüber dem Feudalismus?

-- Der Fortschritt besteht genau darin! Die bürgerliche Gesellschaft ist ein Vertragssystem, tendenziell unter Gleichen, ohne Gefolgschaft und ohne religiöse Beimengung. Freies Geleit ist darin kein Rechtsweg und auch keine politische Option, sondern höchstens ein situativer Notausgang, der nicht normiert ist, bemerkte, sichtlich genervt, einer der klügsten Juristen aus dem Haus an der B 9. -- Das ist ein Rahmen für individuelle Freiheit!

Frank ploppte leise mit den Lippen und musterte die Reihen.

19

-- Willst du dich eigentlich völlig raushalten? fragte ein anderer aus dem Kreis der Evangelischen Studentengemeinde den Tutor.

Der Tutor sah auf die Uhr. Er stand auf.

-- Leute, unsere 45 Minuten sind so gut wie rum und damit auch diese Übung und das gemeinsame Semester. Für alle Kölschen unter uns sage ich: vorbeej! Ich möchte mich bei Euch bedanken, es war anregend und aufschlussreich, für mich jedenfalls, merci.

-- Und jetzt für Neugierige. Ich mag den Schriftsteller Heinrich Böll sehr, die geifernden Attacken auf ihn machen mich wütend. Das ist das eine. Das andere: Ich habe Bölls Stück im „Spiegel" mehrmals gelesen, doch bis heute nicht begriffen, was er damit beabsichtigt hat. Auch wenn Ulrike Meinhof selbst nicht wolle, müsse ihr jemand „Gnade oder freies Geleit" anbieten, „dieser Prozess muss stattfinden", schreibt er, und ich frage mich seit der Veröffentlichung: Wer soll was genau anbieten? Und welcher Prozess ist gemeint? Vor allem aber frage ich mich, warum Böll einen Narren an der Meinhof und dem Baader gefressen hat. Wer in diesem Land den Zivilisationsfortschritt durch die Studentenbewegung schätzt, allem voran die Geländegewinne des nonkonformistischen Denkens und des herrschaftsfreien Argumentierens, der kann doch nicht übersehen, dass die beiden prominentesten Überreste der Bewegung, der Parteikarneval der Maoisten und die RAF, damit ebenso wenig am Hut haben wie die Springer-Presse. Tatsächlich spielen die einander in die Karten, und das ist verstanden und beabsichtigt!

Er geriet in Rage.

-- Die Maoisten werden sich bald selbst erledigen und abstinken, darauf wette ich, aber die RAFkes werden uns noch übel mitspielen. Die werden nie eine revolutionäre Situation schaffen, aber sehr wohl einen Ausnahmezustand ganz ohne revolutionäre Situation. Man kann doch schon beobachten, wie die Deutschnationalen den Stahlhelm aufsetzen und die Sozialliberalen nach dem Ausgang schielen. Böll hat ja Recht, am besten wäre, das

20

RAF-Ding würde befriedet, aber mit seiner Stellungnahme bewegt er es doch nicht in diese Richtung, sondern festigt die Bedeutung dieser Mischpoke im eigenen und im allgemeinen Bewusstsein. Gib ihnen freies Geleit nach Palästina, und sie kommen morgen schwerer bewaffnet zurück — das sage jetzt ich und nicht Springers Dreckschleuder! Man darf sich nicht selbst belügen, in der RAF haben sich idealistisch aufgeladene Spinner versammelt, der Wirkung nach sind das nicht Vorkämpfer des Sozialismus, sondern Saboteure der proletarischen Emanzipation. In ihrer Kriegserklärung lese ich, dass sie nicht geschossen hätten, das sei nachweisbar, weil es wahr sei. Wenn ich so was höre, stört mich nicht das Schießen, sondern das Denken. Mein lieber Scholli, wenn alles Wahre auch nachweisbar wäre, sähe die Welt anders aus und in den Todestrakten der US-Zuchthäuser säßen weniger Schwarze. Die RAF, das sind theoretisch wie praktisch Geisterfahrer, die haben einen Ratsch am Kappes und werden deshalb so wenig beidrehen wie vor 900 Jahren die Gewalttäter auf den bewaffneten Wallfahrten nach Jerusalem, die Hans Wollschläger, ein etwas anderer Schriftsteller, gerade so wunderbar durchschaut und an die Wand gestellt hat.

Im Saal zeigten einige gute Laune, es war still.

-- Wenn nicht alles täuscht, legt die Rechte es drauf an, Brandt möglichst bald im Bundestag zu stürzen, sie kaufen sich jedenfalls gerade eine Mehrheit zusammen. Wer angesichts dessen als Tageslosung unverdrossen den „Sieg im Volkskrieg" ausgibt, lebt hinterm Mond. Als ich in einem früheren Leben Gruppenführer beim Bund war, haben wir in so einem Fall Stellung und Gerät gesichert. Eine seltsame Assoziation meint Ihr? Ich nicht. Für meinen Nachbarn, er ist Bandaffe bei Ford in der Produktion und kriegsversehrt, sind Sozialreform und Friedenspolitik der Brandt-Regierung Grund genug, zu den Sozialdemokraten zurückzukehren. Das ist jetzt keine Empfehlung für irgendjemanden, aber ein Fingerzeig, was auf dem Spiel steht, auch für die unter uns, die soziale Demokratie für Blümchenkaffee und die kapitalistische Produktionsweise für inhärent menschenfeindlich halten.

-- Du lässt nix aus, rief einer in der zweiten Reihe, unaufgeregt.

In der ersten Reihe drehte Barbara den Schlüssel im Schloss um, auch unaufgeregt. Frank nickte.

-- Okay. An dieser Uni gebärden sich gewisse Hegeljünger gerne als die schärfsten Revolutionäre. Ich mache kein Fass mehr auf, nur noch ein Wort zum Gegenstand unserer Übung. Nach dem Hegel-Schüler Marx wird eine humane sozialistische Gesellschaft die historischen Errungenschaften der bürgerlich-kapitalistischen Vorgängerin nicht verwerfen dürfen, sondern aufheben, und das heißt: in das eigene System integrieren müssen. Wesentliche, unverzichtbare Elemente dessen haben wir ein Semester lang studiert. Und nun schaut euch an, was der ultimative sektiererische Rückstand der Studentenbewegung als kommunistisches Ideal vertritt. Wo findet sich darin die Emanzipation der arbeitenden Klassen? Wo die Überwindung des Kalten Kriegs und des Rüstungswahns? Wo die Entfaltung des Individuums, weiblich oder männlich? Die Antwort ist: Pustekuchen! Das hätte Böll auch interessieren können.

Frank bückte sich, klappte seine Kladde mit den Zitaten zu und steckte sie in die Tasche. Er sagte „ciao!" und winkte in den beginnenden Aufbruch hinein. Auf dem Weg nach draußen passte ihn Madeleine Giraudoux ab, sie lachte.

-- Ich frage mich, ob dir dieser Auftritt eher helfen oder eher schaden wird beim Zugang zu den Schätzen im Archiv der Friedrich-Ebert-Stiftung.

-- Ma chère, das hier kriegen die doch nicht mit.

Sie schüttelte den Kopf mit den schwarzen Locken.

-- Du hast keine Ahnung, Steuermann. Manchmal bist du ein echter Germane und stehst voll auf dem Schlauch.

22

-- Und du, Liebling, bist nur dem Namen nach ein Dichterkind, in Wahrheit stammst du aus der Sippe von Saint Just.

Sie gaben einander Bise.

Sechs

-- Ich lass ihn jetzt hier stehen, resignierte Mirabeau, zog den Zündschlüssel und stieg aus, der Spiegel rechts berührte fast die Ziegelmauer.

Inka seufzte, rückte notgedrungen über den Schalthebel auf den Fahrersitz, blieb mit dem zweiten ihrer langen Beine hängen und schimpfte. Mirabeau reichte ihr die Hand und half ihr aus dem Passat. Sie schüttelte sich zurecht.

Im Schaumburger Hof war es so voll wie auf den Parkflächen davor.

-- Der Laden läuft mittlerweile fantastisch. So viel Wein wie heute hat der Schmitz noch nie bestellt, sagte Mirabeau, während sie sich zu dem reservierten Ecktisch durchschlängelten.

-- Und wie wird das Essen sein? wollte Inka wissen. Sie nahm Platz und musterte die FDP-Truppe zwei Tische weiter. Da es noch früh am Abend und vor dem Essen war, hielten sie in ihren kleinen Gläsern wohl Aperitif, nicht Digestif in die Höhe.

-- Der neue Patron steht auf rheinisch-italienisch, französisch gehe bei dem Stammpublikum nicht. Du, es wird schmecken, es ist eine förmliche Einladung, und sie werden sich nicht ausgerechnet bei uns beiden blamieren wollen.

-- Das bringt mich zwanglos zu Pauls Einladung, da liegt Blamage in der Luft, oder?

Inka sprach leise.

-- Blamage? Ja, vielleicht, ich bin noch bei der Frage, ob ich die Einladung für eine Frechheit halten soll oder für eine Blöße, die sich Paul seiner Pläne wegen gegeben hat. Das wäre ja für die Antwort wichtig.

-- Wie meinst du das?

-- Wenn ich es als Frechheit nehme, sind wir miteinander durch. Wenn es eine Blöße ist und verzeihbar, können wir ihm gut zureden oder auch die Blöße ausnutzen.

Mirabeau spitzte die Lippen. Inka fragte mimisch nach.

-- Wir könnten die vier Mille einsacken und ganz konventionell verreisen, erläuterte Mirabeau und grinste.

-- Dann wäre die Blamage auf unserer Seite, entgegnete Inka ohne Zögern, das Geld nehmen aber über Kreuz nicht, das geht nicht. Und nach einer kleinen Pause: -- Wir könnten jedoch in der vorgegebenen Konstruktion machen, was wir wollen, das schon.

-- Du meinst 14 Tage geschwisterlich, nicht „dolce far niente", sondern „far niente senza dolci?"

Mirabeau war vernarrt in Spott auf Italienisch. Inka blieb trocken.

-- „Nichtstun ohne Süßigkeiten" für viertausend und aus Daffke – warum nicht? In dem Fall hätte Paul sich verrechnet, ohne dass es offensichtlich wäre. Dann verliert er nicht das Gesicht.

Mirabeau zeigte keine Regung. Er hob das Glas, sie tranken und nickten beide anerkennend dem Wein zu, es war ein Pinot blanc aus Luxemburg.

Inka sah ihren Freund an. Mirabeau fiel eine Frage ein.

-- Gibt es eigentlich ein literarisches Vorbild für diese Nummer? Oder hat Paul sich das alles selbst ausgedacht?

-- Seit wann gibt es bei Nordwestlotto Hauptgewinne auf Bestellung? lachte Inka und löste die Spannung.

-- Gut, lass uns mit den anderen beiden reden, es muss ja wohl eine gemeinsame Antwort von uns Vieren sein, sagte Mirabeau und hob erneut das Glas, diesmal lächelnd.

-- Aber nachher sehen wir erst mal nur Vera ...

-- Das muss nicht schaden, meinte er und orderte noch einen Pinot aus Luxemburg.

Sieben

Als der Kellner des Königshofs Espresso und Digestif aufgetragen hatte, ging Vera zur Bar und winkte dem Ober.

-- Am besten, Sie geben mir die Rechnung jetzt mit, dann überweise ich gleich morgen.

Der Mann deutete eine Verbeugung an. Jens von Adlung kam aus dem Séparée und tat es dem Mann in schwarz nach.

-- Warum verbeugen sich ältere Herren so gerne vor dir? sagte er und schaute Vera an, wie er es von seinem Vater kannte, wenn der zu Hause eine prächtige neue Färse aus dem Charolais begutachtete.

Vera lächelte.

-- Gehst du mit nach Rolandseck? Kapstadt hat die Gäste aus Paris und uns spontan eingeladen, will sich erkenntlich zeigen.

Er blickte sie munter an, ihre Hand nahm er vornehm.

-- Ich bin schon verabredet, lehnte Vera ab und fügte mutwillig hinzu, dass heute ihr Sauna-Tag sei.

-- Sauna hat Kapstadt auch, rief der persönliche Referent des Präsidenten aus und hob beide Hände in Schulterhöhe.

-- Das glaub ich aufs Wort, bestätigte sie und drehte zum Eingang des Restaurants. -- Tschö, ich muss mich beeilen.

Vera hatte ausnahmsweise das Auto, nun gab sie auch Gas, rauschte durchs Koblenzer Tor, bei gelb rechts in die Rheingasse, dann 90 Grad nach links, an der Oper vorbei und auf die Kennedy-Brücke. Überm Rhein stemmte sie sich in den Sitz zurück und blies den Atem aus. Im Radio begann Udo Jürgens „Merci chérie" zu singen. Sie ging vom Gas, drehte die Scheibe runter und hielt die Nase in den Fahrtwind, so wie damals in Saarbrücken in dessen Cabrio.

Das Appartement war dunkel. Vera sprang aus Mantel, Pumps und kleinem Schwarzen, schlüpfte in Jeans, Pulli, Daunenjacke und holte die vorbereitete Tasche aus der Garderobe.

25

Die Schlüssel! Das Geld! Die Nachricht für Frank! Sie schrieb: „Ich komme nicht so spät."

In den Aufzug, über die Straße, am Bärenzwinger vorbei.

Unter den Stelzen des Hochhauses an der Von-Sandt-Straße warteten Inka, Mirabeau und Arno. Inka trippelte, es war empfindlich kühl geworden. Der Aufzug nahm sie auf und fuhr sie hoch zur Saunalandschaft. Arno breitete symbolisch die Arme um Vera.

-- Ich wärme das Kind.

-- Witzig! So klein bin ich nicht. Du, ein Malabar wie von Rabelais, fällst aus dem Rahmen!

Der Dichter gab dem lesenden Kind Recht.

Als Inka und Vera eine Viertelstunde später im Bademantel aus der Damendusche kamen, stand Arno im Gang vor dem türkischen Dampfbad, das hier irisch-römisch hieß, während Mirabeau durch die Scheibe die Belegung inspizierte.

Aus der Damendusche folgten zwei wohlgerundete rheinische Mütter und sichteten ebenfalls die Lage.

-- Wenn ich Arno so nackt dastehen sehe, das Sauna-Tuch über die Schulter gerafft, fällt mir unweigerlich der David von Michelangelo ein, alberte Inka.

-- Der Vergleich wäre schlagend, gäbe es da nicht diesen einen Unterschied, lispelte Vera kleinmädchenhaft, sie hatte den florentinischen David auf einem Poster bestaunt, an ein Tuch über der Schulter erinnerte sie sich nicht.

-- Du meinst, diesen einen gewaltigen Unterschied! trompetete die eine der beiden wohlgerundeten Mütter, sie war Studienrätin am EMA, man kannte sich aus der Gymnastik des TSV. Alle vier prusteten los, während sie zur Tarnung die Köpfe zusammensteckten und die Hände zu den Ohren hoben.

-- Meine Damen, bitte, beachten Sie, dass Sie sich in einem asexuellen Ambiente befinden, mahnte Inka, und sie prusteten erneut los.

26

Nach dem Dampfbad stiegen Arno und Inka ins Eisloch, Mirabeau und Vera kühlten sich mit dem Kaltwasserschlauch ab. Es war eine vertraute Übung, aber das erste Mal, dass Mirabeau der nackten Vera gedanklich nahetrat. Er sah, wie die feinen blonden Härchen an Arm, Bein und Becken den Strom zerteilten, während der dichte afrikanisch gelockte Busch das Wasser fernhielt und die Einsicht unterband.

Als Mirabeaus Kopf erfüllt war vom Schauen und Bewundern, drückte er Vera rasch den Schlauch in die Hand, drehte sich zur Wand und hob die Arme über den Kopf, als wolle er sich ergeben. Vera verzog keine Miene, sie ließ das Wasser fließen, die Schultern bekamen mehr ab als sonst.

-- Heute hältst du den kalten Strahl aber lang aus, stellte sie nach einer Weile fest.

Mirabeau drehte sich um, er schaute ihr nur in die Augen und zeigte seine geraden Zähne.

Während Arno von den beiden wohlgerundeten Müttern zum gymnastischen Wassertreten mitgenommen wurde, setzten sich die anderen drei, nun züchtig verpackt, an den Tresen und genehmigten sich ein Kölsch.

-- Habt ihr euch einen Kopf gemacht wegen Paul? fragte Inka.

-- Noch nicht wirklich, antwortete Vera. -- Und ihr?

-- Wir halten die Nummer für ziemlich schräg, neigen aber dazu, sie mitzumachen, wenn wir vier uns auf ein gemeinsames Herangehen einigen können. Was Paul sich ausrechnet, ist seine Sache, was wir tun, ist unsere. Oder?

-- Klingt gut, aber ich weiß nicht, ob Frank sich auf so eine clevere Aktion einlassen wird. Ihr kennt ihn: Versuch ihn zu kommandieren, und er lässt das Visier runter.

-- Und du? fragte Mirabeau. Er sah Vera fragend an, dann schweifte der Blick ab zum Eisloch.

-- Mit mir kann man sich einigen.

-- Wirst du ihm zureden? hakte Inka nach. -- Oder sollen wir mit ihm sprechen?

-- Ich mach das schon. Aber mit dir wird er vermutlich auf jeden Fall reden wollen, sagte sie und legte Mirabeau die Hand auf den Arm.

-- Mit mir nicht? Inka war etwas irritiert.

-- Dir vertraut er.

Als Inka nicht reagierte, legte Vera nach.

-- Er vertraut Frauen einfach leichter als Männern. Er ist halt so.

-- Und wie ist das bei dir? wollte Mirabeau wissen.

-- Umgekehrt.

-- Also eigentlich genau so, befand Inka.

-- Wir müssen morgen nachsehen, ob das Geld eingegangen ist, und dann telefonieren, schloss Mirabeau die Erörterung ab.

Acht

Vera öffnete die Wohnungstür nahezu geräuschlos. Es war dunkel, sie sog die Luft ein und ertastete den Garderobenständer.

Noch im Flur entkleidete sie sich.

Auf Zehenspitzen huschte sie in den Wohnraum und sah, dass die große Schlafcouch bereitet war. Von Frank war nur der Haarschopf zu sehen. Sie lupfte das Plumeau und schob sich bäuchlings darunter, eine Berührung vermied sie. Als sie auf Kopfhöhe war, die Arme angelegt, ruhte sie einen langen Augenblick, dann blies sie ihm in die Halskrause.

Frank wendete in einer fließenden Bewegung den Kopf und den Körper, er umfasste Vera mit links bei der Taille und pflanzte die Hand ins Gleisdreieck ihres Beckens. Auf der rechten Schulter liegend zog er sie an sich und setzte ihr auf den kühlen Bauch ein Brandzeichen. Im Gleichtakt schoben sie die Beine übereinander und begannen zu küssen und zu liebkosen. Das Spiel war von Beginn an lebhaft, es wurde rasch wild, sie warfen das Plumeau ab. Vera gab sich zu erkennen, Frank verlor den Atem und für einen

28

Augenblick die Bilder vor den Augen. Er versammelte sein Leben und traf blind und genau und ein ums andere Mal. Aus ihr brach die Lust, dann stieg sie hell aus beiden und wollte so rasch nicht vergehen.

Als Vera aus der Dusche zurückkehrte, lag Frank auf dem Rücken und war eingedöst. Sie beugte sich über sein Gesicht und sah unter den Lidern einen Film ablaufen.

-- Er träumt wie ein Baby nach der Flasche ... Ich liebe Dich, sagte sie fast tonlos.

Sie zog den Katzenpyjama an und setzte sich auf die Bettkante, Frank kam zu sich, schlug die Augen auf und griff nach ihr.

-- Ich habe mit Inka und Mirabeau über Pauls Angebot gesprochen, sie wollen zustimmen, falls wir vier uns einig sind, eröffnete Vera.

-- Und was hast du gesagt?

-- Dass ich gegebenenfalls dabei wäre und mit dir reden will.

-- Damit ist ja alles klar, sagte Frank und wollte sie aufs Bett ziehen.

-- Du stimmst also zu? Ganz ohne Widerspruch?

Vera klang gewinnend, und Frank patschte ihr sachte auf die Hand.

-- Wenn du nein sagst, bin ich bei dir, legte sie nach.

-- Ich glaube dir, aber jetzt mach es nicht kompliziert.

Frank wusste, wann das Spiel vorbei war. Verlierer, schrieb er später in seine Kladde, will ich mich nicht nennen, das wäre nicht angebracht. Aber wie Paul Zabel Geld und Gruppenzwang, sozusagen Kapitalmacht und Parteiherrschaft verbindet, ist mehr als durchtrieben, durchkommen darf er damit nicht. Er machte einen Absatz. In der neuen Zeile notierte er: Ich bin Eigentümer meiner selbst und kein Dieb.

Neun

Mirabeau traf Frank bei Assenmacher in Schwarzrheindorf, er hatte ihm einen echten Sauerbraten versprochen, aber Frank wollte erst in die Doppelkirche. Sie gingen über die Straße, durchquerten den Kirchhof und nahmen die alte Steintreppe zum äußeren Kreuzgang. An seinem südlichsten Punkt blieb Frank stehen, lehnte sich auf die Brüstung und blinzelte in die Sonne.

-- Diese romanischen Kapitelle sind selbst heruntergekommen noch wundervoll, er zeigte nach links und rechts oben.

Mirabeau nickte.

-- Vera ist auch wundervoll und frisch dazu, muss ich dir nicht erzählen, aber auch verletzlich und ein zartes Gemüt, du darfst ihr nicht weh tun, fuhr Frank fort.

Kleine Pause.

-- Sie sagt selten, was sie gerne hätte, sie erwartet, dass du es ohne Worte erkennst. Wenn sie verstummt oder sich gar beklagt, hast du was falsch gemacht und womöglich schon verloren. Wenn du aber aufmerksam bist und ohne Hintergedanken, ist sie von morgens bis abends in allem so gut wie unsere innig bewunderte Heidi Schüller beim Hürdensprint.

Mirabeau ließ die Schüller nachklingen.

-- Vermutlich nicht nur beim Hürdensprint, sagte er, und danke für diesen Überfall, Bruder.

Er legte Frank den Arm auf die Schulter. Nach einer Höflichkeitspause fing er an zu glucksen, dabei schlug er dem Freund mit der flachen Hand ins Kreuz.

-- Oh, Frank, du kannst mich immer noch überraschen. Nach einer Pause fügte er hinzu: -- Darf ich sie denn berühren, ich meine herzlich berühren?

Frank lächelte jetzt auch.

-- Alles andere wäre wohl gegen die Natur.

Mirabeau war offensichtlich erleichtert und sah Frank an, als erwarte er nähere Auskünfte. Die gab es nicht.

30

-- Soll ich von Inka reden? fragte er nach einer Weile.

Frank nickte höflich.

-- Inka hat einen starken Eigensinn, in allem. Am besten, du lässt ihr den.

-- Klar, sagte Frank, ich will sie ja nicht zum Christentum bekehren.

-- Man darf sie nicht nötigen, sie kommt von selbst.

Frank signalisierte Einvernehmen und wandte sich zum Gehen.

-- Nachdem alles Wesentliche geklärt ist, könnten wir jetzt ein Glas auf deine Frau heben und eins auf meine.

-- Gern auch zwei, erwiderte Mirabeau, ich habe für heute meine Arbeit getan, Assenmacher sei Dank, von mir aus könnten wir uns besaufen.

Zehn

Vera und Inka hatten sich bei Siebenmorgen getroffen, nochmals die Reiseziele erörtert, sich entschieden und gebucht: Mit Condor Herr Schulz und Frau Mühlen nach Teneriffa, Herr Barreur und Frau Gotland nach Lanzarote, jeweils 14 Tage mit Halbpension in Vier-Sterne-Hotels, Mietwagen inklusive, Montag ab Frankfurt am Main.

-- Genug Geld übrig, resümierte Vera zufrieden vor der Tür, da könnten die Kerle uns noch was Schönes kaufen.

-- Für einen Ehering wird es nicht reichen, retournierte Inka, und beide amüsierten sich nach einer Stolperpause.

-- Aber im Ernst, wie wird das werden mit den fremden Männern? legte sie nach, plötzlich ganz der Zweifel.

-- Na, so fremd sind sie uns ja nicht, beschwichtigte Vera, doch abgeklärt klang anders. -- Weißt du eigentlich genauer, was sie gestern miteinander besprachen?

-- Es sei nett gewesen, hat Mirabeau gesagt, alles okay, und das Thema gewechselt. Hast du Frank nicht gefragt?

-- Nein. Von sich aus hat er bloß gebrummt, ich solle jetzt buchen, 'das wird schon werden'.

Sie überquerten den Belderberg und nahmen die Brüdergasse zum Markt.

-- Muss man sich vor Frank in Acht nehmen? wollte Inka nach einer Pause unvermittelt wissen.

-- Wie man's nimmt, warf Vera ein Steinchen ins Wasser. -- Aber bitte, er hat nichts Perverses, und nachtragend ist er auch nicht.

Sie kicherte. Inka blieb gegenüber Töpfer stehen und zupfte Vera am Ärmel.

-- Mirabeau ist ein anspruchsvoller Liebhaber, sagte sie und hob leicht den linken Zeigefinger.

-- Frank glaube ich auch, aber ich kann es nicht so gut beurteilen, antwortete Vera fröhlich.

-- Wie alt bist du nochmal? wollte Inka, 24, wissen.

-- Neuerdings 22.

-- Vera, heute bezahlst du den Kaffee, sagte sie und hing sich bei ihr ein, während sie links um die Ecke zu Miebach abbogen. -- Wir werden immer bourgeoiser, jetzt gehen wir schon zu Miebach.

Elf

Paul steckte die Auszüge in die Brusttasche und trat auf den Friedensplatz hinaus. Er lief die Sternstraße hinunter, schlängelte sich durch das Marktgewusel und betrat Miebach durch den doppelten Wintervorhang. Er zog die Frankfurter Rundschau vom Ständer, doch dann sah er die Frauen und begab sich zu ihrem Tisch.

-- Unser Wohltäter! rief Vera aus.

Paul nahm Platz, nahm die Auszüge aus der Jacke und schwenkte sie.

-- Habt Ihr das Geld schon verpulvert?

32

-- Ja, für die exquisitesten Trauringe bei Toussaint, schwelgte Vera.

Bevor Paul daran glaubte, klärte Inka ihn auf.

-- Bei Toussaint gibt's nur Uhren.

-- Und warum willst ausgerechnet du nach Lanzarote? fragte er sie.

-- Das war Veras Idee, Frank wollte da immer schon mal hin.

-- Du eher nicht, nehme ich an, sagte Paul zu Vera, die etwas verschämt nickte.

-- Habt ihr schon Pläne?

-- Wir schwanken noch zwischen „dolce far niente" und „far niente senza dolci", erklärte Inka.

-- Das klingt nach deinem Scheich, aber was heißt es?

Vera ergriff die Gelegenheit zu einer kleinen Revanche.

-- Sagen wir so, es geht um das Gewicht, um die Kalorien, letzten Endes um die Schönheit. Aber was gibt's bei Dir Neues?

Paul gab auf und erzählte vom jüngsten Hauen und Stechen zwischen den Münchner und den Bonner Hegel-Fraktionen.

-- Das wird immer aberwitziger, kommentierte Inka und bestellte einen zweiten Kaffee.

Zwölf

Unter der großen Anzeige trennten sich die Wege. Inka und Frank mussten sich mit dem Einchecken beeilen, ihre Maschine ging in einer guten Stunde. Vera und Mirabeau blieb mehr Zeit bis zum Start, ihr Schalter hatte noch nicht geöffnet.

Wie auf Kommando, aber ohne Zeichen ließen die Frauen die Taschen zu Boden gleiten und hingen sich ihren Kerlen an den Hals. Sie lösten sich danach nicht schnell und nicht leicht. Das Abschiednehmen über Kreuz war dann herzlich und formbewusst. Als alle wieder das Gepäck gefasst hatten, steif dastanden und sich ansahen, rumpelte Frank nochmal zu Vera, küsste sie und flüsterte ihr ein abgewandeltes Kindergebet ins Ohr. Mirabeau rieb sich an Inka und Inka an ihm. Danach ciao, ciao und avanti.

— — —

-- Du blickst nicht zurück, bemerkte Inka, als sie auf den Schalter zusteuerten.

-- Ich schaue nie zurück, das könnte Unglück bringen.

-- Du bist abergläubisch? Das hätte ich jetzt nicht erwartet.

-- Ich bin weder gläubig noch abergläubisch. Ich achte auf Zeichen und strapaziere nicht unnötig mein Glück. Wie im Straßenverkehr.

Inka schüttelte den Kopf und sah ihren Begleiter von der Seite an.

-- Du bist ein bemerkenswerter historischer Materialist, frotzelte sie.

Frank verlor das Umwölkte und hob die Augenbrauen.

-- Lass jetzt mal die Wissenschaft und die Politik, Inka, wir fahren in Urlaub. In den Ferien bin ich ein Naturwesen und sehe frohgemut zu, wie ich glücklich werde.

-- Ist es das, worauf ich mich einstellen muss? fragte Inka ehrlich verblüfft.

-- Klar, ich werde dich weder nötigen noch langweilen. Ich werde dein Animateur sein.

-- Mein Gott, sagte sie, wenn ich das gewusst hätte! Wie soll ich es 14 Tage mit einem gnadenlos gut gelaunten Schamanen aushalten?

— — —

-- Einen Kaffee oder essen wir gleich zu Mittag? fragte Mirabeau auf dem Weg zum Restaurant.

-- Lass uns schauen, was es gibt, angeblich ist das Restaurant drinnen besser, meinte Vera.

Sie richteten sich mit dem Gepäck in einer Ecke ein, studierten die Karte und bestellten zwei Kaffee.

Mirabeau betrachtete Vera, Vera betrachtete Mirabeau, das ging eine Weile so, und als sich die Gefühlslage entspannt und angenehm gefestigt hatte, rückte Mirabeau raus.

-- Vera, habt ihr versucht, euch eine Vorstellung von diesem Reiseabenteuer zu machen?

Vera schürzte die Lippen und schüttelte dann den Kopf.

-- Und warum nicht?

-- Was soll dabei rauskommen? fragte sie zurück. -- Abenteuer lassen sich nicht kalkulieren, man muss auf sein Glück vertrauen.

-- Und was ist das für ein Glück?

-- Das haben wir beim Abschied doch gerade gesehen.

Mirabeau legte die Hand auf ihren Arm.

-- Du lachst mich aber gut gelaunt an.

-- Klar, ich bin ja nicht unglücklich, sondern ...

Mirabeau ließ sie nur ganz kurz zögern, dann soufflierte er.

-- Gespannt?

-- Ja, das vor allem, ergänzte Vera und legte, patsch, ihre Hand auf seine.

Dreizehn

Der Sonnentag auf Lanzarote lag in den letzten Zügen, als die Maschine an der Bucht von Puerto del Carmen vorbeizog und zum Landen ansetzte.

-- Da unten der weiße Block, das muss unser Hotel sein, sagte Frank und lag trotz des Gurts halb auf Inkas Busen, um einen Blick zu erhaschen.

-- Ja, antwortete Inka, als sie ebenfalls aus dem Fenster geschaut hatte, sonst gibt's ja kein größeres Gebäude. Und jetzt gehen wir über Land!

Fast im gleichen Moment setzte der Flieger auf. Rechts und hinten ertönten kleine spitze Schreie, aber der Schrecken verflog, als die Rollgeräusche nichts Ungewöhnliches signalisierten. Nun wurde geklatscht.

Der Empfangszirkus war „kanarisch kurz vor Feierabend", also zügig. Zwanzig Minuten nach Ankunft bestiegen sie einen Minibus, der schnurstracks durch Ödnis und Baugrund das Hotel Las Fariones ansteuerte. Dieses Hotel in Puerto del Carmen, hatte Inka nach Studium des Katalogs Vera bedeutet, müsse schon sein, wenn sie es 14 Tage lang in dieser gottverdammten Einöde aushalten solle.

Wie das Fariones dalag, war es eine weiße moderne Pracht über dem an dieser Stelle hellen Strand einer sonst graubraunschwarzen Vulkaninsel.

Frank, der im Jahr zuvor drei Monate lang an der Costa Brava für den Deutschen Studentenreisedienst geschuftet hatte, krallte sich den Manager und palaverte angeregt mit ihm auf Spanisch. Inka staunte.

-- Was hast du mit dem Kerl verhandelt? fragte sie, als sie am Aufzug standen.

-- Ich habe Quartier gemacht, gleich werden wir sehen, ob ich den richtigen Ton traf.

Inka drückte den Knopf für den dritten Stock. Das Zimmer, in das sie dort eintraten, hatte Stil und war vom Abendrot erfüllt. Beide ließen Koffer und Taschen fallen, eilten zum Balkon und waren hingerissen vom Blick auf Garten, Küste und Meer.

-- Ach, ich werde es aushalten, jubelte die germanische Seele in der Juristin aus Brilon, sie strippte den Parka ab und ließ ihren nordbleichen Körper auf den Stuhl sinken. Frank holte die Kamera und machte ein Foto im Gegenlicht.

− − −

Der Flughafen von Los Rodeos lag im Dunst, als die Boeing der Condor landete. Die Passagiere klatschten, auch Vera und Mirabeau.

-- Hier muss man froh sein, wenn man sicher runterkommt, seufzte Mirabeau erleichtert.

Vera war blass und nickte.

36

Als der Bus auf dem Weg nach Puerto de la Cruz sich der Küste näherte, wurde das Wetter besser, auf der Höhe der Costa de Acentejo kam die Sonne durch.

-- Jetzt muss nur noch das Hotel stimmen, bangte Vera.

-- Wird schon, beruhigte sie Mirabeau.

Er behielt Recht. Das „Sol" war ein heller Kasten nicht nur von außen, sondern auch innen, das Personal an der Rezeption jung und freundlich, sie wurden auf Deutsch begrüßt und bekamen ganz ohne Palaver ein schmuckes Zimmer mit Balkon nach Osten und einem Blick auf die steile Küste.

-- Sonne satt gibt es am Pool und auf dem Dach, hatte Sofia vom Desk ihnen angekündigt, es sieht gut aus für die nächsten Tage.

Mirabeau packte seine Sachen umgehend aus und aufs Bett. Doch wohin damit? Bei Inka hätte er es gewusst, aber bei Vera? Vera hatte einen einfachen Rat: du im Schrank nach oben und nach links und nicht ganz die Hälfte, es sei denn, Du lässt mir die Kommode.

Sie richteten sich ein. Danach erneut fragende Blicke: in welcher Reihenfolge unter die Dusche? Im Flieger war gehustet und geschnieft worden, der Film musste abgewaschen werden.

-- Gehst du zuerst? fragte Mirabeau aufmunternd.

Vera entkleidete sich und huschte über die Kacheln des Flurs ins Bad. Auch Mirabeau legte ab und besah sich im Spiegel. „Noch muss ich nicht ins Eisloch" murmelte er, bevor er anfing zu hüpfen.

Vera rief seinen Namen.

Mirabeau öffnete die Tür zum Bad. Vera stand in der Wanne, sie hatte sich eingeschäumt und hielt ein Röhrchen hoch.

-- Das Shampoo riecht mir nicht gut. Kannst du mir meins geben, es liegt auf dem Bett?

Mirabeau eilte. Als er zurückkam, war Vera weiter am Einschäumen, sie bedeckte sich hier und entblößte sich da, und

Mirabeau ließ erkennen, dass die zahlreichen gemeinsamen Saunabesuche ihn auf so ein Schauspiel nicht vorbereitet hatten.

Vera hatte sich bedankt, sie öffnete die Flasche und bemerkte, als sie das Shampoo in die Haare massierte, wie Mirabeau so dastand.

-- Husch, husch ins Körbchen, rief sie, und mach die Porz zu, mir wird sonst kalt.

Aber sie lächelte, und Mirabeau strahlte. Vor dem Spiegel hüpfte er ein weiteres Mal und korrigierte: „heute nicht ins Eisloch!"

— — —

Der Rioja war schwer und rund.

-- Ein fruchtiger Roter aus dem Duero hätte zu diesem leichten Essen besser gepasst, fand Inka und hob die Flasche an.

-- Das ist für morgen. Gieß ein, die hier machen wir zur Feier des Tages leer, erwiderte Frank und schob ihr das Glas hin.

Mit vollen Gläsern verließen sie das Restaurant und suchten in dem dezent illuminierten Garten eine Bank mit Blick aufs Meer.

-- Die sind sehr gut belegt, fasste Inka ihre ersten Eindrücke zusammen, und doch entsteht nicht der Eindruck eines Massenbetriebs. Wie war das vor zwei Jahren bei dir an der Costa Brava?

-- Kann man nicht vergleichen. Ich hatte für meine Studenten und Schüler preiswerte Hotels, ein kleines und ein mittleres, ein richtig großes gab es in San Antonio gar nicht. Um eine Anlage wie hier zu sehen, musstest du bis Segur fahren.

-- Du meinst zu dem Laden der Franco-Tochter, von dem mir Vera vor der Abreise erzählt hat?

-- „Laden" ist gut, architektonisch ist das ein Prachtstück auf einem Felssporn im Meer. Aber das Publikum ...

-- Vera spottete, sie habe selten so viel Aufmerksamkeit erregt.

-- Kein Wunder. Wir sind dort zwei Sorten von Paaren begegnet. Die Kerle waren durch die Bank um die 60, die Frauen entweder fast so alt und mit ihnen verheiratet oder 20 Jahre jünger

38

und unter den Nagel gerissen. Kinder gab's so gut wie keine und blutjunge Feger wie Vera ebenso wenig. Den Rest kannst du dir ausmalen.

-- Sie hat es genossen?

-- Das versteht sich doch. Aber sie hat diesen kleinen, dürren, alten Caballeros mit ihren zu langen und immer pechschwarzen Haaren auch richtig weh getan. Ich hätte meine Süße sicher zehnmal für ein hübsches Vermögen versilbern können! Aber wenn sie einen Eindruck nicht aufkommen ließ, dann den, dass sie zu haben sei für diese franquistische Bande und die bourgeoisen Kriegsgewinnler in ihrem Schlepptau. Du wirst mir zugeben: Man kann sich Vera kaum kalt vorstellen. Aber dort war sie kalt und abweisend, sie war hochmütig.

-- Du doch sicher auch?

-- Ja, nur habe ich damit keinem Faschisten weh tun können.

-- Warum hattest du überhaupt diesen Job angenommen? Drei Monate ausgerechnet in Franco-Spanien.

-- Ich hatte einen Vertrag unterschrieben, und der Geschäftsführer hat meinen Einsatz bestimmt. Ich brauchte das Geld. Auch wollten wir beide unbedingt in den Süden ans Meer.

-- Und Vera hatte kein Problem mit Deiner Tätigkeit?

-- Ich glaube, ihr lag an der ganzen Erfahrung. Als ich im September zurückkam, hat es einmal gewaltig gerappelt im Karton, und danach waren wir ein unverbrüchliches Paar.

-- Sie hat dir also nichts übelgenommen?

-- Doch. Aber ich hatte nach der Rückkehr einen echten Blackout wegen ihrer Kapriolen daheim, und das hat sie überzeugt.

-- Du kannst anschaulich von deiner Frau erzählen, schmeichelte Inka.

-- Und du bist ein raffiniertes Luder, wie man bei mir zu Hause sagt.

-- Anerkennend sagt, hoff ich doch.

-- Ja. Jetzt gehen wir brav in die Heia, und morgen werde ich dich nicht nach meinem Freund Mirabeau fragen.

— — —

Als Mirabeau in Shorts aus dem Bad kam, lag Vera dicht eingerollt, um die Haare ein Kopftuch, im großen Bett und las.

-- Hey, wo liegst du denn? Da werde ich mich ja in Acht nehmen müssen, damit ich nicht in der Nacht aus alter Gewohnheit nach links in die Wärme rücken will und aus dem Bett falle.

Er trat an die freie Seite zu Veras Linken und schlüpfte unter seine spanische Decke. Vera lächelte amüsiert.

-- Ihr schlaft also andersrum? Wieso?

-- Weil ich Rechtshänder bin. Wer links von mir liegt, hat nichts zu erwarten, denn mit links bin ich doof.

-- Ach, du armer Kerl. Aber stimmt, mein Compagnon ist zwar auch Rechtshänder, aber in Wahrheit selbst da ein Linker, nur verkappt.

Sie legte das Buch beiseite.

-- Erzähl mir eine Gutenachtgeschichte, Mirabeau, sagte sie und streckte sich unter der Decke lang.

Mirabeau ließ die Aufforderung auf sich wirken. Nach einer gefühlten Ewigkeit drehte er sich auf den Bauch und schob sich nach links.

-- Du musst auch näher rücken, sagte er, meine Gutenachtgeschichten wirken nur, wenn sie geflüstert sind.

Vera drehte sich ebenfalls auf den Bauch und bewegte sich zur imaginären Besucherritze vor. Sie strich das Handtuch vom Kopf und schloss die Augen.

-- Also, begann Mirabeau und machte sich unter seiner Decke zu schaffen, als der Herrgott Adam und Eva erfolgreich vors Rohr geschoben und aus dem Paradies vertrieben hatte, war Adam schwer erbost. Dieser Schweinehund, wütete er, das hat der doch nur getan, um uns schurigeln zu können. Eva dagegen war

40

entspannt. Sieh es doch mal andersrum, sagte sie. Fortan sind wir den Kerl los, denn wozu wären wir ihm noch verpflichtet? Wir sind jetzt frei und können ohne Aufsicht poppen, so oft wir wollen und es Spaß macht.

Die Klimaanlage summte, sonst war es still.

-- Diese Geschichte ist schräg, sie ist versaut, flüsterte Vera, sie passt hinten und vorne nicht zu dieser märchenhaften Insel.

Mirabeau hob den Kopf wie ein Specht, suchte mit der Linken, mit der er bekanntlich nichts konnte, einen Weg unter Veras Decke und fand ihren Po erhaben und entblößt. Er berührte sie liebevoll.

-- Die Geschichte ist ja nicht zu Ende, flüsterte er. Die Frage ist bloß, ob ich sie vollständig erzählen soll -- er streichelte gegen den Strich ihren Flaum auf der Abfahrt zum Gleisdreieck - vielleicht schläfst du ein, und ich müsste dich wecken, damit du die Pointe nicht verpasst.

-- Leg dich auf den Rücken, befahl Vera, ebenfalls flüsternd, große Männer, die auf dem Bauch liegen, können keine Kinder kriegen und entziehen sich der Gesundheitsüberprüfung.

Mirabeau gehorchte und kaute noch auf dem Sinn des Satzes rum, als ihre Rechte unter der Decke über ihn kam und ihn bloßlegte. Sie ergriff herzhaft das erwartungsvoll pochende Leben und suchte behänd eine Laune der Natur zu ergründen.

Sie erprobte den Gegenstand der Untersuchung liegend, aufragend und unter Spannung, sie packte wiederholt mit der ganzen Hand zu, legte mit Daumen und Zeigefinger oben, unten und vor allem in der Mitte Rettungsringe, ließ das Stück zwischen Daumen und Fingern hin und her zittern, beben, kreisen, klopfte damit auf seinen Bauch und war doch bei all dem wohltuend respektvoll. Keine Urologin hätte das Experiment besser hingekriegt, wenn ihre Berufsehre es denn erlaubt hätte.

-- Es stimmt wirklich, es ist unglaublich, sagte sie schließlich und reckte so nüchtern den Kopf in die Höhe, als wolle sie gleich aufstehen und den Befund in die Maschine hacken.

-- Nein, bitte, Vera, bleib, rief Mirabeau und zog sie an dem Arm, mit dem sie immer noch bei ihm war. Sie ließ ihn los, rückte aber zu ihm rüber.

-- Wie steht's um meine Gesundheit? Komm, sag es mir, ich halt es aus.

Er hob ihre 1,65 kurzerhand auf sich drauf, umarmte sie beschützend und wiederholte, bevor es für Gedankenspiele zu spät war:

--Was ist es?

Vera warf die Decke völlig ab, ging über Mirabeau auf die Knie und in die hohe Hocke, ergriff mit links seine Hand und mit rechts das Vergnügen, ummantelte vorsichtig die eingelegte Pfeilspitze, prüfte den Sitz durch ein feines Kreisen und senkte sich in der gleichen Bewegung sehr langsam, sehr sachte ein. Als sie zupfend, richtend, lüftend den halben Weg zurückgelegt hatte, schnappte sie Luft und rief: Ah ja! Aber da ging schon die zweite Welle durch sie hindurch, so dass sie den Befund nicht näher beschrieb. Stattdessen hielt sie an sich, senkte sich tiefer und tiefer ein und ließ diese besondere Laune der Natur mit Haut und Härchen verschwinden, nur in ihrem Kopf blieb sie rasend gegenwärtig. Als sie deswegen hüpfte und jubelte, war auch Mirabeau so weit, sich wegzuschmeißen, er packte sie mit beiden Händen unter den Rippen und schüttelte sie und sich bis zur Erschöpfung der Lust.

Vera machte sich lang und blieb liegen. Als der Puls normal schlug, rollte sie ab, legte Hand an sich wie die Venus von Botticelli und huschte auf Zehenspitzen zum Bad. Mirabeau behalf sich mit dem Handtuch, das sie anfangs um den Kopf geschlungen hatte.

Als später in der Nacht ein duftendes Mädchen auf dem Balkon zu ihm trat und ihm Feuer gab, küsste er es in den Handteller.

42

-- Molto grazie mia cara.

Seine Stimme war dunkel und weich und rund wie die Sprache.

-- Womit hatte ich das verdient?

Vera steckte sich eine Ducato an und hob die Schultern.

-- Warum dich hinhalten, Mirabeau? Das hätte uns nur in Verdrückung gebracht. Es war ja klar, dass es passieren musste.

Sie nahm Platz.

-- Und das Experiment ist dir spontan eingefallen?

-- Nicht ganz.

Sie richtete sich im Liegestuhl auf und zog an der Lulle.

-- Schau, der Lustmolch, den ich bestens kenne, geht so.

Sie malte mit dem Finger auf den Resopal-Tisch die Waffe, die der bekannte Satyr im Athener Nationalmuseum trägt, nur etwas dezenter, aber genauso steil.

-- Und jetzt du.

Sie malte in gleicher Technik und Erregungszustand Mirabeaus Ding: in der Mitte enorm mächtig, ein Zeppelin mit einem vornehmen Kopf plus Halskette.

-- Darauf, wie das ist und geht, war ich neugierig.

-- Und?

-- Auch gut. Ja, ehrlich, keine Schmeichelei. Warum fragst du noch?

Sie lachte und schnippte die Asche weg.

-- Mein Gott, räusperte sich Mirabeau, frisch wie ein Federweißer, in Wahrheit ein körperreicher Brunello.

Für eine Weinnase, die in Montalcino Italienisch gelernt hatte, war das ein verzeihbares Wortspiel. Vera genoss es.

Vierzehn

Nach einem Tag in Bus, Flieger, Bus und einer Nacht unter der Klimaanlage war Inka früh auf den Beinen und sehr für Wandern. Frank hatte eine Idee und plauderte nach dem Frühstück angeregt mit Cristina, Chefin an der Rezeption, einer Katalanin, ihr Deutsch hanseatisch.

-- Cristina sagt, wir sollen den Bus über Tías nach Masdache und von dort nach Yaiza nehmen, da könnten wir am Anfang der Geria aussteigen und bis Uga durch die Weingärten wandern, danach sei es kein Problem, nach hier zurückzukehren.

-- Fein, machen wir doch. Müssen wir Wasser mitnehmen? Wenn nicht, bin ich schon reisefertig.

Sie zeigte ihre festen Schuhe.

Frank fuhr nach oben, packte die Fototasche und zog ebenfalls ordentliche Schuhe an. Auf den Bus brauchten sie nicht lange zu warten, er war fast leer. Als sie die Passhöhe über Puerto del Carmen erreicht hatten, erstreckte sich die jenseitige Tallandschaft vor den Feuerbergen in feinstem Dunst. Hier und da grünte es. Das schräg einfallende Licht der Morgensonne schuf eine stimmungsvolle Szenerie.

Frank stemmte die Kamera in die Höhe und schob dem Chauffeur ein Trinkgeld zu. Er suchte sich jenseits der Haltebucht passende Rahmen für drei Fotos und stieg nach getaner Arbeit lächelnd und dankbar nickend wieder in den Bus. Die einheimischen Conejeros vorne lächelten und nickten zurück, nur Inka schien nicht einverstanden.

-- Erst bestichst du den Busfahrer, dann lässt du uns warten, und am Ende bedankst du dich nicht mal, wisperte sie ihm zu.

-- Alle haben gelächelt, Inka.

-- Das ist es ja, Dominanz und Charme.

Sie lächelte allerdings auch, und ganz besonders als ihr nach einer Weile einfiel, was sie hinzufügen sollte.

-- Dominanz, Charme und Pedanterie.

44

-- Ich werde Dir keinen Text mehr redigieren, gab Frank zurück, fasste sie auf dem Nebensitz um die Hüfte und hielt sie fest wie der Niederbayer seine junge Ehefrau. Sie schickte sich.

-- Du riechst gut, fügte er nach einer Weile versöhnlich hinzu.

Masdache lag zwischen der ersten und der zweiten Reihe der Vulkankegel und war keine Schönheit. Bis zur Weiterfahrt in die Geria war Zeit für einen Kaffee.

-- Warum wolltest du unbedingt auf diese Insel?

-- Den Tipp habe ich von meiner Mutter.

-- Von deiner Mutter? Ich dachte, dein Vater ist der Mensch, um den du dich drehst.

-- Spinn nicht rum, Inka! Wie ich auf den Füßen stehe, bin ich von den Frauen gemacht, die mich aufzogen, das waren meine Mutter und meine Tante Wilhelmine. Von meinem Vater habe ich die Lust zu politisieren, die Welt zu erklären und auf die Gauner draufzuhauen.

-- Also das Händchen von den Frauen?

-- Von meiner Mutter, von Tamina mehr die Furchtlosigkeit.

-- Wie das?

-- Sie hatte zwei Fehlgeburten hinter sich, als ich in ihrer Küche zur Welt kam. Sie hat bei der Geburt mit meiner Mutter gelitten und gebangt, ich könnte den Weg nicht rausfinden. Dann war ich da, sie hat mich quasi eingeatmet und blieb mir ihr Leben lang bedingungslos zugetan. Für mich war sie die feste Burg, als die fromme Lutheraner ihren Gott ausgeben.

-- War sie die Schwester deiner Mutter oder deines Vaters?

-- Keine Verwandtschaft, sie hat mich angenommen und ich sie.

Inka sah, wie Franks Blick ins Leere ging, sie wollte ihn nicht ziehen lassen.

-- Du bist der Älteste deiner Mutter. War das ein Vorzug? Ich frage, weil ich ja auch eine Älteste bin.

-- Kann ich nicht beurteilen. Meine Mutter hatte ab 1957 drei Söhne neben ihrer Berufstätigkeit, da war sie 35 und ich zehn.

45

Wenn wir über die Stränge schlugen, hat sie uns mit dem Rührlöffel versohlt. Als ich 14 war, nahm ich ihr den Rührlöffel aus der Hand und zerbrach ihn überm Knie. Danach war ich ihr Großer, und sie hat mich mehr und mehr wie einen Erwachsenen behandelt.

-- Drei Söhne, war das ihr Traum?

-- Es war ihr recht, sie wollte Buben, während mein Vater sich Mädchen wünschte. Ihr einziger Bruder war vor Stalingrad gefallen.

Der Bus nach Yaiza bog um die Ecke. Sie traten auf die Straße.

-- Inka, wenn du unbedingt wissen willst, ob ich bei meiner Mama – er betonte das italienische Wort – gelernt habe, mit einer emanzipierten Frau zu leben, dann kann ich dir versichern: ja. Auch im proletarischen Milieu gibt es selbstbewusste Frauen, so wie es dort auch Tischsitten, Gelehrsamkeit und sogar Klavierspieler gibt.

-- Jetzt spinn du nicht rum, sagte Inka ungehalten, nur weil ich mich für dein Leben interessiere.

Sie bestiegen den ziemlich ramponierten Bus und nahmen in der Frontreihe Platz.

Fünfzehn

Mirabeau kam aus dem Pool, das Wasser perlte an ihm ab, seine Haut war leicht gerötet. Vera riet ihm, warm abzuduschen.

-- Danach musst du dich dringend frisch eincremen oder aus der Sonne rausgehen.

-- Bevor ich dich allein lasse, lasse ich mich lieber doppelt von dir eincremen, versicherte er Vera, die ihn zu den warmen Duschen begleitete. Dort wollte er sie gerne einschäumen, aber es war keine Seife da.

Als sie zurück zum Wasser kamen, hatte der Kellner Orangensaft gebracht. Vera nahm einen Schluck, dann cremte sie Mirabeaus Rücken ein und warf ihm die Tube in den Schoß, als er

46

einladend auch die Brust herzeigte. Er schaltete schnell und pflegte ihren Rücken mit Hingabe, besonders die Schultern und die Rippen, die den Busen halten.

-- Du bist ein Schokes, sagte sie, die Leute gucken schon.

Das war übertrieben, die einzigen, die mal hersahen, lagen zehn Meter und drei Liegen weiter, waren jung wie sie und braun gebrannt.

Als Mirabeau nach seinem Glas griff, sah er, dass der beiliegende Zettel nicht die Rechnung, sondern eine Nachricht war. Er drehte sich zu Vera und las: „Herr Schreiner hat angerufen für Herrn Baröhr oder Frau Mühlen. Es ist wichtig. Er bittet um Rückruf."

-- Eine Bonner Nummer, fügte er hinzu.

Vera nahm den Zettel.

-- Das ist Andy, unser Nachbar und ein Freund. Was ist so wichtig, dass er nach Teneriffa telefoniert?

-- Ruf an und find es raus.

Vera zögerte lange, dann ging sie in die Rezeption, bat um ein Amt und wartete in der Telefonkabine. Es klingelte, Andy war direkt dran, das Telefonat dauerte knapp zwei Minuten.

Als Vera mit leicht schleppendem Gang zurückkehrte, fragte Mirabeau besorgt, ob etwas Schlimmes passiert sei.

-- Nein, kein Unglück. Aber wir haben jetzt ein Problem. Franks Verlag hat ein altes Projekt von ihm überraschend akzeptiert, jetzt wollen sie wissen, ob er mit dem Honorar einverstanden ist und binnen eines halben Jahres liefern kann. Es geht um den Prospekt.

-- Und was hast du dem Freund gesagt?

-- Dass Frank auf Foto-Tour ist und ich annähme, dass er einverstanden sei. Falls nicht, werde er anrufen.

-- Und jetzt?

-- Jetzt ist mir nicht wohl. Ich möchte das nicht so einfach für ihn entscheiden, ich weiß aber auch nicht, wie ich es sonst machen soll.

-- Du könntest Frank anrufen oder Andy die richtige Nummer geben.

-- Mirabeau, wir haben jeden Kontakt während der 14 Tage ausdrücklich ausgeschlossen, außer im Notfall. Ein Notfall ist das nicht. Und Andy muss wirklich nicht wissen, was wir hier veranstalten.

-- Du willst nicht mit Frank sprechen, stellte Mirabeau fest.

-- Richtig, dann wäre der Zauber gebrochen.

Sechzehn

Die Straße nach Yaiza nahm Frank und Inka gefangen und näherte sie einander an. Sie teilten ihre Eindrücke und halfen sich, wenn sie nach Worten suchten in dieser ungeheuerlichen graubraunschwarzen Welt an den Ausläufern der Feuerberge.

-- Wie willst du das fotografieren? fragte Inka beinahe schon rhetorisch.

-- Man muss den Himmel einbeziehen und eine kompositorisch achtbare Verbindung der Artefakte mit den Trümmerstücken der Natur herstellen, hätte mein Kunstlehrer gesagt.

Frank zeigte Bizeps und grinste.

-- Folgst du ihm? Ich meine, wie siehst du es? fragte Inka etwas verwirrt.

-- Dokumentieren kann man immer, sagte Frank, und wenn du einen Blickwinkel findest, der dir einen gefälligen Zusammenhang eröffnet, brauchst du aus ästhetischen Gründen nicht mal Artefakte. Eine echte Herausforderung hier ist der Mangel an kräftigen Farben, schwache gibt es ja in Hülle und Fülle.

-- Betrachtest du eigentlich Fotografie als Kunst? Gar deine Fotografie? wollte sie nun wissen.

Frank machte es kurz.

-- Erstens bin ich nicht größenwahnsinnig und zweitens: Was ist Kunst, Bildende Kunst im Jahr 1972? Mit der Kamera bin ich jedenfalls kein Provokateur, da ziele ich auf das Erhellende, das

48

Überraschende und, ja, gern auch auf den Augenschmaus, um es mal altdeutsch auszudrücken.

Am Scheitelpunkt der Straße, auf der Höhe der Bodega La Geria verließen sie den Bus. Sie schauten sich die aufgelassene Einsiedelei am Straßenrand an und zogen dann zur Gastwirtschaft weiter.

-- Trinken wir gleich oder steigen wir zuerst auf diesen namenlosen Vulkan da hinten?

Inka warf sich ins Kreuz, reckte die Arme und sagte kein Wort.

Der Pfad zum Berg war reizlos, aber auf der Strecke veränderten sich die Ausblicke und die Eindrücke. Man gehe in die Landschaft ein, bemerkte Inka, und Frank nickte zustimmend. Er nahm hier und da die Kamera ans Auge, löste aber nicht aus.

Der Anstieg zog sich hin und bereicherte sie mit Ausblicken. Am Himmel hatten kleine Wolken zusammengefunden, das Sonnenlicht war etwas härter geworden, aber immer noch warm, die „Naturtrümmer" gewannen in neuer Perspektive schärfere Umrisse.

-- Selbst die kleinste Gipfeltour ist erhebend, sagte Inka.

Sie wies nach Nordwesten ins Zentrum der bunten Feuerberge.

-- Sehe ich auch so, bestätigte Frank und blieb neben ihr stehen.

Er legte die Hand auf ihre Hüfte und schob sie sachte um die Achse. Sie sah ihn an, etwas von oben, aber das war den fünf Zentimetern Höhenunterschied geschuldet, ihre Lippen waren leicht geöffnet.

-- Waren wir uns schon mal so nah?

-- Ja klar, im Bus, rutschte es ihr raus, doch sie besann sich sofort und bot ihm an, die Fototasche zu tragen, damit er beweglicher sei. Das lehnte er ab, aber sein Dank hörte sich an, als habe er verstanden.

Bis zur Abbruchkante der Caldera boten sich einige Gelegenheiten für passable Landschaftsaufnahmen. Frank ließ hier und da die Tasche stehen, Inka trug sie weiter, manchmal rief sie ihn, dann übernahm er ihren Blick.

Oben setzten sie sich, Rücken an Rücken, und beschrieben, was sie sahen. Es war Inkas Idee, Frank folgte ihr, sie nahmen und variierten wo möglich die Worte, die bereits gefunden waren. Das Spiel litt indes unter ihrer beider Unwissenheit. Wenn ihnen partout kein passender Begriff oder gar Name für diese Formation oder jenes Mineral einfallen wollte, verhakten sie schon mal die Arme und machten Dehnübungen.

Am besten gefiel ihnen beiden die rötliche Caldera del Corazoncillo, den Namen hatte Inka aus dem Reiseführer.

-- Und was bedeutet Corazoncillo? wollte Frank wissen, während sie mit dem Abstieg begannen.

-- Herzflimmern, riet Inka drauflos.

-- Das muss ein poetisches Volk sein, das für Vulkane solche Bezeichnungen findet.

Auf dem Weg zur Bodega verzögerte Frank noch einige Male und fotografierte.

-- Erst wenn du einen Weg in beide Richtungen gehst, schöpfst du die Ansichten aus, die er bietet, dozierte er.

-- Das klingt wie eine östliche Lebensweisheit.

-- Ist hausgemacht.

-- Hast du in der Art noch was auf Lager?

Frank blieb stehen und ließ Inka auflaufen.

-- Ja, aber das ist ernst. Willst du es hören?

Diesmal war sie auf dem Quivive, öffnete alle Poren und wandte sich ihm zu.

-- Drei Erscheinungen sind heilig, sagte er, der Liebesakt zwischen Mann und Frau, das Lachen der Kinder und der Bolero von Ravel.

Inka war ratlos, sie trat an ihn heran, fasste ihn an den Ellbogen, bewegte ihn sanft und wusste immer noch nicht recht. Er lächelte erst, dann küsste er sie auf den Mund und ließ die Zunge aufblitzen.

-- Du bist frech, sagte sie, nicht weiter bewegt.

-- Ein frecher Pedant?

-- Nein, ein hartnäckiger Abenteurer, und jetzt hör auf zu scherzen.

Sie packte den Fotografen am Genick, zog ihn an sich und küsste ihn wie einst Jean Harlow, um nicht zu sagen Mae West. Da Frank nichts dagegen hatte, gelang der Akt, ohne dass das leicht Gewalttätige ihres Zugriffs unangenehm geworden wäre.

Eine halbe Stunde später futterten sie sich auf der Terrasse der Bodega La Geria durch die Tapas und tranken reichlich Malvasia. Der Rote, ein Listán Negro, war auch nicht übel, aber der Weiße vorzüglich, zu Hause bekam man ihn nicht, hier kostete er ein paar Groschen.

-- Mit Auto hätten wir jetzt ein Problem.

Inka patschte Frank auf die Hand, hob die Füße auf die Bank, schob den Wickelrock zwischen die langen Beine, den Strohhut auf die Nase und streckte sich unter der Sonne, gestützt auf die Unterarme.

-- Du hast wirklich was von Jean Harlow, kommentierte Frank und erntete eine abschätzige Handbewegung.

-- Komm, wir gehen zur Siesta in den Weinberg, da stehen wir nicht unter Beobachtung.

Sie gingen zur Landstraße und dort ein Stück Richtung Uga, bis sie linker Hand einen Weintrichter mit einem großen Stock in frischem Grün entdeckten und in Beschlag nahmen. Der Boden war so tief und der Trichter so weit von der Straße weg, dass sie selbst den Bus, der bergab rollte, nicht sehen konnten.

-- An einem solchen Ort wollte ich immer einen Sohn zeugen, bekannte Frank und zog das Tea Shirt über den Kopf wie der Campesino in „Viva Maria!", als Jeanne Moreau und Brigitte Bardot gerade den Striptease erfanden.

Inka winkte ab und wies ihm streng einen Platz zwei Meter entfernt zu. Erst als er sich niedergelassen hatte, zog auch sie die Bluse aus und strippte den Wickelrock von der Taille tief in die Hüfte. Da Frank sich nie in die Sauna-Gesellschaft eingereiht hatte und die vergangene Nacht schwarz gewesen war, überraschte ihn die Ranke aus kastanienbraunem Haar, die sie unter dem Nabel entblößte.

-- Du hast immer den Beweis dabei, dass deine Haarpracht echt ist, verarbeitete er sofort seine neueste Erkenntnis.

Inka machte wieder diese abschätzige Handbewegung.

-- Sing mir lieber ein Schlaflied, kleiner Spanner.

Frank stimmte Guantanamera an: „Yo soy un hombre sincero" – „Ich bin ein ehrlicher Knochen" – und das entlockte ihr dann doch ein anerkennendes Lächeln.

Siebzehn

Dr. Huetli war pünktlich. Es war auf die Minute halb 12, als die Klingel ging und Paul Zabel in Stieldorf die Haustür öffnete.

Huetli war ein mittelgroßer Mann, Mitte 40 und von freundlicher Art. Paul komplimentierte ihn ins Wohnzimmer, bot Getränke an und sah zu, einen gelassenen Eindruck zu machen. Er servierte Orangensaft und nahm selbst noch einen Kaffee.

-- Sie wollen mit mir über meinen verstorbenen Vater reden, Herr Dr. Huetli. Ich darf wiederholen, dass das für mich überraschend kommt. Ich wusste nichts von seinen Geschäfts-verbindungen nach Zürich und wollte nach Ihrem Brief auch nicht meine Mutter fragen, sondern erst Ihren Besuch abwarten.

Huetli lächelte begütigend und nahm einen Schluck Orangensaft, er wollte ersichtlich keine Aufregung verursachen.

-- Herr Zabel, Sie brauchen sich keine Sorgen zu machen, ich habe nur erfreuliche Nachrichten für Sie. Ihr Herr Vater hat Sie schon vor längerer Zeit als Erbe der Engagements notifiziert, die er mit Hilfe unseres Hauses über die Jahre eingegangen ist und die,

52

das darf ich wohl sagen, sich beiderseits zu großer Zufriedenheit entwickeln konnten. Uns liegt daran, Sie mit den Einzelheiten insoweit vertraut zu machen, dass Sie die Geschäfte überschauen und bewerten können und sich im Stande sehen, unser Angebot zur Fortführung wohlwollend in Erwägung zu ziehen. Denn fortführen wollen wir gerne! Ihr Vater hatte außergewöhnliches Gespür für Chancen, die in der Luft lagen, er hat kühn und mit Fortune investiert und unser Haus, wie soll ich sagen, nicht nur als Bank genutzt, sondern hier und da auch mitgezogen als Teilhaber. Ihr Vater war ein Entrepreneur reinsten Wassers, Herr Zabel. Das Beileid, das ich Ihnen aussprach, haben wir ehrlich empfunden.

Paul dankte und fragte, ob Huetli eine Aufstellung oder sonst ein aufklärendes Papier mitgebracht habe, er sei Ökonom und könne so etwas wohl lesen.

-- Nein, antwortete Huetli, das wäre nicht klug. Aber ich werde Ihnen die entscheidenden Sachverhalte mündlich so vortragen können, dass Sie sich im Bilde fühlen werden.

Er trank wieder einen Schluck, und da Paul stumm blieb, begann er mit seinem Vortrag.

Huetli brauchte eine gute Viertelstunde und lieferte eine mustergültige Aufstellung. Paul intervenierte zwei-, dreimal, er fragte nach Kalenderdaten und einem Kontext, er notierte wenige Zahlen, und falls er über den Vortrag insgesamt oder über die eine oder andere Eröffnung erstaunt gewesen sein sollte, merkte man es ihm nicht an.

-- Ich sehe, dass Sie mir nicht nur leicht folgen, sondern auch die Unzulänglichkeiten einer derart konzentrierten Darstellung ausbessern können, das ist sehr hilfreich, danke, sagte Huetli und lächelte.

Paul Zabel nickte freundlich, rückte im Sessel nach hinten, schlug die Beine übereinander und rang um eine Antwort. Er entschied sich für die Mutter der Porzellankiste.

-- Sie werden verstehen, Herr Huetli, dass ich für die Verarbeitung des heute neugewonnenen Wissens etwas Zeit brauchen werde, auch wenn ich das meiste wohl auf Anhieb verstanden habe. Es ist eben doch sehr überraschend, was sie mir eröffneten, und auch bedeutsam. Ich schlage vor, dass wir den Rest dieses schönen Tages nutzen, um einen Blick auf das mythische Siebengebirge zu werfen, danach möchte ich Sie zum Essen einladen und werde Sie auch gerne zum Flughafen bringen. In der Sache werde ich mich melden, sobald ich meine Gedanken geklärt habe.

Huetli äußerte Verständnis und nahm dankend an.

Paul startete die Sightseeing-Tour auf der Chaussee nach Vinxel, die Sonne stand knapp über dem Ölberg.

Als er am Abend aus Köln zurückkehrte, war die Dämmerung hereingebrochen. Er stellte den Wagen in der Garage ab und betrat das Haus von dort aus. Die zweite Zugangstür klemmte, er trat mit Wucht dagegen und fluchte.

-- So ein Scheißdreck!

Achtzehn

Sofia hatte das Tropical empfohlen, „aber nicht vor halb 10“. So war nach dem Abendessen genügend Zeit für Körperpflege und „Maskenball“, wie Mirabeau in Erinnerung an Bundeswehrzeiten spottete, als Vera „mindestens eine Stunde“ Vorbereitung auf den Disco-Besuch reklamierte. Die brauchte sie auch, und Mirabeau durfte ihr lediglich den Rücken eincremen, was ihn frustrierte und dazu führte, dass er halt den eigenen Körper andächtig präparierte. Vera probierte nahezu den kompletten Kleiderschrank durch, aber als sie vor die Tür trat, sah sie auch aus wie die perfekte Teenie-Queen für eine tropische Nacht.

-- Ich bin versöhnt, sprach Mirabeau und reichte ihr den kleinen Finger. Sie nahm die ganze Hand.

Vor der Tür stand Sofia mit dem Pärchen, dessen Nachbarn sie am Pool gewesen waren.

54

-- Herr Schulz, die Garners wollen auch ins Tropical, nehmen Sie doch gemeinsam ein Taxi.

-- Klar, sagte Mirabeau.

Man begrüßte sich per Handschlag und, erstaunlicherweise, allseits mit „guten Abend".

Vera war verblüfft und erleichtert.

-- Sprechen Sie Deutsch?

-- Ja, sagte Garner male, wir sind beide in K-Town aufgewachsen und zur Schule gegangen.

-- In Kaiserslautern, bei mir in der Pfalz, amüsierte sich Mirabeau, das ist ja ein Ding!

-- Ich hätte gewettet, dass Sie Pfälzer sind, sagte Garner female, die in Wahrheit Hanson hieß, den Zungenschlag kann man nicht verleugnen.

Vera beömmelte sich, die beiden Mädels klatschten einander spontan ab, als wären sie seit Ewigkeiten Schwestern.

-- Ich heiße Vera, und das ist Mirabeau.

-- Ich bin Eileen, mein Darling heißt Fred.

Fred zeigte einen Ring und legte die Arme an den Handgelenken übereinander. Eileen knuffte ihn dafür.

-- Wir sind verlobt, sagte sie.

-- Wir überlegen noch, erklärte Vera.

-- Wir üben, verbesserte Mirabeau und wurde dafür ebenfalls geknufft.

-- Das passt, sagte Fred.

Sie stiegen in das Taxi, Mirabeau auf den Beifahrersitz, er musste also zahlen.

Das Tropical machte von außen nicht viel her, doch die Musik kündigte schon vor der Tür einen ehrlichen Tanzschuppen an: Rare Earth mit „Get ready". Die vier fanden rasch einen Tisch, noch war es nicht rappelvoll, bestellten Cuba libre und stürzten sich ins Vergnügen.

Vera und Mirabeau machten bella figura, das waren sie von zu Hause gewohnt, und aufmerksame Blicke folgten ihnen auch hier. Eileen und Fred standen ihnen nicht nach, im Gegenteil, ihre Geschmeidigkeit und Akkuratesse waren bestechend, Mirabeau pfiff anerkennend. Sie tanzten einander an, und die Gesichter leuchteten und glänzten lange bevor ein erster feiner Schweißfilm sich darauflegte.

-- Tanzen ist Glück, rief Eileen.

Als das Programm einen alten Rock'n'Roll dazwischenschob, tanzten Mirabeau und Vera ihn cool à la James Dean, abgezirkelt und mit sparsamen Bewegungen, dafür bekamen sie anerkennende Gesten. Der DJ, der sein Publikum im Blick hatte, schob Ray Charles mit „What'd I say" nach, und jetzt zeigten die beiden Amis ihre Art Rock, die Bewegungen waren runder, die Drehungen zahlreicher und die Kollisionen, die Fred kunstvoll herbeiführte, passten haargenau zu dem wunderlich versauten Text. Vera klatschte in die Hände, und Mirabeau sang mit:

-- She knows how to shake that thing ...

Der Abend wurde lang.

Vor der Tür war die Luft erholsam frisch, Vera und Eileen zündeten sich eine Ducato an.

-- Stuttgart also, sagte Vera, da würde es mich eher nicht hinziehen.

-- Die Pfälzer haben was gegen die Badener, nicht gegen die Schwaben, lachte Eileen, und da wir beide mütterlicherseits Pfälzer sind, muss es dich nicht wundern, wenn wir auf Stuttgart stehen. Aber die Stadt ist auch beruflich für Fred und mich genau richtig.

-- Maschinenbau, Elektrotechnik, ich weiß aus meinem Job, dass das passt, aber warum überhaupt die Bundesrepublik, das alles gibt's bei Euch doch auch, viel größer und womöglich besser.

Eileen antwortete nicht sofort, dann aber doch.

-- Darling, ich bin den Rassenscheiß einfach leid.

Vera stutzte.

56

-- Hat sich der Konflikt denn nicht beruhigt? fragte sie. Warum nimmt dich das so mit?

Eileen zog an der Zigarette und sah Vera über die Schulter an.

-- Darling, ich bin schwarz.

Der Satz stürzte Vera in ungläubige Verwirrung.

-- Wie, du bist schwarz? Du bist doch nicht schwarz!

-- Nach dem US-Zensus von 1970 bin ich schwarz, denn mein Vater ist schwarz.

Veras Fassungslosigkeit brachte sie zum Lächeln.

-- Wenn Du meinen Vater sähest, würdest du ihn nicht unbedingt für schwarz halten, aber sein Vater war schwarz, darum ist auch mein Vater schwarz.

Eileen las an Veras Gesicht ab, dass sie trotz diverser Cuba libre auf gedankliche Wachheit umzuschalten suchte.

-- Jetzt sag nur, Fred ist auch „schwarz"? wollte sie wissen und setzte das Wort gestisch in Tüttelchen.

-- Ja, Fred ist auf dieselbe Art schwarz wie ich.

Vera schüttelte den Kopf. Sie rauchte wortlos die Zigarette zu Ende und schnippte die Kippe weg. Dann wandte sie sich Eileen zu und berührte sie am Arm.

-- Würdest du mir erzählen, was das bedeutet, wenn ich dich darum bitte?

-- Ja, aber nicht heute. Jetzt gehen wir wieder tanzen und genießen unser Glück.

Neunzehn

Als Frank aufwachte, brauchte er eine gewisse Zeit, um sich zurecht zu finden. Inka hatte wie schon in der ersten Nacht alle Vorhänge dicht zugezogen, so dass kein Licht das Zimmer erhellte und die Armbanduhr kaum abzulesen war. Schließlich stand er geräuschlos auf, ging auf Zehenspitzen zum Fenster und steckte den Arm durch die Ritze. Es war kurz vor acht. Warum nicht aufstehen?

Er ging weiter ins Bad, machte sich rundum katzenfrisch und leicht, schmiss eine Aspirin ein, dann schlich er nackt zurück ins Bett und rückte dort an die schlafende Inka heran, von der aber kaum etwas zu sehen war. Er schob die Hand unter ihre Decke und suchte eine unverfängliche Stelle für die morgendliche Erstberührung. Es war die Hüfte, und sie war bloß.

-- Was machst du da? drang es unter dem Kopfkissen hervor.

-- Ach, du bist schon wach, sagte Frank ehrlich erstaunt und drehte ab, ich wollte dich sanft wecken, es ist schon helllichter Tag.

Inka drehte sich auf den Rücken, legte die Arme auf die Decke und nahm ihn ins Visier.

-- Ich hatte heute Nacht grässliche Kopfschmerzen und lag lange wach, während du selig geknackt hast, klagte sie.

-- Du hattest zu viel getrunken und wolltest ohne Gymnastik einschlafen.

Sie nahm das kleine Kopfkissen und titschte es ihm auf die Ohren.

-- Du hast viel mehr getrunken als ich, sagte sie, um nach einer Denkpause rau lachend zu ergänzen:

-- und Gymnastik hattest du auch keine.

Frank ließ einige Zeit verstreichen, bevor er antwortete.

-- Du hast Recht, ich kann es nicht leugnen.

Inka stand so früh am Morgen der Sinn nicht nach Belegen, sie sauste umgehend ins Bad. Als sie züchtig in den Morgenmantel gehüllt zurückkam, war Frank weg. Sie entdeckte ihn auf dem Balkon, wo er die Füße hochgelegt hatte und rauchte. Er war anhaltend nackt.

-- Du erkältest dich, außerdem ist das Bad frei.

Beim Frühstücken eine halbe Stunde später erholte sich Inka rasch und war jetzt neugierig.

-- Wann sind wir überhaupt ins Bett gegangen?

-- Ich bin um Mitternacht hoch. Wann genau du gekommen bist, weiß ich nicht, ich war schon eingeschlafen.

-- Du hast mich schutzlos sitzen lassen.

-- Ich hatte nicht den Eindruck, dass du mich gebraucht hast. Und die Kerle um dich herum haben mich bestimmt nicht vermisst.

Frank sprach in geschäftsmäßigem Ton.

-- Du warst beleidigt und hast mich diesen arroganten Schnöseln ausgeliefert, stellte Inka spitz fest.

-- Vielleicht war ich beleidigt, aber die Kerle, die dich belagerten, waren amüsant. Sie hatten Ahnung von Shakespeare, den hielten sie für einen der ihren. Einer hat mir Heidegger im Original zitiert, „das nichtende Nichts", da war ich von den Socken und habe mir spontan an die Stirn getippt. Das war englische Oberklasse aus dem Bilderbuch, in gewissem Sinne faszinierend, bei uns gibt es solche Typen ja nicht.

-- Sie waren mir trotzdem unheimlich, beharrte sie, nein, sie waren grässlich.

-- Du übertreibst, Du hattest Spaß. Grässlich wären sie dir geworden, wenn du mit ihnen gegangen wärst und sie dich gevögelt hätten.

-- Das wollten sie.

-- Gut möglich, aber vor Kidnapping schreckt diese Klasse mittlerweile eher zurück, sagte Frank und wechselte das Thema.

Er zog eine Landkarte aus der Gesäßtasche und breitete sie aus.

-- Wir könnten heute eine Tour mit dem Auto machen, wenn dir der Sinn danach ist, eröffnete er.

-- Klingt nicht wie eine Aufforderung, gab Inka zurück, was wäre dir denn am liebsten?

-- Gestern ging ich davon aus, dass wir heute mal das Hotel- und Strandleben genießen könnten, wir könnten auch mittags die nähere Umgebung erkunden.

Inka war einverstanden und goss Kaffee nach. Sie holte sich an der Frühstückstheke Apfel und Pfirsich und brachte Frank ein Törtchen mit.

-- Ich werde gut zu dir sein, versprach sie aus heiterem Himmel

-- Dann wird es unser Tag, versprach er ohne Zögern.

Zwanzig

In Puerto de la Cruz schien zwar die Sonne, aber es war Dunst in der Luft, auch ging ein frischer Wind. Auf der geschützten Terrasse des Sol verabschiedeten sich Fred und Eileen, sie hatten einen Ausflug in die Cañadas gebucht und mussten sich sputen.

-- Schade, dass der Bus voll ist, bedauerte Vera, wir wären gern mit.

-- Ich bin nicht sicher, ob die Seilbahn auf den Teide bei dem starken Wind fahren wird, sagte Fred, falls nicht, probieren wir es an einem anderen Tag nochmal und dann zusammen.

Als die beiden gegangen waren, blickte Mirabeau Vera erwartungsvoll an, und Vera musste lachen.

-- Wir beide gehen jetzt ohne Umwege diesen tollen „Kreuzhafen" erkunden, beschied sie ihn, vielleicht kriegen wir auch einen „Spiegel" oder eine „Frankfurter Rundschau".

Sie streunten Richtung Stadtzentrum und staunten über die Bautätigkeit. Überall wurde gewerkelt und gelärmt, doch die vorindustrielle Fertigung, die diesen Sektor zu Hause nach wie vor prägte, war auch hier vorherrschend. Ein einziges mächtiges Gebäude wurde mit Fertigteilen hochgezogen, sonst waren Gerüstbauer, Eisenflechter und Maurer zugange und vermittelten den Eindruck einer eher beschaulichen handwerklichen Arbeit.

Umso überraschender war das Bild, das sich rechts hinter der nächsten Kreuzung bot. Dort entstand eine Appartement-Anlage, im Moment sah sie jedoch einer belagerten Burg ähnlich. Die Lokalpolizei war mit einem Einsatzwagen da, die Guardia Civil gleich mit zweien und ein halbes Dutzend Uniformierter mit dem viereckigen Hut auf dem Kopf bevölkerte die Straße.

-- Ein Streik! erklärte Vera und verblüffte Mirabeau damit.

-- Wie kommst du darauf?

-- Diesen Aufmarsch hatten wir vor zwei Jahren in San Antonio an der Costa Brava genauso. Und schau, auf der Baustelle tut sich nichts, obwohl da oben Leute sind.

Sie passierten den Pulk der Uniformierten. Einige Meter dahinter trat im dritten Stock ein Arbeiter mit Käppi fast an die Fensterbrüstung. Sie blieben stehen und nahmen Blickkontakt auf. Der Mann reckte die Linke zur Faust. Vera machte drei Schritte auf die Fensterreihe zu.

-- Comisiones ..., rief sie.

Er antwortete vernehmbar:

--... Obreras ...

Vera zeigte die Faust.

-- Regresamos.

Der Arbeiter öffnete die Faust und winkte.

-- Lass uns gehen, bevor uns ein Arschloch anmacht, raunte Mirabeau, der die Lage im Blick hatte, und zog Vera vom Acker.

Als klar war, dass niemand ihnen nachstieg, blieb Mirabeau stehen und baute sich vor Vera auf.

-- Seit wann kannst du Spanisch? Wie bist du draufgekommen, dass es ein Streik der Arbeiterkommissionen ist? Und warum versprichst du, dass wir zurückkehren?

-- Ich spreche nicht Spanisch, aber ich war vier Wochen in San Antonio und 14 Tage davon im Streik an der Seite der CO, da habe ich paar Brocken gelernt. Und zurückkehren werden wir mit einem Fresskorb, das haben wir an der Costa Brava auch so gemacht.

Mirabeau musterte sie von oben bis unten.

-- Una chica revolucionaria! Eine revolutionäre Göre! Frank wäre stolz auf dich.

-- Du nicht?

-- Doch, ich auch, entgegnete Mirabeau, hob sie in die Höhe und schwenkte sie dreimal mit Schmackes um die Achse.

-- Ich dachte, nur Franco hat diesen Dreh raus, quietschte Vera vergnügt.

Der „Kreuzhafen" war im Zentrum so verlebt, dass selbst die Sonne ihm keinen südlichen Reiz verleihen konnte. Auf der Suche nach einem Zeitungsladen landeten sie in der Casa Lucullus, kauften einen „Spiegel", verschmähten aber „täglich frischen Leberkäse und Bratwurst vom Rost". Mirabeau flirtete mit einem „Löwenbräu vom Fass", aber Vera zeigte keine Geduld. Auch für das Restaurant „Beim dicken Otto" mochte sie sich nicht erwärmen. Stattdessen klapperten sie die Meerfront ab, umrundeten den alten Hafen, Mirabeau fotografierte eifrig mit seiner kleinen Canonet, vorzugsweise Vera auf hohen Absätzen und in einem sehr kurzen Rock. Müde gelaufen fanden sie an einem Zugang zur Plaza del Charco ein Restaurant, das Einheimische frequentierten und sich als glückliche Wahl erwies für Tapas und frisches Bier vom Fass.

-- Wir sollten uns einen Fahrplan für die öffentlichen Busse besorgen, schlug Vera vor, oder doch gleich das Auto nehmen, hierher werden wir tagsüber ja eher selten zurückkehren, oder?

Mirabeau brauchte nicht überzeugt zu werden. Sie suchten und fanden bald das Tourismusbüro und staunten über den umfangreichen Fahrplan, den man ihnen broschiert aushändigte. Schwieriger war es, einen Fresskorb zu organisieren, aber dann taten es zwei große Papiertüten auch.

An der Appartementanlage angelangt, war keine Guardia Civil mehr zu sehen, und vom lokalen Polizisten stand nur noch das Auto rum.

-- Siesta, urteilte Vera.

Sie suchten einen Weg ins Innere der Baustelle, die still dalag, wurden aber rasch bemerkt, als sie ans erste Treppenhaus gelangten. Sie hoben die beiden Tüten in die Höhe, da erschien auch schon der Mann, mit dem sie am Vormittag die Faust ausgetauscht hatten. Er lächelte, ging auf Vera zu, nahm die Tüte dankend entgegen, warf einen Blick hinein und zeigte sich sehr erfreut. Als nächstes wurde Mirabeau seine Tüte los, es wurden die Lebensmittel und die Getränke verteilt, dazu Fragen gestellt, die Mirabeau so gut er konnte auf Italiol, also in einem Mix aus Italienisch und Spanisch beantwortete. Dass sie Deutsche seien, nahm man ihnen wie selbstverständlich ab, die Gesten dabei galten Vera, die sich selbstbewusst in dem Ambiente bewegte und gekonnt nicht nur das Brot brach.

Als sie gehen wollten, fragte der Wortführer, ob man sich wiedersähe.

-- Ehrensache, antwortete Mirabeau.

-- Tu también? wandte sich mit offenem Gesicht der Jüngste an Vera.

Sie nickte und gab ihm die Hand, den Anderen winkte sie beim Abgang.

Einundzwanzig

Paul Zabel hatte immerhin den nächsten Schritt entschieden und suchte in der Telefonliste, die noch von seiner Mutter stammte, nach der Nummer von Dr. Kaufmann & Partner. Da klingelte das Telefon, vor dem er saß. Paul hob ab und meldete sich mit Namen.

-- Kanzlei Dr. Kaufmann & Partner, guten Tag, Herr Zabel, ich verbinde Sie mit Dr. Kaufmann persönlich, einen Moment bitte.

Paul schüttelte den Kopf, da war schon Kaufmann dran.

-- Paul, gut, dass ich Sie direkt erreiche, ich hoffe, es gefällt Ihnen in der neuen alten Bleibe? Ich möchte Sie mit einem Anliegen vertraut machen, das man mich bittet, an Sie heranzutragen. Haben Sie einen Augenblick Zeit?

Paul war durch den Wind.

63

-- Es könnte sein, dass ich schon weiß, weswegen Sie mich anrufen, sagte er.

Kaufmann unterbrach ihn sofort.

-- Nein, das glaube ich nicht. Neben mir sitzt Herr Münster vom Amt für Staatsschutz – er stolperte – vom Bundesamt für Verfassungsschutz, er würde sich gerne mit Ihnen treffen, Paul, möglichst zeitnah.

Paul war nur noch konsterniert.

-- Worum geht es denn?

-- Soweit ich informiert bin um eine Immobilie im Siebengebirge, aber das wird Ihnen Herr Münster näher erklären können. Haben Sie heute Zeit?

-- Noch bin ich als Student eingeschrieben, und Studenten haben doch immer Zeit, Herr Kaufmann, außerdem sind Semesterferien. Wenn es ihm passt, kann Herr Münster gerne in einer halben Stunde hier klingeln.

Kaufmann antwortete ohne Verzögerung.

-- Das trifft sich gut, Paul. Herr Münster wird in der nächsten Stunde bei Ihnen sein. Mich können Sie heute Abend unter der oberbergischen Nummer erreichen oder morgen Mittag im Büro.

– – –

Kurz vor 11 läutete es an der Tür. Paul öffnete und sah sich einem soignierten Herrn ohne Schlapphut gegenüber. Er bat ihn ins Haus, half beim Ablegen und platzierte ihn in der großen Essküche.

Paul war ein höflicher Gastgeber, und Herr Münster nahm gerne einen Kaffee. -- Ich bin überrascht, Herr Münster, begann Paul das postformale Gespräch, aber Sie werden mich gewiss aufklären.

Münster brauchte keinen langen Anlauf. Er sprach von zuverlässigen Informationen, die dem Amt über verdächtige Bewegungen rund um eine Immobilie in Hartenberg zugegangen seien. Die Prüfung habe ergeben, dass die Immobilie auf die Glock

64

AG im Grundbuch eingetragen sei. Man habe sich an den Justitiar gewandt und sei an die Kanzlei von Dr. Kaufmann weitergeleitet worden, der Rest sei bekannt.

Paul nickte und entspannte sich, seine Laune verbesserte sich zusehends.

-- Sie meinen wohl die ehemalige Scheune, in der mein Vater seine Motorräder und den Oldtimer untergebracht hatte. Die habe ich übernommen und leicht verändert, ja. Aber was meinen Sie mit „verdächtigen Bewegungen"?

Münster sagte, es werde ihn nicht wundern, dass das Amt linksradikale Umtriebe im Bonner und Kölner Raum beobachte, man tue das nüchtern. Zuletzt zeichne sich nun ab, dass die Bader-Meinhof-Bande auch im Rheinland Unterstützung aus Kreisen erhalte, denen man das nicht ohne weiteres zugetraut oder gar unterstellt habe. In diesem Zusammenhang sei das Gebäude in Hartenberg und einer seiner Nutzer in den Fokus gerückt, es handele sich um den Studenten Frank Barreur.

-- Das meinen Sie nicht im Ernst, rutschte es Paul raus.

-- Unsere Informationen besagen, dass Barreur dort mehrmals mit einem Mann zusammengetroffen ist, den wir schon länger im Verdacht hatten, eine Art Botschafter der Meinhof zu sein. Da der Mann mittlerweile untergetaucht ist, rechnen wir ihn jetzt ganz der Bande zu.

-- Können Sie einen Namen nennen? Frank Barreur ist mein Freund, die meisten seiner Freunde, die bei mir verkehren, dürfte ich kennen.

-- Nein, einen Namen kann ich Ihnen nicht nennen.

-- Gibt es Fotos? Oder ist das alles Hörensagen? Ich frage Sie das, weil ich den Verdacht gegen Barreur für hirnrissig halte. Ich arbeite mit ihm seit langem eng zusammen, er ist ein erbitterter Gegner der Roten Armee Fraktion, das genaue Gegenteil eines Sympathisanten.

-- Wir kennen die öffentlich geäußerte Ablehnung der BMB durch Barreur, können aber den Verdacht nicht von der Hand weisen, dass es sich um eine raffinierte Tarnung handelt.

-- Diese Widerlegung zu versuchen wäre in der Bundesrepublik Aufgabe auch der Staatsanwaltschaft, rutschte es Paul heraus, dessen zwischenzeitlich gute Laune verflogen war, aber Sie sind ja nicht die Staatsanwaltschaft. Das bringt mich zu der Frage, warum Sie gerade jetzt zu mir kommen.

Münster erläuterte, dass man Barreur habe einvernehmen wollen, der aber nicht auffindbar sei, ja, er sei geradezu von der Bildfläche verschwunden. Dasselbe gelte für die Frau, mit der er zusammenwohne. Das Ganze sehe aus wie ein Untertauchen, denn selbst nahestehende Personen wüssten über den Verbleib der beiden nichts zu sagen.

Paul zögerte wie am Tag zuvor bei Huetli.

-- Frank Barreur und Vera Mühlen sind in den Süden gefahren, ich weiß auch wohin, ich habe Anschrift und Telefon. Die beiden haben mich verdonnert, nichts auszuplaudern, weil sie endlich mal 14 Tage lang ihre Ruhe haben wollen. Daran werde ich mich auch halten.

-- Befinden Sie sich auf Nato-Territorium?

Paul glotzte und zögerte, er musste überlegen.

-- Nein, das nicht, aber bei den Kommunisten sind sie auch nicht.

Münster tat, als sei er eigentlich mit Paul fertig, aber dann hatte er noch eine Frage.

-- Werden Sie Barreur informieren über unser Gespräch?

-- Nicht im Urlaub, das kann ich Ihnen versichern. Und nach dem Urlaub am liebsten auch nicht. Aber was raten Sie mir?

-- Sie halten den Verdacht gegen Barreur für völlig unsinnig, sagen Sie?

-- Mehr noch, nach dem, was Sie mir eröffnet haben, bin ich ziemlich sicher, dass Sie auf eine falsche Fährte gelockt werden

66

sollen. Falls es tatsächlich den beschriebenen Informanten gibt, dann haben Sie sich ein Stinktier angelacht, darauf würde ich das Portefeuille meines Vaters verwetten.

-- Ich melde mich erneut bei Ihnen, sagte Münster beim Abschied.

Zweiundzwanzig

Frank langweilte sich unter der Februar-Sonne, während Inka sie auch nach anderthalb Stunden noch eifrig genoss. Er richtete sich auf und fischte sein T-Shirt vom Sonnenschirm.

-- Ich schau mich mal um, Inka. Hier draußen wirst du auch alleine sicher sein.

Sie schaute ihn von schräg unten an und streckte sich zu voller Länge.

-- Pass im Straßenverkehr auf, Chico.

Frank versprach es und ging auf Wanderschaft. Er inspizierte erst das Hotel, dann das Ambiente und bummelte schließlich die Einkaufsmeile ein Stück rauf und wieder runter. Das große Elektro- und Fotogeschäft auf dem Buckel schaute er sich genauer an. Die Preise für Fotoapparate wichen von den Preisen zu Hause kaum ab.

-- Wir sind aber günstiger als England, erklärte der Verkäufer auf Deutsch, unsere Kunden sind Engländer vor allem.

Er zeigte Frank eine Gelegenheit, es war eine Yashica Mat, neuestes Modell, sie sah gut aus. Der Verkäufer wusste die Geschichte dahinter. Ein Mann aus Wales habe die Kamera gegen eine „Kodak für Doofe" eingetauscht, weil er mit der hakeligen Mechanik nicht zurechtgekommen sei und der häufige Filmwechsel und die dabei erforderliche Fummelei ihn genervt habe. Vermutlich habe er das Teil aus Frust nicht immer gut behandelt, aber die Optik sei makellos und die funktionelle Technik einwandfrei.

Frank nahm das Gerät in die Hand und checkte die „Rollei für den kleinen Geldbeutel" systematisch durch, der Mann hinterm Tresen schaute ihm anerkennend zu. Die Mechanik war etwas schwergängig, die Filmkurbel leicht verbogen, die Lupe über dem Sucher und auch der Sucher selbst minimal verkratzt, sonst tadellos.

-- Was wollen Sie dafür haben?

-- Sie sind ein Professional. Ich muss mit meinem Chef reden, der im Moment nicht hier ist. Kommen Sie morgen wieder, und wir werden Ihnen einen günstigen Preis machen.

Frank bedankte sich bei Herrn García mit Handschlag.

— — —

Der Strand des Hotels war bei Franks Rückkehr gut besucht, aber Inka war weder unterm Sonnenschirm noch im Meer zu entdecken. Als er schon aufs Zimmer gehen wollte, vernahm er ihre Stimme in seinem Rücken. Sie saß direkt hinter ihm an der Strandbar, die von der Passage zum Wasser durch einen Paravent abgetrennt war, und sprach Italienisch. Frank trat neugierig zwei Schritte zurück und sah durch das Schilfrohr einen nicht mehr ganz jungen Mann in Polohemd und Chinos an ihrer Seite. Die Unterhaltung drehte sich offenbar ums Kino und war angeregt.

Frank ging zögernd auf Abstand, lief anstandshalber bis zur Treppe, die zum Strand führte, „entdeckte" auf dem Rückweg Inka und winkte. Sie winkte zurück.

-- Frank, darf ich dir Signore Olivotti vorstellen, sagte sie, als er herantrat.

-- Monsieur Barreur, ergänzte sie und berührte leicht Franks Arm.

Anders als Inka stieg Olivotti vom Barhocker und drückte Frank lächelnd die Hand.

-- Sie sind Franzose? fragte er auf Französisch.

-- Nein, nein, nur noch dem Namen nach, man hat uns vor einigen Generationen germanisiert, gab Frank lächelnd in gleicher Sprache, aber mit weniger Akzent zurück.

Beide schauten anschließend Inka an, und Inka erläuterte auf Französisch, dass Herr Olivotti über einem Drehbuch brüte und hoffe, die Arbeit in der Ruhe und in der Frühlingssonne von Lanzarote bald zu erledigen. Frank gab die Erkenntnis zum Besten, dass Schreiben leider auch nur harte Arbeit sei, und Herr Olivotti fügte hinzu, dass der Autor dieses Drehbuchs immerhin sehr gut bezahlt werde. Er hob dann die Hand zum Abschied, sagte, er hoffe auf ein Wiedersehen, dabei sah er vor allem Inka an.

-- A la prossima, bemühte Frank seine Italienisch-Kenntnisse, die sich im Großen und Ganzen in Analogievermutungen zum Französischen und Spanischen erschöpften, entsprechend oft lag er daneben.

-- Wie heißt er nochmal? fragte er Inka.

-- Flavio Olivotti, er ist Turiner.

-- Warum geht er, kaum dass ich gekommen bin?

-- Er wollte mir nur das Warten auf dich erträglich machen, hat er gesagt.

Frank zeigte Zähne.

-- Wenn du jetzt Vera wärst, würde ich dir raten, dich in acht zu nehmen.

-- Und was rätst du mir?

-- Sei wie versprochen gut zu mir und vertrau deinem Freund Franco Timoniere, strahlte er sie an, hob sie vom Hocker und zog sie hinter sich her ins Hotel, sie musste drei, vier flotte Trippelschritte hinlegen, um als ehrenwerte Frau an seine Seite zu gelangen.

Im Aufzug sprachen sie kein Wort.

Im Zimmer kickten beide die Flipflops weg, stürmten ins Bad und kamen nackt an, in die Wanne stiegen sie vorsichtig. Inka drehte die Dusche auf, Frank fing an, sie zu wässern, einzuschäumen, abzuspülen, dann sie ihn. Es war eng. Erregung spannte die Haut, zufällige Berührungen gingen ans Herz. Die Reinigung des Anderen, eines unbekannten ungeschützten Körpers machte den Kopf leer und frei.

All das war in den Gesichtern zu lesen wie in einem offenen Buch.

Auf dem großen Bett zog Frank ein dünnes Leintuch über beide, schob den rechten Arm unter Inkas Kopf und den linken Oberschenkel zwischen ihre Beine. Sie fasste ihm ins Gesicht, schmiegte ihre Hand an seine linke Wange und begann ihn zu küssen.

Sie küssten sehr lange. Es war Ernst, kein Theater und wenn doch dann großes. Kein Wort fiel. Inka allein verursachte eine Bewegung, als sie die Rechte nutzte, um Franks Position auf ihrem linken Schenkel zu erleichtern und ihn zu bergen.

Als Inka die Decke abwarf, spreizte Frank die Hand auf ihrem Bauch und rückte an der Seite leicht nach unten. Er flanierte mit den Lippen über ihren Körper, ihre leisen Japser und Seufzer gefielen ihm, am meisten aber die Kiekser und Verwindungen, die er hervorrief, als er in ihrer Halskehle nach dem Mädchen in ihr grub.

Tauchen wollte er jetzt, doch hielt sie ihn fest und sah ihn an. Er fügte sich ihrem Griff und wartete. Sie vergewisserte sich, dann öffnete sie die Beine vollends und schubste ihn in die Mitte. Sie zog die Füße an, blieb aber mit der Sohle flach auf dem Bezug.

Frank hob leicht ab und war in einer fließenden Bewegung und ohne Hemmung unter ihrem Herzen. Sie umarmte ihn fest und erlaubte ihm keine Rührung. Da sie ihn aber unbedingt küssen wollte, zog sie schließlich die Knie an und seufzte erst einmal tief. Frank blieb brav bei ihr und ließ zu, dass sie ihn auffraß. Dann aber begann er wie der große Sumerer mit dem Grabstock zu rühren und zu klopfen und zu rühren, er zog manche Furche und hielt lange dem Sturm stand, der ihn mitreißen wollte. Zuletzt

70

stemmte er sich in den Boden, der wie ein Wunder aufbrach und die Kraft, die ihm bis in die Achseln gestiegen war, aufsog.

Er rief Gott an. Sie verschränkte die Beine in seinem Rücken.

Dreiundzwanzig

-- Ich wette, wenn sie so weitermacht, wird Vera am Ende des Urlaubs brauner sein als ich, begrüßte Fred die Daheimgebliebenen am Pool.

Vera hob die große Sonnenbrille von den Augen und winkte, Mirabeau stand auf.

-- Ihr seid früh zurück.

Eileen ließ die Tasche fallen und berichtete. Die Cañadas seien prächtig, das Farbspiel der Felsen, Böden und ehemaligen Riffe traumhaft. Der Teide habe sich leider als unnahbare Majestät gezeigt. Den Parador könnten sie empfehlen, das Essen sei vorzüglich gewesen.

-- Zieht euch um, die Sonne wird bestimmt noch eine Stunde guttun, empfahl Mirabeau.

Sie gingen, und als sie in Badekleidung wiederkamen, schleppte Mirabeau Fred gleich zum Tischtennis.

-- Brauchst du Bewegung oder glaubst du, dass ich Bewegung brauche? lästerte Fred.

Der Wikinger zeigte seine Muckis. Eileen und Vera ließen Kaffee kommen.

-- Was macht Mirabeau, wenn er nicht Urlaub macht? begann Eileen das Gespräch in ihrem Sinn.

-- Er ist eine Weinnase. Er hat Wein studiert, seine Sippe baut seit Generationen Wein an, er handelt mit Wein, mit 80 wird er vermutlich an Leberzirrhose sterben, aber bis dahin ist ja noch Zeit.

-- So ein großes blondes Tier und dann Weinbauer, ich dachte, das gäbe es nur im Napa Valley, legte Eileen nach. Aber du bist nicht in dem Familienbusiness? Ich hatte dich als Studentin eingeschätzt, aber du sprachst gestern Nacht von einem Job.

-- Ich organisiere das Büro einer Lobbyorganisation für Ingenieure. Ist ein abwechslungsreicher und interessanter Job, auch sehr gut bezahlt, studiert habe ich dafür aber nicht.

-- Aber du könntest doch studieren, oder?

-- Ja, Betriebs- oder Finanzwirtschaft, das wäre kein Problem.

-- Und Mirabeau hätte bestimmt nichts dagegen, oder?

Eileen merkte, dass Vera zögerte. Aber ihr fiel nichts ein, um ihre Neugierde elegant zurückzunehmen.

-- Eileen, überwand sich Vera nach einer Pause, da gibt es ein Missverständnis. Mirabeau und ich sind vertraute Freunde, aber wir sind kein Paar. Mein Darling ist Student und hat mehr Ähnlichkeit mit deinem Darling als mit Mirabeau.

-- Und wo ist er? fragte eine verwirrte Amerikanerin.

-- Im Augenblick auf Lanzarote, mit Mirabeaus Sweetheart, fügte Vera trocken hinzu.

Eileen rollte mit den Augen.

-- Hey, was erzählst du da? Ist das freie Liebe oder müsst ihr euch in verschärfter Enthaltsamkeit üben, um für eure Sünden zu büßen?

-- Ich glaube, es ist eine Wette, hinter der ein politisches Kalkül steckt, vielleicht auch ein persönliches, übertünchte Vera die eigene Ratlosigkeit.

Eileen schüttelte sehr ernsthaft den Kopf und blieb fürs Erste sprachlos. Dann fiel ihr etwas ein.

-- Wirst du mir das erklären, wenn ich dich darum bitte? fragte sie.

-- Ja, aber nicht jetzt, denn da kommen die Männer.

72

Vierundzwanzig

Frank löschte das Leselämpchen, legte den Schmidt zur Seite und versuchte, sich zu besinnen.

Nach einer Weile knipste er das Lämpchen wieder an, nahm den Füller zur Hand und notierte auf dem zusammengefalteten Hotelpapier, das ihm als Lesezeichen diente, einen Satz, den er zugleich zustimmend deklamierte.

-- „Nicht das Abstraktum der Materie, sondern das Konkretum der gesellschaftlichen Praxis ist der wahre Gegenstand und Ausgangspunkt materialistischer Theorie."

Er legte das Papier ins Buch, löschte erneut das Leselämpchen und schlappte ins Bad. Zurück im Zimmer zog er die Vorhänge zu und ging zu Bett. Kaum dass er richtig lag, war er auch schon eingeschlafen.

Er kam zu unklarem Bewusstsein, als Inka unter ihre Decke schlüpfte. Er hob den Kopf, aber sie beachtete ihn nicht, sondern drehte sich zur anderen Seite. Er hob die Hand und ließ sie wieder fallen, ohne sie zu gebrauchen. Es verstrich einige Zeit, bis er auf dem Rücken liegend einschlief.

Fünfundzwanzig

Eileen und Fred lagen Nase an Nase unter der gemeinsamen Decke.

-- Hättest du es für möglich gehalten, dass Mirabeau und Vera kein Paar sind? fragte Eileen.

-- Was, kein Paar? murmelte Fred.

-- Sie sind kein Paar. Sie haben beide einen Anderen.

-- Woher weißt du das? wollte Fred wissen und wurde wieder wach.

-- Von Vera.

-- Und wo sind die Anderen?

-- Zusammen auf Lanzarote!

-- Eileen, bist du sicher, dass das kein Hoax ist?

-- Sie hat gesagt, ihr Darling sehe eher aus wie du.

Fred begann zu glucksen, umfasste Eileen und zog sie an sich.

-- Ich hätte gewettet, dass die beiden morgens und abends Shakespeares Tier mit den beiden Rücken machen.

-- Sieht auch danach aus, meinte Eileen.

Fred zog sie noch etwas enger an sich.

-- Aber sie sind doch keine Blumenkinder, und aus dem nächsten Swinger-Club scheinen sie auch nicht entlaufen zu sein. Wenn es stimmt, muss es ein Geheimnis geben.

-- Eine politische Wette oder so was, sagte Eileen.

-- Aha.

Nach längerem Schweigen, Fred hielt Eileen immer noch fest in den Armen, sah er sie an und fragte mit blitzenden Augen:

-- Mirabeau gefällt dir gut?

Eileen wollte sich befreien und ihn boxen, aber er ließ ihr keine Chance und begann sie zu liebkosen, bis sie sich ergab.

Sechsundzwanzig

Frau Schmitz erwartete Paul Zabel schon. Sie begleitete ihn zur schweren Tür des Prinzipals, klopfte und öffnete.

-- Herr Zabel ist da, Herr Dr. Kaufmann.

Kaufmann kam hinter einem kantigen Schreibtisch hervor und reichte Paul die Hand.

-- Schön, Paul, dass Sie die Zeit gefunden haben, noch heute früh zu kommen. Gegen Mittag muss ich nach München, Verpflichtungen werden mich bis zum Wochenende dort festhalten.

Er bat seinen Gast zu einem kleinen Konferenztisch und fragte nach dem Besuch des Herrn vom Verfassungsschutz. Paul schilderte die Begegnung und resümierte, dass er die Verdächtigung seines Freundes B für völlig absurd halte, er frage sich, wie das Amt darauf verfallen sei. Kaufmann wiegte bedächtig das Haupt und erklärte, nach seinem Wissen seien die Informationen des VS

74

dicht und verlässlich. Er schaute Paul eindringlich an und gab zu bedenken, dass man sich auch in nahen Menschen täuschen könne. Auch sei dringend zu beachten, dass es sich bei der fraglichen Immobilie um Pauls Eigentum handle, so dass die Affäre ihn einbeziehen würde, wenn sie hochkochen sollte.

Paul sagte zu, nochmals sein Gedächtnis zu prüfen, und kam dann auf den zweiten Grund seines Besuchs zu sprechen.

-- Kennen Sie einen Dr. Huetli, Herr Dr. Kaufmann? fragte er einer Eingebung folgend.

Kaufmann sah ihn an und verneinte nach einem Augenblick des Zögerns.

-- Wer ist das, Dr. Huetli? fügte er seinem Nein hinzu.

-- Herr Huetli ist Angestellter der Helvetischen Darlehensbank und hat mich vorgestern in Stieldorf besucht, um mich mit geschäftlichen Unternehmungen meines Vaters in der Schweiz vertraut zu machen. Die Eröffnungen überraschten mich. Ich hoffte, Sie können mir weiterhelfen, Herr Kaufmann, Sie werden sicher mehr über die schweizerischen Geschäfte meines Vaters wissen als ich.

Kaufmann hob distinguiert abwehrend die Hände.

-- Wenn ich diese Frage bejahen würde, bekämen Sie einen falschen Eindruck. Tatsächlich habe ich gelegentlich mit Ihrem Vater beim Speisen über international agierende, auch schweizerische Unternehmen gesprochen, aber als Rechtsbeistand habe ich ihn in seinen außenwirtschaftlichen Aktivitäten nur be- gleitet, soweit es um Angelegenheiten der Aktiengesellschaft ging.

-- Schade, sagte Paul und tat, einer weiteren Eingebung folgend so, als wolle er das Thema abhaken.

Kaufmann sah ihn forschend an.

-- Hat dieser Herr aus der Schweiz Ihnen Vorgänge eröffnet, die Sie beunruhigen, Paul? fragte er mit einem gewissen seelsorgerischen Schmelz.

Paul blies dezent die Backen auf und machte eine Bewegung ins Ungefähre.

-- Falls es da etwas gibt, was auffällig sein könnte, sollten Sie es mir wohl sagen. Vor dem Hintergrund der Ermittlungen, über die wir eingangs sprachen, wäre ein zusätzlicher Ärger oder gar eine Belastung tunlichst zu vermeiden. Ich nehme an, das sehen Sie auch so, Paul.

Kaufmann kam jetzt wie ein Beichtvater daher.

-- Ja, gewiss doch, Herr Kaufmann, aber ich will nichts verkürzen. Ich habe von dem Gespräch eine längere Notiz angefertigt, auf deren Basis wäre besser zu reden.

-- Das können wir gerne tun, wenn Sie sich dazu verstünden, mir ein Mandat in der Sache zu erteilen. Sie werden verstehen, es könnte ja etwas heikel sein.

Paul sagte, er verstehe vollkommen.

-- Könnten wir uns dann Anfang kommender Woche erneut sehen?

-- Ja, antwortete Kaufmann, vereinbaren Sie mit Frau Schmitz Tag und Uhrzeit.

Paul verließ das vornehme Geschäftshaus Richtung Sankt Andreas, wo er auf lau geparkt hatte. Er betrat die Kirche, erwies dem Großen Albert seine Reverenz und tat 50 Pfennig in den Opferstock. Dann suchte er eine Telefonzelle und rief Stefan Lebrecht in Godesberg an. Am Hörer war dessen Freundin, der Paul einst Nachhilfe in Mathe gegeben hatte, was eigentlich gar nicht nötig gewesen wäre.

-- Silvia, sagst du bitte Stefan, dass ich dringend mit ihm reden muss? Am besten noch heute oder morgen, jedenfalls am Wochenende?

Sie versprach es, und Paul machte sich auf den Heimweg.

Siebenundzwanzig

Nach Puerto de la Cruz war Garachico reine Erholung für die Sinne.

Der Himmel strahlte blau im Morgenlicht, Wölkchen an den Bergen im fernen Westen und über der See bezeugten eine feine Brise, als Vera, Eileen, Fred und Mirabeau aus dem roten Linienbus stiegen, der sie hergebracht hatte. Sie schlenderten zur Strandpromenade, die in der Sonne leuchtete und die in ihrer Anlage einen ästhetischen Gestaltungswillen erkennen ließ, der, in den Worten Mirabeaus, „auf dieser Insel nur vom Himmel gefallen sein kann".

Sie fanden einen Tisch mit Blick auf Meer und Castillo San Miguel und bestellten Kaffee, das Ambiente genossen sie wortlos.

-- Zum ersten Mal kann ich nachempfinden, warum Ruth uns ans Herz legte, hier auszuspannen und uns zu erholen, bevor in Deutschland die Arbeit losgeht, unterbrach Eileen nach einer Weile die Stille.

-- Ruth ist meine Mutter, erklärte Fred, ihre heißt Anna.

-- Wie meine, rief Vera, zwei Pfälzerinnen!

Und die Mädels klatschten sich mal wieder lachend ab.

Dann hielt es sie nicht länger. Rot, grün und luftig gekleidet machten sie sich auf zum Wasser, balancierten dort zwischen den Wannen, die das im Meer erstarrte Lavagestein gebildet hatte und deren Ränder man mit Geschick begehen konnte. Manche sahen aus wie Planschbecken für Kleinkinder, aber wehe eine Welle brach über sie herein. Die Behörden hatten Warnschilder aufgestellt.

Da nicht nur Mirabeau die Canonet dabeihatte, sondern auch Fred eine Filmkamera, entwickelte sich ein dynamisches Modeshooting, das von einigen einheimischen Müßiggängern mit Interesse verfolgt und kommentiert wurde. Mirabeau und Fred scheuten keine Anstrengung, die beiden Models vorteilhaft auf

Zelluloid einzufangen, und tatsächlich hatten Vera und Eileen ausreichend Posen im Repertoire, um sie bei der Stange zu halten.

-- Fotografieren hat was Sinnliches, warf Mirabeau Fred zu.

-- Filmen noch mehr, sagte Fred, da kannst du sogar zoomen.

Als die beiden Frauen über dem Wasser zwei, drei Rockfiguren tanzten, war der Filmer, der sich auf den Hintern fallen ließ, so lange im Vorteil, bis der Fotograf den beiden so nahe auf die Pelle gerückt war, dass er das Bild sprengte. Andererseits waren dessen akrobatische Verrenkungen mit dem Ziel, außer den Beinen der Models auch den blauen Himmel und die Berge aufs Bild zu kriegen, durchaus einen Kurzfilm wert.

-- Fall ins Wasser! brüllte Fred.

Eileen hob den Fuß, als wolle sie Mirabeau in die Hölle hinabstoßen, doch als der sie kurzerhand an der Fessel packte, suchte sie Halt bei Vera, viel hätte nicht gefehlt und sie wären ins Planschbecken gestürzt.

Fred war zufrieden.

-- Auch ohne dass du abgesoffen bist, Mirabeau, ist das ein hervorragender Film geworden.

-- Ja, dann lass ihn aber auch in Puerto entwickeln, das Hotel hat sicher ein Abspielgerät, forderte Vera ihn auf, als sie, untergehakt mit Eileen, aufs sichere Land zurückkehrte.

Die vier tauschten freundlich Grüße mit den Müßiggängern, besuchten die einladende Kirche und das ehemalige Kloster und folgten dann einem Saumpfad an der Küste, der sie aus Garachico heraus und wieder nach Osten führte.

Während Mirabeau und Fred als Landschaftsfotografen und Naturfilmer dilettierten und auf Felsen stiegen, um Überblick zu gewinnen, spannen die Frauen im Gehen und Stehen ihren Gesprächsfaden weiter. Eileen war neugieriger als Vera.

-- Ich frage nicht nach den Gründen, die du mir für das Arrangement angedeutet hast, das ihr eingegangen seid, du, Mirabeau und eure, wie soll ich sagen, wahren Partner, und schon

78

gar nicht frage ich nach der Politik, das würde ich wahrscheinlich nicht verstehen. Nein, was mich beschäftigt und irgendwie bedrückt, ist das Risiko.

-- Du meinst die denkbare Gefährdung unserer eigentlichen Beziehung?

-- Ja, klar. Ihr seid ja nicht bloß 14 Tage getrennt, sondern ihr teilt Tisch und wohl auch Bett mit einem anderen Partner, das ist doch wie eine Scheidung!

Vera schüttelte den Kopf.

-- Nein, keine Scheidung. Als wir uns darauf einließen, waren wir alle einig, dass wir eins nicht wollten: auseinandergehen, ohne zurückzukehren.

Nun schüttelte Eileen den Kopf.

-- Das Leben bricht die besten Vorsätze, heißt es in St. Louis. So wie ich dich und Mirabeau erlebe, habe ich keine Mühe, mir vorzustellen, dass ihr in drei Monaten heiratet, nach einem Jahr Nachwuchs habt und glücklich und zufrieden in die Welt schaut!

-- Ja, so könnte es sein, gestand ihr Vera zu. -- Und weißt du was? Darüber bin ich nicht unglücklich. Aber so wird es nicht werden. Und bei Frank und Inka, unseren Partnern, wird es so auch nicht werden.

-- Vera, sagte Eileen, du willst es also nicht, okay. Aber was macht dich so sicher, dass dein Darling genauso tickt wie du?

Vera blieb stehen, sah Eileen in die Augen und antwortete ohne Aplomb.

-- Weil ich ihn kenne und weil er an mir hängt, wie ich an ihm.

Eileen war Frau und klug genug, um es mit der Logik nicht zu übertreiben.

-- Wie attraktiv ist die Andere? Und was hat sie vor? wollte sie beim Weitergehen wissen.

-- Die andere Frau ist fünf Zentimeter größer als Frank, attraktiv und brillant im Kopf, ob sie verborgene Absichten hat, weiß ich nicht. Aber selbst wenn, sie wird ihn nicht rumkriegen.

Nun blieb Eileen stehen.

-- Warum bist du so sicher? Es könnte doch sein, dass er die andere Frau nicht weniger mag, als du Mirabeau magst, warum sollte er sonst 14 Tage lang mit ihr das Bett teilen? Und es könnte doch sein, dass die Frau in Frank genauso verschossen ist wie Mirabeau in dich und nun, pardon, wird sie auch noch jeden Tag von ihm wunderbar gevögelt. Hey, Baby!

Vera lachte.

-- Du solltest nicht Agraringenieurin werden, sondern Staatsanwältin. Oder Kupplerin.

Eileen sprach jetzt wirklich wie eine Staatsanwältin.

-- Hast du deinen Mann in der Hand?

Vera machte eine wegwerfende Handbewegung.

-- Niemand hat meinen Mann in der Hand, auch ich nicht. Nein, es ist einfach so: Ich werde die Kinder austragen, die er mit mir haben will und ich von ihm. Das Ziel verbindet uns, seitdem wir ein Paar sind.

-- Seitdem ihr zusammen seid?

-- Nein, das haben wir am Ende eines wilden Sommers bei vollem Verstand beschlossen und seitdem kein Wort mehr darüber verloren.

Eileen überlegte, während sie weitergingen, aus der Distanz von den beiden Kerlen beäugt.

-- Also, du hast dich auf das Arrangement eingelassen, weil du absolut überzeugt warst, dass nichts schiefgehen könne?

-- Nochmal nein, natürlich kann es schiefgehen, ich bin ja nicht doof. Aber die Gefahr ist gering, und die Neugier war groß.

Eileen schluckte.

-- Von Neugier war bisher nicht die Rede.

-- Bisher habe ich dich auch nicht gut genug gekannt, gab Vera zurück und hängte sich wieder mal fröhlich bei ihr ein.

Eileen brauchte etwas Zeit. Dann klang sie erneut wie eine Staatsanwältin.

-- Ihr habt euch also auf das Arrangement eingelassen, weil ihr dachtet, es sei die Möglichkeit, elegant und ohne Gewissensbisse fremd zu gehen?

-- „Fremd gehen" passt nicht ganz, denn wir sind ja vertraut miteinander, aber auf mich trifft wohl zu, was du sagst. Und bei den anderen mag es ähnlich sein.

Eileen hatte noch eine letzte Frage.

-- Was machst du eigentlich, wenn Mirabeau nach dem elften Liebesakt zu dir sagt: „Vera, ich kann nicht mehr ohne dich leben!"

-- Ich werde sagen „Ausgerechnet nach elf Nummern!" und auf den Balkon rauchen gehen. Und wenn alles nicht hilft, werde ich mit Dir reden über na du weißt schon was.

Eileen reagierte verhalten auf Veras Kühnheit.

-- Da käme wahrscheinlich nichts bei raus.

-- Bist du sicher? Wir vier hier sind zwar nicht so vertraut wie wir anderen vier, aber die Attraktion und die Sympathien sind doch verblüffend ähnlich, oder meinst du nicht?

-- Doch, gestand Eileen und fügte zehn Meter weiter hinzu: -- Aber ihr seid nicht schwarz.

Vera blieb stehen und sah sie an.

-- Ich deute deinen Gesichtsausdruck jetzt mal als Ironie, ja?

-- Okay, aber die Feststellung ist deshalb nicht belanglos.

-- Nein, sonst würde eine zusätzliche kleine Attraktion unterschlagen, antwortete Vera und drehte die Spitze damit um.

-- Du magst die Liebe sehr, stellte Eileen zwanzig Meter weiter mehr fest, als dass sie fragte.

-- Du doch auch, war die Antwort.

Das Gespräch lief aus, weil Fred und Mirabeau näherkamen. Noch außer Hörweite deutete Fred mit einer Kopfbewegung auf sie und fasste die Erkenntnisse nicht nur dieser Wanderung zusammen:

-- Blood sisters!

Mirabeau nickte. Nun klatschten auch sie einander ab und genossen die fragenden Blicke, die sich auf sie richteten.

Achtundzwanzig

Stefan Lebrecht klingelte kurz vor der Tagesschau an der Tür. Paul Zabel öffnete und schickte ihn ins Wohnzimmer, während er selbst einen 66er Grand Cru aus dem Keller holte.

Die Tagesschau brachte die neuesten Nachrichten zur Entführung des Lufthansa-Jumbos nach Aden. Paul platzierte ungerührt zwei Gläser auf dem Rauchtisch und goss ein.

-- Werden sie zahlen? fragte Stefan.

-- Klar werden sie zahlen. Und sich auf Adenauer berufen: „Was man in der Politik mit Geld erreichen kann, ist einfach erreicht". Der Mann hatte ja auch Recht, zumindest in diesem Punkt.

Sie tranken, Stefan lobte den „Stoff" und schaute Paul erwartungsvoll an, als der den Fernseher noch vor dem Wetter ausschaltete.

-- Was ist los?

-- Ich brauche den Rat eines scharfsinnigen Juristen, sagte Paul.

Er schilderte chronologisch und im Wesentlichen, was ihm seit Huetli widerfahren war, ohne die eigenen Schlussfolgerungen und Vermutungen explizit herauszustellen.

Stefan reagierte nicht sofort. Als Paul nachlegen wollte, hob er die Hand.

-- Du hältst die Abfolge der Ereignisse nicht für Zufall? Täte ich auch nicht. Was weißt du von Kaufmann?

Paul atmete durch.

-- Wenig. Er war immer schon der Advokat meines Vaters und irgendwie auch ein Freund des Hauses, so wie er bei uns verkehrte. Meine Mutter wurde allerdings nie warm mit ihm, sie hat ihn auch aus der Regelung des Nachlasses rausgehalten. Aber was weißt du von ihm? Er ist doch in Köln, was dein Vater hier ist.

82

-- Das kann man nicht vergleichen, wehrte Stefan ab, das sind unterschiedliche Rechtsgebiete. Aber klar, man kennt sich, und wenn du nach dem Urteil meines Alten fragst, der kann den Kerl nicht leiden. Als liberaler rheinischer Katholik hält er ihn für einen dieser grässlichen Preußenimporte, deutschnational und kulturlos. Selber habe ich ihn nur einmal richtig erlebt, da war er glatt wie ein Aal. Aber das hier hätte eine andere Qualität, wenn denn unsere unausgesprochenen Verdächtigungen triftig sein sollten.

-- Stefan, red bitte mit deinem Vater, bat Paul inständig. Ich werde Kaufmann natürlich kein Mandat erteilen für die Schweizer Angelegenheiten, aber ich brauche einen gewieften Steueranwalt für diese Sache. Und ich muss Vorkehrungen treffen, damit diese Hartenberg-RAF-Intrige nicht unheilvoll gegen Frank Barreur und mich losgeht. Auch wenn nichts dran ist, der Zinnober würde uns wochenlang in Atem halten und viel kaputt machen.

-- Ich weiß, beruhigte ihn Stefan. Mein Vater wird sich das selber nicht antun, aber er wird Dir einen Kollegen empfehlen und vermutlich auch ein paar hilfreiche Einschätzungen parat haben. Ich sehe ihn morgen Abend, verlass dich auf mich.

Danach redeten sie melancholisch über den FC, dessen Niederlage gegen Schalke mal wieder alle Blütenträume zerstört hatte, und vertilgten den Roten aus dem Médoc. Als Stefan ging, schob ihm Paul ein vorbereitetes Couvert hin.

-- Hier, eine Spende für die Juso-Arbeit in Godesberg.

-- Sehr schön, bedankte er sich, von der Bonner Partei kriegen wir ja nix, denen sind wir zu rechts.

Neunundzwanzig

-- Ich schlage vor, wir nehmen heute den Wagen und machen eine Tour, sagte Frank, während er eine Karte von Lanzarote auf dem Frühstückstisch ausbreitete.

Inka stimmte zu und goss ihm ungefragt noch einen Kaffee ein, bevor sie aufstand und sich neben ihn stellte.

Frank hatte keine besondere Idee, sondern beschrieb einen Kreis um den südlichen Teil der Insel.

-- Hier gibt es einiges zu sehen. Wir könnten allerdings auch den Park besuchen, der den Kern der Feuerberge umfasst. Was meinst du?

-- Warum nicht den Park? War doch vorgestern sehr eindrucksvoll aus der Ferne.

Frank faltete die Karte wieder zusammen und ging auf die Suche nach Cristina Montt, um Auto und Modalitäten zu klären.

Inka stand am Aufzug, als Flavio Olivotti erschien, er kam vom Tennis. Er küsste ihr die Fingerspitzen und fragte, was sie vorhätte. Sie erzählte von ihren Plänen für den Tag, am Ende wollte er gerne mitfahren und den Sprit bezahlen. Inka hatte nichts dagegen, sagte ihm, er solle sich beeilen und stieg im dritten Stock aus, Olivotti fuhr weiter ins Penthouse.

Als Frank kam und von dem Überraschungsgast erfuhr, zeigte er grinsend die Zähne.

-- Da hätte ich den Alfa mieten sollen oder den Land Rover. Was hast du mit ihm abgemacht? Wird er uns fahren, oder werde ich euch fahren?

-- Spinn nicht rum, sagte Inka, er hat höflich gefragt, ob wir ihn mitnehmen. Ihm ist halt langweilig, immer nur zu arbeiten, und seine Frau kommt erst übermorgen.

-- Was? Seine Frau kommt? Jetzt bin ich platt.

-- Bin ich auch, meinte Inka.

Das Auto war ein Seat 127. Inka nahm auf dem Beifahrersitz Platz, Flavio auf der Rückbank. Die Karre fuhr sich wie der 127er Fiat in Bonn. Sie erklommen die Küstenberge, bogen nach Nordwesten Richtung Macher ab und blieben auf der Höhe bis zum Abschwung nach Uga und Yaiza. Der Passat verschaffte dem Fahrtwind angenehme Kühle und etwas Feuchtigkeit, der Himmel war auch heute blau und kaum bewölkt.

Yaiza lag in einem prächtigen Licht da. Frank war schon auf der Bremse, doch dann ließ er den Wagen wieder laufen.

-- Du würdest am liebsten aussteigen und fotografieren, stellte Inka fest, es klang nicht nach Ermutigung.

-- Stimmt, aber das will ich euch nicht antun.

Sie patschte ihm zum Dank mit der Hand auf den Gasfußschenkel.

-- Was hast du eigentlich so lange mit der Frau am Desk besprochen?

-- Cristina hat mir ein paar Tipps gegeben für den Umgang mit den „Höllenhunden", sie meint damit die Truppe, die den Zugang zum Park und die Aktivitäten dort kontrolliert.

-- Und worin besteht der Rat?

-- Technisch alles tun, was sie sagen, lachte Frank.

Inka beugte sich zu Flavio zurück und dolmetschte, er schien nicht überrascht.

-- Flavio kennt einen Dokumentarfilm, er meint, das seien alte Kämpfer aus dem Bürgerkrieg, jedenfalls Falangisten.

Die fast schnurgerade Straße von Yaiza bis zur Abzweigung in den Park ließ das ganze Ausmaß des Unheils erkennen, das 1736 bei den Monate dauernden Vulkanausbrüchen über die Inselbewohner hereingebrochen war.

-- Guck dir das an, selbst 250 Jahre danach noch kein Baum und kein Strauch! entfuhr es Frank.

Er hielt Ausschau nach einer Haltebucht. Stattdessen kam linkerhand der Lagerplatz der Kamele in Sicht, von dessen Besuch Cristina abgeraten hatte. Auf den Verkehr statt auf die Viecher achtend sah Frank das Unglück an der Einfahrt kommen und lenkte, auf dem Gas, nicht auf der Bremse stehend, haarscharf an den beiden Wagen vorbei, die auf der Gegenspur einen Auffahrunfall bauten und dabei über die Straßenmitte schoben.

Inka, die mit Flavio geplaudert hatte, stieß sich den Kopf am Seitenfenster, Flavio wurde hin und her geschüttelt, fluchte, aber das war es auch schon. Dagegen machte der Wagen hinter ihnen aus dem Zweier- einen Dreier-Crash.

Frank ging vom Gas und fuhr rechts ran.

-- Alles okay?

Flavio ergriff Inkas Hand, als sie nickte, schlug er Frank auf die Schulter.

-- Perfekt, Wagenlenker! Wie Caracciola!

Der sublime italienische Witz blieb Frank nicht verborgen.

-- Ich bin mehr für den Genossen Gino Bartali, antwortete er auf Französisch.

Den anschließenden Wortwechsel zwischen Inka und Flavio bekam er nur mit einem Ohr mit, die Pointe aber verstand er: Franco kennt dieses Auto sehr gut, seine Gefährtin in Bonn besitzt das italienische Original, einen Fiat 127.

Rund um den Islote de Hilario absolvierten sie brav das Standardprogramm für Parkbesucher. Frank nahm sich mit der Kamera ein paar Freiheiten heraus, aber das Licht und der Himmel waren nicht so, dass er es auf einen Konflikt mit den Parkwächtern hätte ankommen lassen. Auf der Bustour durch die gespenstische Szenerie ließ ihn der Fahrer durch die offene Fronttür fotografieren, aber auch da passte nur wenig. Frustriert machte er nochmal die Bergziege, als Inka und Flavio im Zentrum schon Kaffee tranken, und frustriert kehrte er von dem Ausflug zurück.

-- Es ist einfach Mist!

Das weitere Gespräch fand auf Französisch statt. Flavio deutete an, dass Inka ihm einiges über den Historiker, Fotografen und verhinderten Filmer Barreur erzählt hatte und fragte, warum er sich nicht für den Film entschieden habe.

-- Ich bin der erste in der Familie, der studieren konnte, da schien für meine Leute nur die Wissenschaft angemessen, ein Studium an der Filmhochschule war außerhalb ihrer Vorstellung. Und selbst hatte ich keinen Bezug zum Film als Berufswelt.

-- Ich auch nicht, sagte Flavio, aber ich habe es getan.

-- Respekt! lobte ihn Frank, wenn man aus der Bourgeoisie stammt, folgt man seinen Neigungen leichter.

Flavio erzählte anschaulich von den filmischen Anfängen nach dem Krieg, und fand aufmerksame Zuhörer. Schließlich bat Inka um Rückkehr ins Hotel, sie hatte entdeckt, dass sie die Sonnencreme vergessen hatte und wollte sich den Teint nicht verderben. Die Männer zeigten Verständnis.

Die Fahrt verlief ohne weiteren Schrecken.

— — —

Am späten Nachmittag, das Licht war jetzt gut, stromerte Frank am Meer entlang. „Wenigstens ein gutes Foto heute" hatte er zu Inka beim Gehen gesagt. Er blieb rasch hängen.

Am Rand des Hotelstrands saß auf einem der dekorativen Felsbrocken ein Mädchen im Bademantel, die blonden Haare unter einen großen Strohhut drapiert, und kommentierte lautstark die Ballkunststücke zweier Jungs, die unterhalb ihres Hochsitzes im Sand jonglierten. Sie war erkennbar nicht begeistert und schmiss nach kurzer Zeit enttäuscht den Hut weg, dann sprang sie vom Felsen in den Sand.

Frank schaute genauer hin und schätzte sie auf zwölf Jahre. Sie war vor der Pubertät, ein hinreißend schönes Kind. Er schüttelte den Kopf, nahm die Kamera vom Hals und drehte ab Richtung Hotel, dabei rasselte er fast mit einem Badegast zusammen, der ihn beobachtet hatte.

-- Gutes Licht zum Fotografieren, sagte der Mann, und Sie wollen schon gehen? Er hob die einäugige Spiegelreflex von Rollei. Die er vor der Brust trug, leicht an.

Frank sah, dass darauf das gleiche Objektiv aufgezogen war wie bei ihm, eine 85er Porträtlinse von Carl Zeiss.

-- Sie haben Recht, das Licht ist jetzt prima. Aber ich sehe nur ein einziges reizvolles Motiv – er deutete auf das Mädchen – und das verbietet sich mir, ein anderes werde ich an diesem Nachmittag nicht mehr suchen.

Der Mann lachte.

-- Ich bin Roland Meiser, und Ihr reizvolles Motiv ist meine Tochter Claudia, neben ihr das ist mein Sohn Thomas. Ja, ich würde meine Tochter auch gerne fotografieren, aber sie müssen nicht glauben, dass sie mal stillhält. Wir sind eine Woche hier, und ich habe kein einziges vernünftiges Bild von ihr machen können.

Frank stellte sich seinerseits vor, beide fanden einen Tisch am Strand, breiteten ihre Ausrüstungen aus, begutachten dies und jenes und fachsimpelten über Lanzarote als Fotoparadies. Meisers Frau kam vorbei und wollte nicht stören, Claudia, Thomas und ein Freund kamen vorbei und wollten nicht bleiben. Die beiden Fotofreaks waren ganz bei sich, sie zischten zwei Biere und gingen zum Du über.

-- Nochmal zu Claudia bevor ich gehen muss, sagte Frank, die ist gerade so schön, die muss jetzt fotografiert werden. Vielleicht sollten wir uns verschwören. Du erzählst ihr, ich sei ein bekannter „Bravo"-Fotograf auf der Suche nach fotogenen deutschen Urlaubskindern. Wenn sie darauf abfährt, besorgst du die Filme und das Ambiente, ich mache die Arbeit und krieg zum Lohn kostenlos Abzüge von den besten Aufnahmen.

-- Und wen fotografiere ich? lachte Roland.

-- Ich rede mit meiner Freundin. Du hast sie gesehen?

Nun war die Verschwörung perfekt.

— — —

Inka war auf dem Balkon und winkte ihm zu, als er vom Strand hochkam. Eine Etage darüber stand Flavio und winkte ebenfalls. Anders als Inka, mit der er danach plauderte, war er vermutlich nicht nackt.

-- Fall nicht über die Brüstung, rief Frank.

Kein Unglück geschah.

Als Frank im Zimmer war, berichtete Inka, Flavio habe zum Abendessen nach Arrecife eingeladen, er wolle sich erkenntlich zeigen.

-- Geh du allein, Inka, das wird ihm gefallen, und ihr könnt ungezwungen Italienisch palavern.

-- Und du bist nicht sauer?

-- Wie soll ich sauer sein? Er ist doppelt so alt wie ich und höchstens halb so pedantisch.

Inka war um acht ausgehbereit, sie sah fabelhaft aus.

-- Heute Abend kommt keine an dich heran, Baby! Aber mit den Absätzen bist du zehn Zentimeter größer als er.

-- Das muss er aushalten! sagte sie und schoss davon.

Frank ging eine halbe Stunde später ins Restaurant. Er aß wenig und trank ein Glas Garnacha. Blicke übersah er. Seine Miene hellte sich auf, als er danach an der Rezeption Cristina traf und sie ihn anlachte.

Dreißig

Mirabeau erwachte und versammelte seine Sinne. Vera hatte den Kopf auf seine Brust gebettet und das rechte Bein über ihn geschoben, er hatte sie umfasst und die Hand auf ihrem Becken abgelegt.

Von den Empfindungen kam zuerst die Wärme zurück, ihr spürte er nach, indem er den Körper aufspannte, die Berührungen lokalisierte und auf sich wirken ließ. Indem sie wirkten, weckten sie ihn völlig auf und machten ihn zu Veras Gegenüber.

Vera hatte nicht geschlafen, sondern die Ergebenheit ihres Liebhabers genossen. Als die Wärme in den Teddybär zurückkehrte, hob sie leicht den Kopf.

-- Ich verstehe nicht, wenn es eine Frau nicht leiden mag, dass ihr Lover nach der Liebe im Schlaf versinkt, sagte sie.

-- Wie kommst du jetzt darauf, erwiderte Mirabeau, dessen wohlige Schlaffheit sich gerade erledigte, was er Vera spüren ließ, indem er seine Lage veränderte.

Vera rückte elegant von ihm ab.

-- Wenn ich im Liebesakt mich fallen lasse, bin ich dir ausgeliefert. Wenn du nach dem Liebesakt bei mir einschläfst, gilt das gleiche. Das sind die vertraulichsten Momente, die ein Paar im Alltag erleben kann, auch wenn sie auf Anhieb unvergleichbar scheinen.

-- Wie du redest! Das ist schon fast Lebenshilfe oder Literatur, brummte Mirabeau und suchte die Berührung.

Vera nahm seine Hand gefangen.

-- Eileen und ich haben unsere Lage begutachtet, sie macht sich Sorgen.

Mirabeau legte den Kopf zurück und blies ihr den Haaransatz frei. Sie schaute ihn mit ihren großen Augen an, gelb in blassblau und blassblau in granitgrau, die Lippen waren leicht geöffnet, über der geraden Nase keine Denkerfalte, ein Engelsgesicht ohne Lametta.

-- Du siehst nicht aus, als ob du dich sorgst, bemerkte er und war jetzt aufmerksam.

-- Du hast Recht. Das kommt daher, dass ich genieße, worüber ich mich angeblich sorgen sollte.

-- Sag mir bitte, was du genießt, bevor du mir erklärst, warum das nicht in Ordnung ist, bat Mirabeau inständig, feuchtete seinen Zeigefinger an und strich ihr zart – ja, zart – über die Unterlippe.

Vera zögerte, doch dann nahm die Neigung sie mit.

-- Ich genieße, wie du mich behandelst, mich anregst und mich umsorgst, nicht nur die Liebkosungen, die natürlich auch, sehr sogar. Es ist wie im Film: ein Lottogewinn samt Urlaub mit einem Prinzen aus dem Märchen, alle Arbeit, alle Probleme, aller Ärger weg! Frank hat mir neulich ein kluges Stück zu lesen gegeben und erklärt, und danach würde ich sagen: Das hier ist wie das perfekte Reich der Freiheit.

Mirabeau, der sich auskannte, fragte nicht ganz ernsthaft nach.

-- Und mit Frank, das ist das Reich der Notwendigkeit?

90

-- Herzchen! widersprach sie, Frank und ich leben ein komplettes Programm, ans Paradies glauben wir beide nicht.

-- Schon gut, besänftigte Mirabeau, aber was macht dir dann Sorge?

-- Ja, eigentlich nichts. Wenn wir nach 14 Tagen in den Flieger steigen, ist die Traumwelt vorbei, und keiner von uns beiden wird auf die Idee verfallen, wir könnten oder wir sollten sie in Bonn am Leben erhalten. Wenn wir weiterhin Glück haben, wird uns eine schöne Erinnerung und ein Rückhalt bleiben, im Alltag aber werden wir erleichtert unsere Gewohnheiten wiederaufnehmen, es sind ja angenehme darunter, und ein Bisschen am Leben feilen. Also, warum soll ich mich sorgen?

-- Was bewegt denn Eileen?

-- Eileen ist puritanisch. Ich meine nicht sexuell, das vermutlich nicht, aber sie glaubt nicht an das kostenlose Mittagessen, wie sie da drüben sagen, sie fürchtet, dass so eine verrückte Geschichte nicht gut gehen kann. Sie hat dich im Blick.

-- Wie? Mich? wunderte sich Mirabeau.

-- Na ja, sie schaut uns zu und hat den Eindruck, dass du locker dreimal am Tag mit mir den Shakespeare machen möchtest, wenn nur die Gelegenheit sich ergibt.

-- Stimmt, sagte Mirabeau, sofort.

-- Stimmt nicht und schon gar nicht jeden Tag, sagte Vera, aber erinnert doch an Suchtverhalten.

-- Vera, ich unterschreibe alles, was du sagst, vor allem aber deine Schlussfolgerung von vorhin: warum sich sorgen?

Er küsste sie sanft auf die Wange, das erlaubte sie. Und noch eine Frage hatte er.

-- Was schlägt Eileen vor?

-- Nichts schlägt Eileen vor. Ich habe angedeutet, dass sie und ich die Liebhaber tauschen könnten, wenn du Gefahr läufst, dich zu verrennen.

-- Und was sagt sie? fragte Mirabeau, die hellwache Aufmerksamkeit.

-- Oh, Mirabeau! Und ich habe gedacht, Du bist in mich verschossen.

Sie sprang aus dem Bett, sauste lachend ins Bad und verriegelte dem dritten Shakespeare die Tür.

Einunddreißig

Inka tauchte nach Mitternacht auf. Sie warf den Blazer aufs Bett, kickte die Pumps weg und trat zu Frank, der am Sekretär saß, vor sich Alfred Schmidts „Natur bei Marx". Sie legte ihm die Hand auf die Schulter und schaute in seine Notizen.

-- So spät und dann auch noch Alfred Schmidt?

-- Ja. Wenn Bouvier mir weitere Kapitel aus Lukács' Ontologie zum Lektorieren gibt, will ich nach der Frankfurter Seite fit sein.

-- Dann bliebe dein Dissertations-Projekt wieder liegen. Ist das klug?

-- Nein, aber ich brauche intellektuell und wegen der Kohle die Neuwieder Connection. Und mit Blick auf Schmidt wäre es nett, wenn wir beide ein paar Sachen erörtern könnten, ja? Morgen vielleicht schon?

Inka nickte. Sie ging weg und kam mit einer Flasche Listan Negro zurück.

-- Da staunst du, was? Ich war einkaufen.

Sie nahmen auf der Couch über Eck Platz. Frank öffnete die Flasche und füllte die Gläser.

-- Wie war der Abend mit Flavio?

-- Ich muss überlegen, diese Frage kommt wirklich überraschend, antwortete sie und nahm einen kleinen, dann einen größeren Schluck.

-- Den habe ich gut ausgesucht, oder?

Frank war d'accord.

-- Kommt Flavio noch dazu? fragte er.

Inka schippte den Korken in seine Richtung.

Sie berichtete von einem vorzüglichen Essen, von amüsanten Anekdoten aus der Kinematografie und aus dem Leben eines Piemontesen in der Stadt Rom. Sie habe den Eindruck gewonnen, als Produzent kenne er alle, wenn er von Silvana oder Monica spreche, klinge das vertraut und nicht aufgesetzt, und wenn sie ihn nach Annie frage, dann erzähle er von der letzten Begegnung. Er sei ein unterhaltsamer Mensch.

-- Hat er dir eine Rolle angeboten?

-- Nein.

-- Hat er von seiner Frau geredet? Weißt du, wer sie ist?

-- Nein.

-- Kommt sie überhaupt?

-- Am Samstag wohl.

-- Wollte er dich kurz vorher noch abschleppen?

Inka ließ die Unverschämtheit des Verhörs abperlen. Sie blies die Backen auf und blieb gut gelaunt.

-- Mein Gott, bist du angefasst! Du bist ja nicht nur geil bis unter die Arme, sondern auch eifersüchtig! Meinetwegen, wegen einer fremden, einer verheirateten Frau!

Frank hatte sie scharf unter Beobachtung, nun musste er grinsen. Er nahm ihre Hände und suchte nach dem Ehering.

-- Es ist zu komisch, sagte Inka, ich halte auf Distanz zu dir, damit ich nicht schwach werde und deinem Charme verfalle mit ungewissem Ausgang, und dann passiert dir, was bei diesem Abenteuer nicht passieren darf, du machst dich von mir abhängig.

Frank sagte nichts, hielt nur weiter ihre Hand.

-- Warum sagst du nichts? Warum bestreitest du deine Schwäche nicht? stichelte sie weiter.

-- Ich bin nicht gerne allein, auf dieser Insel bist du meine Frau, und ich bin der Mann, der dich liebt.

-- François, jetzt liebst du mich auch schon ...

-- Als ich dich gestern liebte, habe ich dich geliebt, was sonst? Hätte ich dich nicht geliebt, wäre ich Dir ferngeblieben. An diesem Zusammenhang ist nichts zu ändern.

-- Und was ist mit Vera?

-- Was soll die Frage? Vera ist meine Frau, und wäre sie hier, dann auch hier. Das ändert aber nichts daran, dass ich gestern dich ohne Vorbehalt geliebt habe.

-- Wie kriegst du das nur zusammen?

-- Was denn? Das ist doch keine Perversion! Eine Perversion wäre, dich zu vögeln wie eine Ziege unterm Olivenbaum und dabei ein Pfeifchen zu rauchen.

-- Du meinst die Ziege in Gummistiefeln ...? lachte Inka und schob den Ernst beiseite.

-- Also, Flavio ist auch nicht pervers. Er hat mein Gesicht und meine Figur beschrieben wie ein Dichter, er hat mich intim berührt, ohne mich zu berühren, er weiß, dass bald seine Frau vor der Tür steht.

-- Auf die bin ich gespannt wie ein Flitzebogen.

-- Und ich erst, sagte Inka.

Sie stand auf und zog an Franks Hand.

-- Kannst du mich noch einmal vorbehaltlos lieben?

Frank ließ sich hochziehen. Er sah Inka an, schlug die Augen nieder und drehte sie um. Er entkleidete sie ohne Blickkontakt bis auf die Halskette aus Bronze, hauchte ihr einen Kuss auf die Schulter und griff ihr mit der Rechten fest und empfindsam in den Schritt. Dort verweilte er lebendig, bis sie große Lust zeigte und ihn auf dem kürzesten Weg flachlegte.

Zweiunddreißig

Statt eines Fresskorbs hatten Vera und Eileen erneut zwei große Tüten gepackt. Fred und Mirabeau trugen sie bis zu der Kreuzung, an der sich ein Blick auf die Baustelle der Appartement-Anlage

94

öffnete. Bei reiner Luft wollten sie gemeinsam hin, bei Überwachung vor Ort entscheiden.

Zuerst konnte man den Wagen der Guardia Civil nicht sehen, aber dann geriet er in den Blick, nur auf der Straße war partout keiner mit dem viereckigen Hut zu entdecken.

-- Traut ihr euch zu, allein zu gehen? fragte Fred die Frauen.

Die beiden schauten sich an und nickten.

-- Und du weißt, was du ihnen verklickerst, wenn sie fragen, was du da willst? fragte Mirabeau Vera.

-- Mi apartamiento! Mis albañiles! rief Vera aus und stampfte mit dem Fuß auf.

-- So geht das in Hollywood! stellte Fred fest, alle lachten.

Als Vera und Eileen sich dem Eingang der Baustelle näherten, stiegen zwei Gardisten aus dem Auto und schlenderten herbei, ohne sich den Frauen direkt in den Weg zu stellen. Sie wurden höflich begrüßt und erwiderten den Gruß, dann begann einer der beiden zu fragen. Vera sagte ihren Spruch auf, Verständnis heischend. Der Gardist fragte nach. Vera wiederholte ihren Spruch, noch mehr Verständnis heischend. Der andere Gardist schüttelte den Kopf, übernahm und erweiterte das Fragespiel. Jetzt übernahm Eileen Veras Spruch und machte daraus eine Anrufung des Herren beim Baptistengottesdienst in Little Rock, Arkansas. Vera schaute währenddessen den ersten Gardisten an und sah, dass der, wie sie auch, ein Grinsen nur schwer unterdrücken konnte.

-- Por favor, Señor! haute sie ihn an und klimperte mit den Augen, als Eileen der Atem ausging.

Der Bulle nickte resigniert, packte seinen Kumpel am Arm und zog ihn aus dem Gefecht. Als er beim Weggehen sich nochmal umdrehte, führte Vera einen Finger an die Lippen und gab den Dank mit einem kleinen Wink frei. Sie sah Eileen an, beide atmeten durch und hoben die Brust.

Am Eingang wurden sie schon erwartet. Der Streikführer pfiff anerkennend, und Anlass waren weder die großen Tüten, noch die

Miniröcke, sondern die Art, wie sich die Frauen durchgemogelt hatten. Die Freude über die beiden anderen Glanzlichter war indes unter den Kollegen sehr verbreitet, so mussten sie bleiben, sich setzen und sich bewundern und ehren lassen. Der Jüngste vom letzten Treffen nahm zwischen ihnen Platz und war ganz weg.

-- Ist das Sozialismus? fragte Eileen. -- Wenn das Sozialismus ist, dann bin ich von heute an Sozialistin.

— — —

Mirabeau und Fred hatten in Sichtweite eine Kaffeequelle gefunden und langweilten sich nicht, sie hatten ein Thema.

-- Hat Eileen von ihrer Unterhaltung mit Vera erzählt? fragte Mirabeau.

-- Ja, hat sie, sie ist fasziniert von ihrer Blutsschwester und deren Unbekümmertheit und in ihrem Fall so tolerant, wie ich sie sonst nicht kenne.

-- Was meinst du damit, die Liebesdinge?

-- Nein, Race, den Rassenscheiß! Vera hat keine Vorstellung, wie sehr Eileen in Amerika am Rassismus gelitten hat und leidet, und Eileen nimmt es ihr nicht übel. Du musst wissen: Eileen war bestimmt gern in ihren schwarzen Gemeinschaften unterwegs, ich weiß es, wir sind gemeinsam aufgewachsen. Aber dass sie durch den Rassismus in den Köpfen auf die schwarze Community beschränkt wurde, dass sogar ihre Mutter – die aus guten Gründen! – strikt darauf achtete, dass sie nicht in die falsche Gesellschaft geriet, das hat sie erst verzweifelt gemacht und dann empört. Sie hat dieses System als informelle Apartheid identifiziert, die Einschränkung ihres Lebensraums hat sie nie akzeptieren wollen und das nationale Pathos, „the brave and the free" und die Hand aufs Herz, das hat sie spätestens auf dem College als faulen Zauber abgetan.

-- Ist das auch ein Grund, warum ihr beide nach Stuttgart geht?

-- Für sie ist der Antrieb noch stärker als für mich, ja.

Mirabeau war angezählt.

-- Ihr habt in St. Louis gelebt, das College besucht, ich meine, das ist nicht Louisiana, oder?

-- In gewissem Sinn ist es sogar schlimmer. St. Louis war einmal ein Leuchtfeuer, seit Kriegsende ist es eine Stadt im Niedergang, dieses Jahr reißen sie Pruitt-Igoe ab. Wir haben dort nie gewohnt, Gott sei Dank, obwohl mein Vater als Kampfpilot der Air Force in Wendell Pruitt ein Vorbild hatte. Aber auch in Downtown sind zahlreiche Nachbarschaften nur „Bruch und Dalles", wie Anna, Eileens Mutter, den Zustand da auf Deutsch nennt.

-- Ich bin deshalb konsterniert, sagte Mirabeau nach einer Weile, weil eure Väter doch echte Karrieren gemacht haben: deiner als hochdekorierter Kampfpilot und Luftfahrtmanager, Eileens Vater als angesehener Arzt in der Uniklinik. Verbürgen derartige bürgerliche Existenzen nichts in der Stadtgesellschaft?

-- Mirabeau, es gibt in bei uns keine „Stadtgesellschaft" in eurem Sinn, es gibt Communities, und es gibt Race. Ich meine, dieses System geht ja nicht nur gegen Schwarze. An der ach so liberalen Ostküste gibt es eine Menge Golf- und Yacht-Clubs, die keine Juden aufnehmen.

Mirabeau legte nach einer Zeit seine Hand auf Freds.

-- Und dann kommt Vera, umarmt Eileen, herzt sie und würde sogar den Mann mit ihr tauschen, wobei man vielleicht beachten sollte, dass es nicht wirklich ihrer ist.

-- Diese „Unbalance" in Veras Argumentation ist Eileen nicht entgangen, lachte Fred, das wird die beiden noch beschäftigen.

— — —

Auf dem Weg ins Zentrum von Puerto waren die Frauen noch ganz erfüllt von ihrem „Durchbruch". Als Mirabeau meinte, die Guardia Civil habe es ihnen auch nicht schwergemacht, erzählte Vera die Geschichte vom Streik in San Antonio 1970.

-- Da hat sich der Falange-Häuptling von Palamós an uns gerächt, indem er höchstpersönlich einen Stoßtrupp anführte, der nach Sonnenuntergang die Außenanlage unseres kleinen Hotels verwüstete. Die haben die Tische umgestürzt und auf den Strand geworfen, manche Stühle bis ins Meer.

-- Und was habt ihr getan, fragte Fred.

-- Wir haben sie ausgelacht.

-- Make love not war, kommentierte zustimmend Eileen.

Puertos Zentrum empfing sie in der schon bekannten Mischung aus Geschäftigkeit und Rentnerentspannung. In den Becken an der Meerfront war kein Mensch, obwohl die Sonne warm schien und der Wasserdampf in der Luft nicht weiter störte, dafür waren die Bänke belegt, Hunde en masse, die Restaurants bereiteten ihre Öffnung vor, die Bars waren schon gut besucht.

Die Männer hatten ihre Apparate für stille und laufende Bilder dabei, dazu die Filme, die zu entwickeln waren, auch brauchten sie Nachschub, die Frauen wollten einkaufen, man erklärte sich und ging für eine Stunde getrennte Wege.

Mirabeau und Fred wurden rasch in einem echten Fotoladen fündig, sogar die Preise stimmten.

-- Das ist doch ein Bier beim dicken Otto wert, befand der Weinhändler.

Stattdessen landeten sie wieder im Lucullus, kauften „FR" und „Stern" und genehmigten sich eine Halbe. Am Nebentisch in der Außenanlage saßen vier ältere Herren, drei nuckelten am Bier und verfolgten das Treiben auf der Straße, der vierte aber gerierte sich als Platzhirsch. Er sächselte.

-- Was macht ihr denn hier? Was lest ihr denn da? Frankfurter Rundschau? Das sind doch Kommunisten.

-- Nur tote Kommunisten sind gute Kommunisten! haute Mirabeau raus.

Der Kerl war baff.

-- Amis wissen: Nur tote Indianer sind gute Indianer, haute Fred mit starkem Akzent hinterher.

-- Wollt ihr mich veräppeln? beschwerte sich der Kerl.

98

-- Nein, wir wollen mehr von dir, klär uns auf. Warum hast du die BRD fluchtartig verlassen? Die Steuerfahndung im Genick? Oder die Sitte?

-- BRD? Ich wusste doch, dass ihr Kommunisten seid. Warum bleibt ihr nicht bei euerm Häuptling, dem Willi Weinbrand?

-- Gut gebrüllt, darauf trinken wir einen, rief Mirabeau.

Er hob das Glas, Fred hob das Glas. Der Kerl hob zögernd das Glas.

-- Du säufst aber auch ganz ordentlich, stellte Fred fest.

Zwei von den drei Stillen standen auf und gingen ins Ladenlokal.

-- Was geht dich das an, Ami, rotzte der Kerl, macht ihr euch jetzt auch hier schon breit?

-- Sie verteidigen deine Freiheit, klärte Mirabeau ihn auf.

-- Meine Freiheit? Dir haben sie doch in den Kopf geschissen! Diese Amis haben uns die Russen eingebrockt! Ich hoffe nur, dass sie jetzt von ihren Niggern massakriert werden.

Der dritte Stille verließ den Tisch.

-- Wann hat eigentlich zum letzten Mal jemand dir so richtig die Eier gequetscht? fragte Mirabeau sanft, richtete die Wikingergestalt auf und zeigte seine Pranke im Zugriff.

Nun verließ auch der vierte die Außenanlage, fluchtartig, sein Stuhl fiel um.

Mirabeau legt Geld auf die Platte, dann gingen sie.

Auf dem Weg zum Treffpunkt mit den Frauen feixte Fred.

-- Ich bewundere eure Ausdauer beim Streiten, bei uns wird gleich geschossen. Eileen aber erzähl bitte nichts von diesem Idioten.

— — —

Fred und Mirabeau näherten sich der Plaza del Charco von See her und hielten vergeblich Ausschau nach den Frauen.

-- Die haben Ausdauer, sagte Fred.

-- Die haben zu viel Geld, sagte Mirabeau.

Aber dann tauchten sie inmitten eines Pulks junger Männer auf, lebhaft im Gespräch, und steuerten auf das Restaurant zu, das Mirabeau und Vera beim letzten Besuch entdeckt hatten. Der Haufe stockte in einiger Entfernung davon, dann trennten sich die Frauen winkend von ihren Begleitern, die zum Restaurant pilgerten, und sahen sich um.

-- Garantiert Engländer, knurrte Mirabeau, und wir kriegen im Restaurant keinen Platz mehr.

Fred winkte Vera und Eileen zu, die auf hohen Absätzen herbeieilten und stolz ein, zwei Pirouetten drehten.

-- Neue Schuhe, toll!

Fred nahm Veras Hand, sie knickte das Bein nach hinten und hob den Fuß, Fred unterstützte mit der anderen Hand ihren Spann und besah die Pracht ihres Beins, die feinen blonden Haare auf brauner Haut, den Schwung der Wade, die schlanke Fessel und natürlich auch die Kreation am Fuß, grün, geschnürt, ein echtes Schmuckstück. Als er sich Eileen zuwenden wollte, sah er sie in den Armen Mirabeaus aufgebahrt und auf dem Weg zum Restaurant.

-- So schönen Beinen mit so wunderbaren neuen roten Schuhen darf man dieses miserable Pflaster nicht zumuten, ließ Mirabeau die Nachzügler wissen.

-- Remis, sagte Fred.

-- Hört auf damit, sonst gehen wir zu den Franzosen, kam es von den Frauen, als sie wieder nebeneinander auf den neuen Sohlen standen.

Im Restaurant war tatsächlich kaum noch etwas frei, aber der Wirt wusste Rat. Er führte sie zu dem Tisch unter dem Blumenfenster und stellte der „Señora Cónsul Baumeister", die dort alleine saß, „cuatro compatriotas", vier Landleute, vor. Die Dame erhob sich, nickte dem Wirt zu, betrachtete interessiert die Neuankömmlinge und lud sie ein, Platz zu nehmen. Die vier dankten und versuchten ihrerseits einen ersten Eindruck von der unverhofften Gastgeberin zu bekommen, ohne sie plump anzustarren. Sie sahen eine elegant gekleidete Frau um die 40, blond, mit einem skandinavisch ebenmäßigen Gesicht, die amüsiert ihre Aufklärungsversuche verfolgte. Vera hielt ihren Blick fest und lächelte sie an.

-- Frau Baumeister, Sie müssen den Patron gut kennen, dass Sie ihm blind vertrauen.

-- Stimmt, er hat mir noch nie eine Laus in den Pelz gesetzt, darin ist er noch zuverlässiger als bei den Speisen, die er anbietet, erklärte die Frau Konsul. -- Aber bestellen Sie ruhig, die Küche ist sehr ordentlich.

-- Eines, warf Eileen ein, eines stimmt allerdings nicht. Nur Vera und Mirabeau – sie zeigte auf die beiden – sind komplett Germanen, Fred und ich nur zur Hälfte, dem Pass nach sind wir Amerikaner.

Die Baumeister zeigte sich erstaunt.

-- Und wieso sprechen Sie Deutsch wie eine Deutsche?

-- Unsere Mütter sind beide aus der Pfalz.

-- Wir sind Besatzungskinder, schob Fred dezent feixend nach und drehte an seinem Ring.

-- Sind Sie verheiratet? fragte sie prompt hinterher.

-- Wir sind verlobt, erklärte Eileen.

Bevor Mirabeau etwas Eigenartiges einfiel, stellte Vera klar, dass der Wikinger und sie Freunde seien.

Nun wurde bestellt.

Dreiunddreißig

-- So eine Tochter hätte ich auch gern, sagte Frank beim Frühstück und deutete auf Claudia, die mit ihren Eltern und ihrem kleinen Bruder am Nebentisch Platz genommen hatte.

Inka betrachtete das Mädchen und nickte anerkennend.

-- Da die Barreurs angeblich schöne Kinder machen, wie ich von Vera gehört habe, wirst du das schon schaffen.

Flavio kam, stellte eine Kanne mit Orangensaft auf den Tisch und schaute fragend. Inka übersetzte ihm „Francos Kinderwunsch" und erntete ein spöttisches Kopfschütteln. „Keine Frau, kein Diplom, kein Haus, aber schon Kinder", das sei nicht gerade das, was man in Italien von einem Deutschen aus gutem Haus erwarte.

Frank streckte reflexartig den rechten Arm aus, den mediterranen Stinkfinger – den nach unten – vermied er gerade noch, er winkte stattdessen mit der offenen Hand.

-- Ich hatte in meinem Leben erst drei echte Freundinnen, sagte er im Plauderton, aber noch jede wollte spätestens nach vier Wochen ein Kind von mir.

Frank stand auf, um sich an der Theke Croissant, Butter und etwas Marmelade zu holen, in seinem Rücken hörte er Inka flachsen. Auf dem Rückweg blieb er bei den Meisers stehen und kündigte Roland an, er werde sich wohl im Ort die zweiäugige Yashica kaufen, so viel müsse das Honorar der „Bravo" hergeben. Claudia war ganz Ohr, aber verhalten in der Reaktion, ihr Vater zwinkerte und kündigte an mitzukommen.

Flavio, von Inka aufgeklärt, schob Frank vor dem Aufbruch drei große Dollarscheine über den Tisch. Verbindlich erklärte er auf Französisch den Zweck: bitte bestes Filmmaterial von Kodak, bitte anschließend erstklassige Aufnahmen von Inka und davon Baryt-Abzüge mindestens 30 mal 30 zu seinen Händen.

-- Ich nehme den Auftrag an, sprach Frank und strich das Moos ein.

– – –

Frank und Roland Meiser stellten auf dem Rückweg zum Hotel fest, dass sie in Saarbrücken am Ilseplatz fast Nachbarn geworden wären, doch hatte der eine den nahegelegenen Campus der

Universität gerade Richtung Bonn verlassen, als der andere seine Stelle bei den Mediävisten antrat.

-- Und wieso kannst du jetzt Urlaub mit den Kindern machen? Es sind doch keine Ferien, wunderte sich Frank.

-- In Lanzarote verabschieden wir uns von Europa, erklärte Roland. In Deutschland werden wir danach nur umpacken, um noch in derselben Woche nach Kanada zu düsen, alles ist vorbereitet. Ich habe überraschend einen Ruf an die Université de Montréal bekommen und akzeptiert.

Frank gratulierte und erzählte, dass er auch fast Frankokanadier geworden wäre, sein Vater habe 1957 alle Papiere fertig gehabt für die Auswanderung nach Quebec, aber dann sei sein jüngster Bruder dazwischengekommen.

-- Mal sehen, ob wir bis zur Einbürgerung gehen werden, zweifelte Roland, im Moment sind die Meinen noch wenig begeistert, vor allem Claudia ist bockig, Kanada sei ihr zu kalt, sagt sie.

Frank lachte.

-- Sprachschwierigkeiten fürchtest du nicht?

-- Nein, die Kinder sind in beiden Sprachen aufgewachsen, und Englisch wird keine Hürde sein.

-- Claudia wird's in Montréal gefallen, sagte Frank, und hoffentlich spielt sie gleich mit, dabei hob er die doppeläugige Yashica in die Höhe.

Auf der Terrasse des Fariones suchten sie eine ruhige Ecke zum Garten hin und schoben eine Art Freilichtstudio zusammen. In der Mittagssonne war es trotz der Jahreszeit etwas grell ausgeleuchtet, aber für „Probeaufnahmen" geeignet. Die Kids kamen aus freien Stücken hinzu, der Appell an ihre Hilfsbereitschaft – au secours les enfants – verhallte nicht ungehört. Mal allein, mal zu zweit, mal im Gespräch standen und saßen sie zur Probe Modell, auch mit Papa, Mama und nicht zuletzt mit dem Schoßhund der wunderlichen kastilischen Gräfin, von der niemand wusste, ob der Titel stimmte, aber sie sah so aus.

-- Papa, machst du bitte auch eine Probeaufnahme von François und mir? flötete Claudia am Ende der zweiten Filmrolle.

Roland, etwas überrascht, sagte „klar" und brachte sich mit der Kamera in Stellung. Claudia und Frank simulierten über der Tischplatte ein Stillleben der besonderen Art: eine streitige Diskussion mit blitzenden Augen, die Nasen nah beieinander.

Roland löste aus und kurbelte, und während er auslöste und kurbelte, sagte Claudia: -- Du sollst nicht glauben, François, dass wir deinen Trick nicht durchschaut haben.

Frank sah sie an, als wolle er sie umarmen und mit Haut und Haaren fressen. Das veranlasste die Tochter des Fotografen, den Satz ein zweites Mal rauszuhauen, diesmal auf Französisch, was die Zuschauer, darunter auch Flavio und Inka, spontan beklatschten.

-- Du bist nicht nur die schönste, du bist auch die cleverste, Claudia, aber gib Acht: Dein Bruder ist genauso fotogen wie du, gab ihr Frank mit, um ihn werden sich die Mädchen balgen.

-- Am schönsten ist Frau Gotland, stellte Claudia ungerührt fest und genierte damit Inka, die neben ihrer Mutter stand.

$$- - -$$

Frank und Flavio warteten um 4 an der Strandbar. Das Licht war jetzt und für die nächsten zwanzig, vielleicht dreißig Minuten einladend gut.

Inka kam pünktlich. Sie hatte sich kühl zurechtgemacht und war hellwach. Die stumme Anerkennung genoss sie. Im „Studio" nahm sie ohne Anleitung Platz, Frank schoss die ersten Aufnahmen kommentarlos. Er arbeitete mit beiden Kameras, in der Yashica mit Schwarzweiß. Flavios Gestik war sparsam, er hielt Inkas Wachheit aufrecht, brachte sie auch mal zum Lächeln und verhalf Frank zu unverhofften Aufnahmen im Halbprofil und schräg von hinten.

Zum Dank platzierte Frank beide auf Holzstühle aus der Bar und fotografierte sie gemeinsam im verschatteten Gegenlicht.

Flavio erlaubte sich, Inkas Lippen anzufeuchten, und war insgesamt so geschickt bei der Sache, dass Frank den dritten Rollfilm bloß als Zugabe einspannte, denn „fünf, sechs passable Aufnahmen" waren sicher im Kasten, wie er beiläufig bemerkte. Außerdem war ihm nicht entgangen, dass Roland in gebührender Entfernung mit der Rollei und einem Tele-Tessar das verabredete Back-up realisieren konnte, an seiner Seite Claudia, die war jetzt Feuer und Flamme.

Nach einem letzten Schuss, Inka aus kurzer Distanz, der Blick frech, fast triumphal, richtete Frank sich auf, und Flavio klatschte in die Hände, Aufnahmeschluss.

-- Du bist für einen Amateur erstaunlich professionell, sagte er auf Italienisch, aber wenn die Aufnahmen glänzen, dann hast du es dieser schönen hochgewachsenen Frau zu verdanken, das verstehst du?

-- Und dir, ergänzte Frank regungslos.

Inka strahlte Lebenslust aus. Von Roland wollte sie wissen, was sie von dessen Shooting zu erwarten habe. Roland war zuversichtlich.

Ein Kellner brachte Fruchtsäfte, zwei Gäste erkundigten sich nach den Preisen für diesen Service, und Claudia sah Frank beim Beschriften und Verstauen der Filmrollen zu.

-- Bleibt es dabei, dass wir morgen früh ins Malpais fahren? fragte sie. Als Frank nickte, setzte sie nach: -- Dann dürft ihr heute Nacht aber nicht zu lange schwofen!

Vierunddreißig

Zur Tischgesellschaft in der Bodega Ibarra war nach der Vorspeise Abián Calderón gestoßen, von Frau Baumeister als „mein großer Junge" vorgestellt, der entschieden besser deutsch spreche als der neue Honorarkonsul. Abián, eine schlanke, aristokratische Gestalt, hochgewachsen wie der Wikinger, deklamierte zum Einstieg die erste Strophe von Goethes

„Prometheus": „Bedecke deinen Himmel, Zeus ..." Er dankte für den Beifall und beugte sich zur Gastgeberin hinunter, um sie auf beide Wangen zu küssen.

-- Elea, du hast Gäste, die literarische Bildung schätzen, huldigte er ihr.

-- Dieser junge Gott ist nicht ihr Patenkind, das ist ihr Lover, flüsterte Vera spontan Eileen ins Ohr.

Abián sei echt Teneriffa, mehr Guanche als Kastilier, erläuterte Frau Baumeister, ein Ziehsohn ihres Mannes und seit dessen Tod trotz seiner Jugend ihr Assistent im Unternehmen. Er würde gerne in Deutschland studieren, aber sie könne ihn im Augenblick nicht entbehren.

Es entwickelte sich ein lebhaftes Studenten-Gespräch der Vier mit Abián, das die Baumeister erfreut verfolgte und in das sie gelegentlich eingriff. Beiläufig wurden die Umrisse ihres Unternehmens erkennbar, ein Konglomerat aus Handel, lokaler Industrie und Immobilienverwaltung, kein kleiner Laden.

Am Ende des Essens waren die Beteiligten einander nah gekommen. Elea lud Vera, Eileen, Fred und Mirabeau in ihr Landhaus ein.

-- Das Anwesen liegt sehr schön auf dem oberen Hang des Orotava-Tals, bei diesem Wetter ist es auf der Höhe wunderbar.

-- Ich hole den Wagen, sagte Abián, es ist ein Defender von Rover, genug Platz für alle, versicherte er angesichts der fragenden Blicke.

-- Die beiden sind froh, Gesellschaft zu haben, bemerkte Eileen zu Vera, im Übrigen hast du Recht, denke ich.

— — —

Die Fahrt führte zuerst zum Sol, die Frauen wollten sich umziehen.

An der Rezeption war eine Notiz für Herrn Schulz hinterlegt: Herr Zabel hat aus Deutschland angerufen, er muss Sie dringend sprechen. Er wird es gegen 20 Uhr erneut versuchen.

106

-- Entweder sind wir bis dahin zurück, oder du rufst ihn an, sagte Vera, als Mirabeau zögerte, unter diesen Bedingungen mitzufahren.

Das Anwesen der Frau Konsul in Hanglage bestand aus einer formidablen Villa im Bauhausstil, die von einer elegant komponierten und weitläufigen Gartenlandschaft umfasst wurde, darin ein großer, rechteckiger Swimmingpool. Am Rand des Pools war ein Tisch gedeckt, eine Hauswirtschafterin begrüßte sie beim Eintreffen.

Eine halbe Stunde später waren Haus und Garten im Wesentlichen besichtigt und die Freitagsgesellschaft lagerte am Wasser. Die Getränke waren süßsauer und alkoholreich, die Wasserspiele eine vergnügliche Kinderei, die Gespräche kunterbunt.

-- Was macht eigentlich den Guanchen aus? wollte Eileen von Elea wissen.

-- Das erkläre besser ich, sagte Abián, während Elea schüchtern lächelte, sie sah gerade aus wie eine Zwanzigjährige.

Abián resümierte kundig den Stand des Wissens über die kanarische Urbevölkerung. Viel gesichertes Wissen gab es offenbar nicht, dafür zahlreiche Phantastereien, die benannte er auch als solche.

-- Die Kolonialisten haben die unterworfenen Völker nicht nur vergewaltigt und ausgebeutet, sie haben ihnen auch das Gedächtnis geraubt, stellte Eileen fest.

Eleas Neugier galt Mirabeau, genauer: seinem Namen und wer ihm den verpasst habe.

-- Warum wurdest du ausgerechnet Eleonore genannt? fragte Mirabeau zurück.

-- Das war meine Mutter, und vor Augen hatte sie Eleonore von Aquitanien, eine selbstbewusste, tatkräftige Adlige aus dem Hohen Mittelalter, erläuterte sie, die Mutter von Richard Löwenherz.

-- Schön, sagte Mirabeau, aber Mirabelle ist auch kein schlechter Name, dachte mein Großvater, ein bekennender Verehrer des gleichnamigen Eau de vie, als seine französische Schwiegertochter schwanger war. Als es dann ein Knabe wurde, bestand meine Mutter auf Mirabeau, den Edgar haben sie ihr abtrotzen müssen. Seitdem geht das Rätselraten, ob sie in Mirabeau den Revolutionär vor Augen hatte oder den Verfasser von „Lauras Erziehung", sie verwehrt hartnäckig die Auskunft.

-- Natürlich den Schriftsteller, rief Vera, Inka hat es mir erzählt, sie hat es direkt von deiner Mutter, und ich glaube ihr seit neuestem aufs Wort ...

Eileen lächelte und machte sich einen Knoten ins Taschentuch. Fred dagegen suchte Veras Nähe, die im Bikini auf der Umrandung des Beckens saß.

-- Wie erhitzt du bist! tat er verwundert und schubste sie sachte ins Wasser. Als sie prustend auftauchte, ließ er sich hinterher fallen, um sie vor dem Ertrinken zu retten.

-- Du bist fast so griffsicher wie Lino Ventura, merkte sie an.

Mirabeau bekreuzigte sich, und Eileen machte sich noch einen Knoten ins Taschentuch.

Elea lud ihre Gäste zum Übernachten ein.

— — —

Gegen halb 7 versuchte Mirabeau zum ersten Mal Paul Zabel in Stieldorf zu erreichen. Als die Verbindung stand, ertönte bloß das Freizeichen, niemand hob ab. Um 7 das gleiche Ergebnis.

-- Was jetzt? fragte er in die Runde, Paul ist vermutlich auf Achse und wird von unterwegs anrufen.

-- Willst du ins Hotel? Dann musst du wohl ein Taxi nehmen, richtig fahrtüchtig ist doch keiner mehr von uns, oder? fragte Vera.

-- Doch, ich kann ohne weiteres noch fahren, meldete sich Eileen, außerdem können wir dann zwei Taschen für morgen packen, denn auf den Teide werden wir ja nicht in Flipflops und T-Shirt steigen wollen.

108

-- Wenn du fährst, müsstest du nicht den Elefanten nehmen, in der Garage steht auch ein VW-Käfer, informierte Elea.

Fünf Minuten später rauschten Eileen und Mirabeau im Käfer ab, viertel vor acht waren sie im Sol. Noch kein Anruf eingegangen, sagte Sofia am Empfang.

Eileen ließ Mirabeau allein, um zu packen. Als sie eine halbe Stunde später bei ihm klopfte, wartete er noch immer auf Paul. Er hatte eine Flasche Roten aufgemacht und goss ein. Sie stießen an und tranken. Eileen musterte Mirabeau.

-- Du siehst besorgt aus? Was bedrückt dich?

-- Ich weiß es nicht. Aber es ist nicht normal, dass Paul hier anruft und mich dringend sprechen will, er muss einen triftigen Grund haben.

-- Komm, wahrscheinlich ist alles harmlos. Statt zu grübeln, sag mir lieber, was es mit „Lauras Erziehung" auf sich hat.

Mirabeau fand prompt das Lächeln wieder und gab sich Mühe, das delikate Werk unanstößig zu beschreiben. Eileen winkte ihn lachend ab.

-- Und was heißt „griffsicher wie Lino Ventura"?

Mirabeau wand sich, aber auch hier war Eileen gedankenschnell.

-- Kannst du mir sagen, warum alle Kerle so scharf auf Vera sind? Sicher, sie ist hübsch, ihre Beine und ihr Gang gefallen auch mir, und ihr sonniges Gemüt wärmt das Herz. Aber eine vollbusige Hollywood-Schönheit ist sie nicht, auch sonst hat sie nichts Extravagantes, und falls sie eine herausragende Liebhaberin sein sollte, wissen das die Kerle doch nicht vorher, oder? So, why is she so fucking cute?

Mirabeau hob manieriert die Schultern.

-- Ich glaube, du übertreibst. Du magst sie ja auch, und selbst stehst du ihr doch keinen Deut nach. Why are you so fucking cute?

Das Telefon ging.

Mirabeau hob ab, die Telefonistin schaltete Paul Zabel frei. Nach den beiderseitigen Einleitungsfloskeln blieb Mirabeau eine ganze Weile stumm und hörte zu. Eileen sah die Spannung in seinem Gesicht, auch Verwunderung und Irritation. Seine Nachfragen konnte sie nicht einordnen, aber seine abschließende Auskunft war klar.

-- Also, ich würde Frank jetzt nicht anrufen. Wer hat was davon, wenn er auf Lanzarote über den derzeitigen Stand dieser Scheißnummer Bescheid weiß? Ich möchte auch Vera nichts sagen, nur allgemein dass eine üble Intrige läuft und du sie platt machst. Und unter uns, Paul, du musst sie mit allen Mitteln platt machen, hier droht mehr als Berufsverbot!

Zabel war offenbar einverstanden, so ging das Telefonat zu Ende. Eileen sah Mirabeau fragend an.

-- Was ist los?

Mirabeau erklärte Verdacht und Intrige gegen Frank Barreur en détail, als wolle er die Nachricht memorieren und loswerden. Eileen hörte dankbar und aufmerksam zu. Sie verstand auf Anhieb den Ernst, legte Mirabeau am Ende die Hand auf den Arm und gab ihm Recht.

-- Und jetzt? fragte sie.

-- Jetzt bleiben wir beide hier und fahren erst morgen früh zu den Anderen. Ich möchte heute nicht mehr mit Vera reden, gern aber mit dir Händchen halten. Rufst du Fred an? Du kannst ihm ja sagen, ich hätte unter Anspannung zu viel getrunken und würde eine weitere Serpentinen-Fahrt nicht aushalten.

-- Mach ich, sagte Eileen, aber warum ich mit dir Händchen halten soll, das musst du mir erst erklären.

Sie lächelte ihn an und ging aufs eigene Zimmer.

Als sie zurückkam, hatte sie eine Reisetasche über der Schulter und machte das Victory-Zeichen. Sie packte ein Necessaire aus und trug es ins Bad.

-- Wir schlafen also hier? rief Mirabeau tastend hinter ihr her.

-- Wenn schon in einem Bett, dann hier, tönte es aus dem Bad.

Er schaute mit offenem Mund zur offenen Tür, als erwarte er, gleich eine nackte Göttin zu erblicken. Als Eileen mit hochgestecktem Haar und in voller Montur wiederauftauchte, verstand er die Zeichen.

Mirabeau sammelte sich. Er packte seinen ganzen Charme aus und das zweieinhalb Stunden lang. Er erzählte anschaulich, erfuhr viel und lernte noch mehr. Er brachte Eileen zum Schmunzeln und zum Lachen, versetzte sie in Staunen und in Empörung über Dritte. Sie ergriff mal seine Hand, streichelte mal seinen Arm und kitzelte ihn sogar, als er frech war. Bei all dem tranken sie die Flasche Wein und eine weitere so gut wie und bekamen doch keinen Brummschädel, weil das Spiel all ihre Sinne reizte und in Spannung hielt.

So war Mirabeau im Kopf klar, als er am Ende mit Bedauern feststellen musste, dass Eileen ihm mehr Vertrauen schenkte als Inka, Sonja, Susi, Vera oder irgendeine Frau davor. Als sie nämlich, brav geduscht, ins Bett gestiegen waren, rutschte Eileen auf dem Bauch zu ihm, gebrauchte seinen rechten Oberschenkel als Fritzchen, legte Kopf und Arm auf seine Brust und sagte: -- Ich darf doch so einschlafen? Ich fürchte mich sonst.

Da streichelte er sie, zärtlich und geduldig, er lüftete zu diesem Zweck ihr Hemdchen nur ein wenig und achtete nicht weiter auf das eigene Befinden. Als ihr Atem ruhig und gleichmäßig ging, murmelte er „Gute Nacht, Darling" und rückte ab in eine schlafverträgliche Stellung.

— — —

Elea und Abián zogen sich zurück, Vera und Fred gingen nochmal nach draußen und nahmen auf der Veranda Platz. Der Mond stand hell über der Nordküste, von der vollen Pracht nur noch wenige Tage entfernt. Vera zündete sich eine Ducato an und trank einen Schluck Wasser. Fred betrachtete sie.

-- Warum sind Eileen und Mirabeau im Tal geblieben? fragte er.

Vera lauschte dem kurzen Satz nach und blieb still.

111

-- Wollten sie allein sein oder wollten sie, dass wir beide allein sind? sinnierte er weiter. -- Oder sowohl als auch?

-- Oder waren einfach nur Pauls Nachrichten schlecht? ließ Vera ihren Verdacht erkennen.

Fred richtete sich kontemplativ ein.

-- Selbst wenn – sind sie jetzt froh, dass sie allein sind? Und was denken sie, was bei uns los ist?

-- Wenn sie gerade froh sind, allein zu sein, dann werden sie bestimmt nicht an uns denken, grätschte Vera in die aufkommende Sentimentalität. Sie stand auf und streckte beide Arme dem Mond entgegen.

-- Vera, Eileen ist mein Mädchen, sagte Fred, diesen Fall hatten wir noch nicht.

Er stand ebenfalls auf. Vera wandte sich ihm zu.

-- Fred, du liebst Eileen, ich habe einen Blick dafür, euch verbindet nicht nur das Schicksal. Aber wenn das wahr ist, dann ist doch alles einfach: Wünsch deinem Mädchen Glück, auch heute Abend! Und bingo!

-- Und was genau soll ich ihr wünschen?

-- Nix genau! Glück, einfach Glück!

Vera hob die Hand zum Abklatschen, und Fred schlug nach einer Schrecksekunde ein.

-- Du meinst, es sei ihre Sache?

-- Wenn es nur ihre wäre, würde ich zu dir nicht sagen, du sollst ihr Glück wünschen, erklärte Vera. -- Kennst du den französischen Film „Die Kinder des Olymp" von Marcel Carné? Kam gleich nach dem Krieg, noch vor meinem Geburtstag, das ist mein Lieblingsfilm. Darin spielt die Arletty eine erfahrene Liebhaberin und ihr Satz, es ist der Satz überhaupt, lautet: Die Liebe ist einfach. Das ist zwar nicht die ganze Wahrheit, aber entschieden wahrer als der Satz: „Die Liebe ist ein Drama" oder „Die Liebe ist eine Tragödie". Die einfache Liebe ist die wahre Liebe.

-- Du meinst jetzt: keine Eifersucht?

112

-- Möglichst keine Eifersucht. In Köln sagen sie „jönne könne", das ist der Schlüssel. Und wenn nichts mehr geht, gilt der ultimative kölsche Satz: Fot es fot. Dann muss man das Buch schließen.

Fred sah sie an und sagte anerkennend: -- Du hast einen eigenen Kopf!

Vera lachte in sich hinein.

-- Die Sache mit dem Glück gefällt mir, fuhr er fort, und wenn sie stimmt, dann gilt sie ja auch hier, für dich und für mich.

Nun sah Vera ihn an und wartete auf die Fortsetzung. Der Moment der Stille wurde durch einen verhaltenen Lustschrei unterbrochen.

-- Das war das Käuzchen, sagte Fred, komm, wir verbergen uns.

Er suchte Veras Hand, und auf Zehenspitzen huschten sie ins Haus, dort in das Gastzimmer mit dem großen Fenster zum großen Mond.

Fred lenkte Vera ins Licht und ergriff mit spitzen Fingern links und rechts den Saum ihres T-Shirts. Sie hob die Arme, und er befreite sie. Als er ihre Jeans aufknöpfen wollte, wies sie die Hand zurück, öffnete stattdessen sein Hemd und strippte es aus. Bevor ihm etwas Neues einfiel, knöpfte sie, vorsichtig, seine Jeans auf und hielt ihn bei der Hand, als er sie fallen ließ und davon kickte. Nun standen sie und zögerten. Er kam er ihr zuvor, fasste sie um die Schulter, hob sie an und ratschte ihr in einem kühnen Schwung den kurzen Rock samt Höschen weg.

-- Wow! sagte Vera und schob ihn ein gutes Stück von sich. Sie drehte sich im Mondlicht zur Seite, dann um die Achse, dann ihm zu.

Er schaute sie bewundernd an und wollte den Blick nicht von ihr wenden. Er schluckte.

Sie ging einen Schritt auf ihn zu und verlangte seine Hand, um ihn zu halten. Dann trat sie nah heran und befreite ihn ganz gemächlich und die Teile ordnend von seiner Badehose. Als er bloß war, zog sie ihn ans Licht, betrachtete ihn und drehte ihn zu neuer Ansicht mit beiden Händen um die eigene Achse.

-- Bin ich wirklich deinem Lover so ähnlich, wie du Eileen gesagt hast? fragte er.

-- Welche Antwort wäre dir lieber, ja oder nein? antwortete Vera und strich erst mit dem Handrücken über seine glatte Brust, dann mit dem Handteller über seinen Po.

-- Lieber wäre ich eigen, flüsterte Fred und versuchte, sie mit beiden Händen zu fassen.

Vera entzog sich und drehte ihn ein weiteres Mal im Mondlicht. Dann sprach sie langsam.

-- Du bist genauso groß wie er, so athletisch und so muskulös, dein Po ist knackig wie seiner, deine Hände sind schlank und etwas kräftiger, deine Füße fast zierlich, nicht anders als bei ihm.

Sie beendete die Drehung, als das Mondlicht sein Profil beleuchtete und er dem ägyptischen Fruchtbarkeitsgott im Musée Calvet in Avignon zum Verwechseln ähnlich sah. Mit der Rechten hielt sie seine Hand, mit dem Zeigefinger der Linken wanderte sie an der Innenseite seines Geschlechts in die Höhe und prüfte die Spannung, sie war vollendet.

-- Du hast etwas mehr Sonne abgekriegt als mein Liebster, sagte sie. Und nach einer Kunstpause, in der sich sein Griff und sein Stand ihrem Eindruck nach verstärkten: -- und bist wohl auch etwas ägyptischer.

Sie ließ die Hand wieder nach unten gleiten und erinnerte sich seiner gewagten Griffe im Pool. Sie packte von vorn seine Nüsse, die auf dem Weg unter die Achseln waren, und drückte sie fest, aber nicht gegeneinander.

Er japste schreckhaft und hellwach, das Signal für „Vorsicht!“ und „Mehr!“, sein Griff war für einen Moment hart, dann wieder locker und mit dem Daumen schmeichelnd.

Sie tat ihm den Gefallen, bis sie merkte, dass sie jetzt achtgeben musste, wollte sie nicht leer ausgehen.

114

Fred besaß noch Geistesgegenwart, er streckte ihre Arme zur Decke und zog sie an sich.

-- Du machst mich verrückt, ich kann kaum noch stehen, sag mir schnell wohin.

Sie hing sich stattdessen an seinen Hals und umschlang ihn mit den Beinen. Er drehte dem Mondlicht den Rücken zu und trug sie die drei Schritte zum Bett. Auf die Polsterung kniend setzte er sie sicher ab, schob beide Hände in ihre Kniekehlen, hob sie an und spreizte sie.

Sie hatte die Augen geschlossen und schaltete mit angehaltenem Atem auf Empfang. Als er stattdessen mit hartem Pinsel die Mutter aller Empfindungen bestrich, von unten nach oben, von oben nach unten, von rechts nach links, von links nach rechts, wollte sie ihn bald gegen ihre Gewohnheit packen, verschwinden lassen und bloß nicht wieder hergeben, das Blut pochte ihr im Hals. Er aber entzog sich dem Griff, ging zu Boden und schmeckte ihr Metall ab. Sie streckte sich ihm entgegen, sie wand sich, sie pflügte mit den Nägeln durch seine Harre und wollte ihn an Land ziehen, doch er schob ungerührt ihre pralle Lust zwischen den Lippen hin und her und erkundete mit rauer Zunge den weiblichen Kontinent.

Den Klangteppich der Reizlaute unterbrechend sagte sie „bitte", erst demütig, dann drängend, schließlich scharf und wild. Als er ihr gehorchte, war er einen Atemzug später schon in den hintersten Winkel der Unterwelt vorgedrungen. Dort aber blieb er bewegungslos stecken, weil ein Erdbeben ausbrach, und dann, das weiß man, erstarrt jedes Lebewesen und verharrt atemlos, bis das Zittern, Beben und Wanken aufhört. Er genoss ihre zwingende Lust, ja, sie war groß und wunderbar, doch er zollte Tribut und war nach einer kurzen befreienden Raserei rasch, zu rasch auf dem Boden zurück.

Als alle Blitzlichter durchgeglüht waren, blieb er entschlossen bei ihr und hielt sie in stummer Zuneigung fest. Gegen ihre

Gewohnheit, vielleicht aus Dankbarkeit oder als Wiedergutmachung duldete sie das feuchte Lager. So kam die süße Müdigkeit nur, um bald wieder zu gehen. Als sie die Lippen öffnete und die Wächterinnen vor dem Paradiesgarten ihn umfassten und liebkosten, begab er sich mit ihr auf eine lange bewegte Reise. Er hatte sie heiter im Blick, sie ihn aber auch. Sie war geschmeidig und besang seine Eleganz. Als die Tür zum Lustgarten unter Jubel satt ins Schloss gefallen war, überfiel sie der Schlaf, wie in den Tropen die Nacht den Tag verschlingt.

Fünfunddreißig

Der Festsaal des Fariones, die Cueva, war hell erleuchtet und bis zum letzten Platz besetzt. Nicht nur Hotelgäste hatten sich versammelt, auch Honoratioren der Insel, oft mit halbwüchsigen Kindern.

Inka, Frank und Flavio hatten einen gemeinsamen Tisch mit den Meisers an der Tanzfläche.

Ein Stuhl blieb leer, und Flavio ließ wissen, dass seine Frau leider auch morgen nicht kommen werde, ihre Arbeit ziehe sich hin, womöglich werde sie ganz absagen.

Claudia fragte Frank hinter vorgehaltener Hand, was für eine Arbeit das sei.

-- Ich glaube, sie ist Schauspielerin, flüsterte er, aber wir kennen ihren Namen nicht.

-- Aha, sagte die Zwölfjährige, eine Schauspielerin.

Claudia hatte ihren Eltern die Anwesenheit bei dem lang angekündigten Flamenco-Abend abgerungen und war gespannte Neugier. Mit ihrem langen blonden Haar, das kunstvoll geknotet war, und den dunklen Augen in einem goldbraunen Madonnengesicht versammelte sie, den Saal durchstreifend, mehr Aufmerksamkeit auf sich als der Pianist im Vorprogramm und die meisten Kellnerinnen.

116

Der Event war wie Stierkampf in Jerez de la Frontera an einem Herbsttag. An der Performance der Solotänzerin war nichts zu beanstanden, die kleine Compagnie war akkurat, die Musik kunstvoll – was sich nicht einstellte, war die hermetische Stimmung, die Frank aus Palamós in Erinnerung hatte.

-- Begeistert scheinst du nicht zu sein? fragte Sandra Meiser, als er sich am starken Beifall nur pflichtschuldig beteiligte.

-- Frank saß zu oft und zu lange zu Füßen von Antonio Gades, spottete Inka, den kann keine Gitana aus der Provinz beeindrucken.

-- Du kennst Gades? fragte Flavio.

-- Mein Freund Franco neigt nicht zur Bewunderung, aber bei Antonio machte er vor zwei Jahren eine Ausnahme, legte Inka unbeirrt auf Französisch nach, zu Hause hängt seitdem ein gemeinsames Foto von beiden an der Wand: „Zwei aufrechte Männer der Linken in Palamós, 1970".

Ein Intellektueller sei Gades ja nicht gerade, meinte Flavio spöttisch, und Franco ein Kommunist? Der Name hatte plötzlich einen Beigeschmack.

-- Es stimmt, bekannte Frank, Antonio bewundere ich. Er ist ein mitreißender Tänzer, ein Revolutionär in seinem Fach. Und wenn er auch kein Intellektueller ist, so unterscheidet ihn doch vorteilhaft von den bourgeoisen wie den pseudorevolutionären Schmocks in Deutschland, Frankreich und Italien, dass er eine feine Nase für intellektuelle Qualität hat.

-- Das wirst du jetzt nicht ausführen, stichelte Roland, es ist ein Kind am Tisch.

-- Papa! stampfte Claudia auf.

-- Du wirst es in zehn Jahren selbst rausfinden, Claudia, du hast den Kopf dazu, besänftigte Frank die Tochter, die er auch gerne mal hätte. Ihre Mama nickte.

Als der Wein zur Neige ging, verabschiedeten Inka und Flavio sich zu einem späten Abendessen à la carte, während Frank und die Meisers ihre Zimmer aufsuchten: „Morgen ins Malpais!"

Frank stellte den Wecker auf 7 Uhr und schrieb in sein Buch: „Müsste ich über Inka wachen? Doch wohl nicht, oder?" Dann verließ er das Hotel und fuhr mit dem Seat davon.

Als er spät in der Nacht aus dem Schlaf aufschrak, stützte er sich auf die Unterarme und lauschte in die Stille. Es war nichts zu hören, nicht einmal das Meer. Er ging ins Bad, und bevor er sich niederlegte, schrieb er noch unter dem Datum des 25. Februar: Mir war, als hätte ich Lustschreie gehört. Aber es war wohl ein Traum, eine frische Erinnerung.

Sechsunddreißig

Eileen erwachte bald nach Sonnenaufgang, die Uhr stand auf viertel vor acht. Sie drehte sich zur Seite und erschrak, als sie den Wikinger erblickte, der wie ein gestrandeter Delfin auf dem Rücken neben ihr lag. Sie spitzte die Lippen und beobachtete ihn eine Weile, dann schlich sie ins Bad und machte sich frisch.

Als sie zurückkam, hatte sich an Mirabeaus Position wenig verändert, doch lag er jetzt bloß und schien in Träumen gefangen. Eileen trat auf Zehenspitzen näher und verharrte unschlüssig. Dann sah sie ein Zucken um seine Mundwinkel und begriff. Sie sprang aufs Bett und begann ihn zu würgen.

-- Du Bandit!

Bevor sie sich versah, hatte er sie umklammert wie das Brötchen den Hotdog und schüttelte sie mit seinem Lachen durch. Doch dann ließ er völlig von ihr ab, schubste sie sanft zur Seite und sah sie an.

-- Ich war vor dir im Bad und habe auf dein Erwachen gewartet, Sweetheart. Es war wie vor der Morgenandacht. Du bist schön anzusehen.

118

Eileen suchte sich zu bedecken, aber in Griffnähe war nichts, so tat sie den Gedanken ab. Sie sah Mirabeau aus nächster Nähe an und wartete. Als sie realisierte, dass sie am Zug war, fiel ihr erst nichts ein, dann aber packte eine Erkenntnis sie und rüttelte sie äußerst wach.

-- Diese Gelegenheit kommt nie wieder! flüsterte sie.

Stille.

-- Kein Mensch wird glauben, dass wir nicht gevögelt haben!

Stille.

-- Vera und Fred haben mindestens zweimal das Tier mit den zwei Rücken gemacht!

Stille.

-- Warum sagst du nichts, Mirabeau?

Stille.

-- Mirabeau ...?

Eileen sah ihn fast flehentlich an, er zeigte keine Regung, sein Gesicht war offen und unbewegt, seine Augen fragend wie zu Beginn. Sie versuchte einen strengen, gar trotzigen Blick, vergeblich, auch die abgeklärte Variante rührte ihn nicht.

Sie richtete den Körper halb auf, da traf ein Sonnenstrahl ihr Gesicht und erhellte sie nicht wirklich, aber in Wirklichkeit doch. Sie ging vor Mirabeaus Kopf in den Schneidersitz und streichelte ihm eine Haarsträhne aus der Stirn. Er wollte auch nicht länger flachliegen und stützte sich auf den Unterarm.

-- Mirabeau, ich mag deine Art, und dein Körper macht mir Gänsehaut, alles andere habe ich vergessen. Ich frage mich, wie du küsst und da du auch schon Zähne geputzt hast, könntest du mir vielleicht einen großen Gefallen tun, nein: einen Wunsch erfüllen.

In Mirabeaus Gesicht ging die Sonne auf, er sagte artig „danke" und schaute sie zum ersten Mal unverwandt an. Sie hielt lächelnd stand, doch dann beugte sie sich zu ihm und strich ihm über die Lider.

-- Lieb mich wie ein Blinder, der sich auf seinen Tastsinn verlässt.

Nun schien Mirabeau verlegen, erkennbar wusste er nicht, wie er mit einem solchen Stück bei einer Frau im Schneidersitz beginnen sollte, und das auch noch blind.

Eileen half. Sie ergriff ihn an der Stelle, die auch schon Veras Neugier und Wissensdurst erregt hatte, streckte sich dabei lang und suchte seinen Mund. Solange sie ihn küsste, blieb er standhaft ergeben. Sie küsste ihn lange und ohne Hast.

Mirabeau lernte von ihr und bedeckte sie seinerseits mit Liebkosungen, als habe er alle Zeit der Welt und nicht seit zehn Stunden den brennenden Wunsch, ihr auf den Grund zu gehen. Er hielt die Augen geschlossen, sein Orientierungssinn enttäuschte sie nicht, das hörte er, doch einmal vergaß er ihre Bitte. Da näherte er sich von Süden dem Ursprung der Welt und konnte nicht anders, als aus nächster Nähe das Zeichen ihrer Selbstbehauptung zu bewundern, das rosa züngelte, erfrischend schmeckte und jeden Sturm biegsam und aufrecht parierte. Wie sie ihn geküsst hatte, so belagerte er sie, ausdauernd und ohne Hast, ja selbstlos. Als sie es nicht länger aushielt, hob sie den Kopf und sagte „komm". Er zögerte einen langen Augenblick und wusste warum.

Als er ganz sachte in sie drang, um die Lust auszukosten und zu verlängern, seufzte sie so tief, dass er, kaum dass die Verbindung geschlossen war, offenbar schon ahnte, dass er gleich verloren ginge. So war es Verzweiflung, nicht Finesse, dass er sie umstandslos mit seinen großen Händen an den Backen packte, den Kopf neben ihrer Stirn abstützte und ihrem Lied so massiv Beifall klatschte wie zuletzt Aretha Franklin bei der Premiere von „Think". Das Beste daran war, dass ihr der Abschluss gefiel, wie er nur hören konnte, er hatte ja die Augen zu.

Als seine Energie erloschen war, rollte er auf den Rücken, behielt sie bei sich und die Augen geschlossen. Als sein Puls sich beruhigt hatte, fiel er umstandslos in eine Art Sekundenschlaf.

120

-- Anders kann ich den Verlust der Lust nicht ertragen, sagte er, als er wieder zu sich kam, Eileen über ihm auf die Knie ging und belustigt den Kopf schüttelte. Da lachte sie, und als er auch lachte, begann sie wagemutig und rücksichtslos auf seinem mächtigen Leib zu hüpfen.

-- So einer wie du, Mirabeau, musste es sein!

Siebenunddreißig

Frank kam um halb 8 zum Frühstück in voller Montur. Dort traf er Sandra, sie hatte einen Tisch für alle vorbereitet.

-- Wo ist die Familie?

-- Sie brauchen noch etwas Zeit. Und du? Hast du gut geschlafen? Wo ist Inka?

-- Wohl noch im Bett, sagte Frank und drehte zum Buffet ab, um sich ein Ei zu holen.

Als er Platz genommen hatte, schenkte Sandra Kaffee ein.

-- Du siehst reizend aus in diesem Kleid, stellte Frank anerkennend fest, aber im Malpais wirst du dich damit nicht wohlfühlen.

Sandra lächelte.

-- Ich dachte, du siehst nur die Lieblichkeit meiner Tochter.

-- Ist sie nicht dein Kind? Und bitte, das Kind sehe ich mit anderen Augen an als dich.

Zur Verdeutlichung schätzte er Sandra ab wie der Paparazzo seine Beute.

-- Also, ich fahre nicht mit, und das ist wahrscheinlich auch besser, setzte sie lachend noch einen drauf. Nach einer Pause erkundigte sie sich: -- Der reiche Playboy ist lästig, oder?

-- Nicht lästig, aber irgendwie fremd. Ich habe sonst keinen Umgang mit Leuten, die so sehr gewohnt sind zu bekommen, was sie wollen.

-- Was will er von dir?

-- Von mir nichts, was könnte es auch sein?

Sandra blickte unschlüssig, aber sie fragte nicht nach. Ihre Leute kamen, nun wurde rasch gefrühstückt, dann ging es in Franks Seat ab Richtung Yaiza und El Golfo, Sandra und Thomas winkten zum Abschied.

Auf der Fahrt erläuterte Frank seine Absicht: Nach einem Drittel der Strecke von Yaiza zum Meer liegen rechter Hand zwei alte Vulkane, die man umfahren kann. Im Norden soll es einen provisorischen Parkplatz geben, von dem aus ein Fußweg mitten hinein ins Malpais führt. Dort sehen wir uns nach einem Gipfel um, der uns freie Aussicht auf das Panorama der Feuerberge eröffnet.

Sie fanden die Abfahrt, den Weg hinter die Berge, den Parkplatz und nach einigem Suchen von dort aus auch einen Pfad, der durch scharfkantiges unwegsames Gestein zu einer besser begehbaren Geröllebene im Vorfeld der Feuerberge führte.

-- Wir müssen auch wieder heraus, betonte Roland, als sie glücklich die letzte unangenehme Bodenrinne überwunden hatten, woran können wir uns orientieren?

Die Frage war durch Beobachtung nicht schlüssig zu beantworten. Sie hatten auch keine Plastiktüte dabei, um eine höher ragende Felsspitze zu markieren. Ersatzweise legten sie einen Steinkreis. Als sie 50 Meter weiter waren und zurückblickten, konnte Frank die Konstruktion schon nicht mehr entdecken. Er nahm es wurstig in Kauf.

Die Sonne wurde stärker und das Licht gut. Bis zum ersten Gipfel, der einen schönen Blick versprach, war es ein mühsamer Weg, und als sie den Fuß des Vulkankegels erreichten, sahen sie, dass der Aufstieg mit Fotogepäck kein Kinderspiel werden würde.

-- Das muss jetzt sein, befand Roland.

Frank übernahm die Führung, Claudia folgte ihm in einigem Abstand, Roland sicherte nach hinten. Es ging dann doch leichter als befürchtet, aber sie mussten den gesamten Hang hoch, um ein freies Gesichtsfeld zu haben. Als das geschafft war, klatschte

122

Claudia vergnügt in die Hände, die Männer waren vor allem verschwitzt.

Frank baute das Stativ auf, Roland maß sorgfältig das Licht mit seinem Lunasix, Claudia fotografierte beide mit Polaroid. Dann legten die Männer los und probierten einiges durch. Nicht recht zufrieden wanderten sie auf dem Krater weiter und fanden tatsächlich günstigere Standorte. Nicht nur der Norden und der Osten, auch der Westen bot Motive, und als einige Wölkchen aufkamen, verbesserte sich die Laune der Fotografen zusehends.

Claudia erkundete die Flora auf der Höhe, die unerwartet reich war an Kakteenbüschen, von unten hatte der Kraterrand kahl gewirkt. Ihr Vater hatte ein Makro-Objektiv dabei und nahm auf, was sie sich ausbat, als die Landschaftsaufnahmen gemacht waren.

Es zeigte sich danach, dass von dem namenlosen Vulkan aus, den sie erklommen hatten, keine weiteren Wege sich auftaten. Als sie nach Norden abstiegen, mussten sie doch am Fuß des erodierten Hangs bleiben, denn in die Ebene führte kein Pfad. Es war auch keine richtige Ebene, sondern ein zerklüftetes Gelände mit zerrissenen Lavaformationen und Abstürzen, schwarz und hässlich, auch tückisch.

-- Tja, seufzte Frank, ich hatte mehr erhofft.

-- Wieso? Das ist doch toll hier, befand Claudia, und die Männer nahmen ihre Begeisterung erleichtert hin.

Der Ausweg aus dem schwarzen Elend war auf Anhieb nicht zu finden.

Sie gingen die Senke ab, an die sie sich erinnerten, und stellten nach einer Viertelstunde fest, dass sie wohl die falsche Richtung eingeschlagen hatten. Also zurück.

-- Hier möchte ich nicht am späten Nachmittag herumirren und den Sonnenuntergang fürchten, meinte Roland, als sie auch in der anderen Richtung den Pfad nicht entdeckten, auf dem sie gekommen waren.

123

Um Höhe zu gewinnen und einen Überblick zu erlangen, begaben sie sich wieder auf den Weg zum Vulkankegel. Doch dann sahen sie plötzlich im Westen zwei Wanderer, die offenbar ebenfalls das Malpais verlassen wollten. Sie winkten und wurden wahrgenommen. Die beiden, ein Mann, eine Frau, warteten auf sie, wie sich zeigte: auch sie Fotografen.

-- So ist es uns voriges Jahr ergangen, sagte die Frau in schwäbischem Dialekt, als sie ankamen, da wird einem mulmig.

Roland dankte beiden, und Frank mochte nicht glauben, wie sehr ihn sein Orientierungssinn getrogen hatte.

Achtunddreißig

Als Vera aus dem Bad kam, stand Fred am großen Fenster und schaute über den endlosen Hang aufs ferne Meer. Sie zog sich in seinem Rücken an, dann trat sie neben ihn und legte ihm die Hand auf die Schulter. Er drehte sich ihr zu und küsste die Hand.

-- Wir haben es gut getroffen, sagte Vera und schaute ebenfalls auf den Hang, der in der flachen Sonneneinstrahlung noch kaum Konturen zeigte.

-- Ja, antwortete er und begab sich seinerseits ins Bad.

Als auch Fred angekleidet war, horchten sie nach draußen und hörten Geschirr klappern. Es war die Hauswirtschafterin, aber ihre Gastgeber trafen fast gleichzeitig mit ihnen in der Küche ein, dann bogen sie gemeinsam ab ins Freie.

-- Ich hoffe, ihr habt gut geschlafen, erkundigte sich Elea.

-- Ich war todmüde und habe es gerade noch ins Bett geschafft, log Vera unbekümmert und unterdrückte jede Gemütsbewegung, als Abián sie ungläubig ansah.

Sie nahmen am Verandatisch Platz und begannen das Frühstück. Abián fragte in die Runde, wann wohl mit den beiden aus dem Tal zu rechnen sei, er vermutete, dass es mindestens 10 Uhr werden würde. Fred hielt dagegen, Eileen gehe früh zu Bett

124

und stehe früh auf, da bleibe Mirabeau gar nichts übrig, als mitzuziehen.

-- Du wirst sehen, bald stehen sie auf der Matte.

Tatsächlich tauchten sie kurz nach 9 auf und sahen aus wie das blühende Leben.

-- Es war so erholsam, sagte Eileen, endlich das ganze Lager für mich und keiner, der im Traum Invasoren vom Mars bekämpft!

-- Ja, auch für mich war es entspannend ohne eine Kämpferin, die nachts schon mal senkrecht im Bett sitzt und Kommandos gibt, gab Mirabeau dazu.

Fred und Vera amüsierten sich wie Bolle, sie warfen einander und den beiden Aufschneidern Blicke zu von der Art „Nun guck dir das an!" Elea hatte einen Rat für Abián.

-- Du siehst, das getrennte Schlafen hat unbestreitbar Vorteile.

Abián schüttelte doppelt verwirrt den Kopf.

Für den Aufstieg in die Cañadas nahmen sie den Defender und fuhren trotz traumhafter Passagen und Panoramen unterwegs ohne Pause durch bis zur Talstation der Seilbahn, seit kurzem die Attraktion der Insel schlechthin. Der Andrang dort war noch gering, die Windverhältnisse aber günstig, der Betrieb darum erlaubt.

Eileen packte die Rucksäcke mit den warmen Sachen aus, und sie und Vera taten es Elea gleich, die bereits Anorak und Schal angezogen hatte. Auch hier, in fast zweieinhalbtausend Meter Höhe, war es bei klarem Himmel und strahlendem Sonnenschein nicht gerade warm, was für die Station zwölfhundert Meter höher „Frostbeulen" versprach, wie Eileen unkte. Die Kerle ließen es erst mal drauf ankommen, immerhin trugen sie feste Schuhe, Mütze und Sonnenbrille, was man nicht von allen Wartenden sagen konnte.

Die Kabine schaukelte beim Aufstieg kaum, so war die Fahrt atemberaubend allein wegen der Ausblicke, die sie nach Süden und zunehmend auch nach Westen und Osten bot. Fred hatte Eileen vor dem Südfenster von hinten umfangen, und gemeinsam staunten sie über die Farbenpracht; auch Elea und Vera standen fasziniert unmittelbar an der Scheibe, während Mirabeau und Abián Gelassenheit zur Schau trugen.

-- Es ist auch für mich das erste Mal in der Seilbahn, sagte Elea zu Vera und suchte ihre Hand, ohne euch wäre ich am Boden geblieben.

Vera legte ihr den Arm um die Hüfte und verstärkte die Berührung.

Auf der Bergstation herrschte ein gewisses Gedränge. Sie vertraten sich die Beine und machten ein paar Fotos, für zwei, drei gutgelaunte Aufnahmen ihrer Gruppe fanden sie als Fotografen einen schwer beladenen Germanen, der eine Bulleye von Zeiss Ikon am Hals hängen hatte.

-- Für dessen Kamera-Ausrüstung kannst du dir einen BMW kaufen, sagte Mirabeau nach getaner Arbeit zu Fred.

Er hätte gern zum Gipfelsturm geblasen, aber der weitere Aufstieg war Touristen ohne eine besondere schriftliche Erlaubnis nicht gestattet.

-- Gut, dass Frank nicht dabei ist, der würde es drauf ankommen lassen, war Vera sicher.

-- Wer ist Frank? fragte Elea.

-- Mein Liebster, des Teufels Fotograf, sagte Vera, ohne mit der Wimper zu zucken und stocherte danach in einer Schneewehe.

Auf der Abfahrt punktete Fred, denn seine Empfehlung, wie man am einfachsten den Druckausgleich herstellen könne – die Nase zuhalten und aus der Lunge kräftig Luft in Rachen und Mund pressen – erwies sich als so praktikabel und erfolgreich, dass Vera gar nicht mehr damit aufhören wollte.

-- Von Fred lernt man die wahrhaft wichtigen Dinge des Lebens, flüsterte er ihr kurz vor dem Aufsetzen zu.

Sie trat ihm lächelnd auf den Fuß.

-- Wo hast du das her? wollte Abián wissen.

-- Mein Vater war Kampfpilot bei der Air Force, stellte Fred in den Raum.

-- Es war der Dank einer Stewardess von TWA, der er schöne Augen gemacht hat, erläuterte Eileen beim Verlassen der Kabine.

Von der Talstation aus erkundeten die Sechs zu Fuß die bunten Bodenformationen, die sie aus der Höhe bewundert hatten. Die Vielfalt der Steine und Mineralien, die Übergänge und die Farbenpracht, dazu der inselartige Bewuchs mit Algen oder Pilzen oder Moos entwickelten einen Sog, der sie staunend immer weiter ins Gelände zog.

-- Ich bin schon so oft hier oben gewesen, und doch verfalle ich jedes Mal neu dem Zauber dieser Landschaft, wunderte sich Elea, nie sieht sie gleich aus, die Jahreszeiten, das Wetter, der Sonnenstand setzen sie immer wieder anders in Szene.

Abián schlug nach einer guten Stunde vor, die weiter entfernten Naturmonumente doch lieber mit dem Auto anzufahren. Als sie den Wagen erreicht hatten, wollten Elea und Vera aber gleich ins Restaurant des Parador und ließen sich vor dem Start der Besichtigungstour dorthin chauffieren.

--- ---

-- Du bist müde? erkundigte sich Elea besorgt, als sie im Restaurant vom Ober zu einem großen Tisch mit Blick auf den Teide geleitet wurden.

-- Nicht direkt, nur etwas erschöpft. Nach so viel neuen Eindrücken muss ich Pause machen, ich verliere andernfalls die Lust, und meine Laune geht in den Keller.

Sie nahmen über Eck Platz und bestellten Kaffee.

-- Teneriffa ist ganz schön aufregend, fügte Vera hinzu.

Elea betrachtete die Jüngere liebevoll wie eine Tochter.

-- Du lebst ja auch aus dem Vollen. Hattest du dir das vorgenommen, als du zu Hause in den Flieger gestiegen bist?

-- Keine Ahnung, mir war nur klar, dass das kein Urlaub wäre wie sonst.

-- Und warum?

-- Ein fantastisches Hotel, ein anderer Mann, für meine Verhältnisse viel Urlaubsgeld, eine Trauminsel. Und dann auch noch Eileen und Fred, jetzt du und Abián, das kann man nicht erfinden... Aber wie kommst du überhaupt mit deinem Leben außerhalb der Norm zurecht?

-- Im Alltag nicht so reibungslos wie an diesem Wochenende mit euch vieren, lachte Elea, doch sie wurde rasch ernst. -- Unser Ding geht nur, weil wir jede Auffälligkeit vermeiden. Das ist selbst mir oft zu langweilig, umso mehr Abián. Aber die Leute hier sind so konservativ, die nehmen unsere „Affäre", über die sie gern tuscheln, nur hin, wenn wir sie strikt dementieren. Deshalb ist das mit euch ja so erfrischend für uns, mir wäre es am liebsten, ihr würdet vier Wochen bleiben – oder meinetwegen ganz.

-- Hast du nie überlegt, zurück nach Deutschland zu gehen oder auch nach Madrid?

-- Was soll ich da? Wenn ich mit Abián in Flensburg aufkreuze, kriegen meine Leute sich auch nicht mehr ein, und in Madrid kenne ich niemanden. Sicher, in Deutschland ist das Leben viel freier geworden als zu meiner Zeit, da könnt ihr von Glück sagen! Aber hier bin ich zu Hause, und selbst wenn ich meine Zelte abbrechen wollte, die Unternehmen kann ich nicht so einfach verkaufen.

Vera nickte verständnisvoll, und Elea streichelte ihre Hand.

-- Wie bist du eigentlich mit Abián zusammengekommen, wenn ich das fragen darf, sagte sie nach einer Weile.

-- Als Abián 13 war, starb seine Mutter, sein Vater flüchtete nach Madrid und ließ den Jungen bis zum Ende des Schuljahres bei uns zurück, er und mein Mann waren sehr gute Freunde. Dann musste der Vater für ein Jahr nach Bilbao, so blieb der Junge weiter bei uns, und ich war, wie soll ich sagen, eine Art jugendliche Tante für ihn, im Pool bewahrte er mich gerne vor dem Ertrinken, das kennst du ja. Mit 15 ging er zu seinem Vater nach Madrid, aber

128

nach dem Sekundarabschluss kam er sofort zurück und wurde Assistent meines Mannes, der da schon krank war. Als mein Mann das Haus nicht mehr verlassen wollte, logierte er Abián bei uns ein. Und dann spielte das Leben, wie es spielt, wir waren irgendwie schon ein Paar, bevor wir eins wurden, nur eben kein herkömmliches.

Jetzt streichelte Vera Eleas Hand. Vor der nächsten Frage druckste sie etwas rum.

-- Und du fürchtest nicht, dass er dir verloren gehen könnte?

Elea lachte.

-- Wenn ich den Eindruck habe, ziehe ich mir noch rasch ein Kind.

-- Um ihn zu halten?

-- Nein, damit ich ein Kind habe.

Vera setzte sich aufrecht auf den Stuhl und drückte das Kreuz durch.

-- Ein Kind will ich auch, besser sogar zwei oder drei.

-- Und den Mann dafür hast du gefunden?

-- Schon lange.

Als Elea sie skeptisch beäugte, erklärte Vera ihre Welt.

-- Schau, ich kann es gut ab, wenn im Film einer über mich kommt und mir bleibt die Luft weg, ich meide deshalb nicht das Kino, ich liebe es ja. Aber das ändert nichts daran, dass ich daheim häuslich und fürsorglich bin, meinen Liebsten gern bekoche, sein Ungestüm und seine blitzenden Augen mag und auch nach Jahren ohne Zutun durchlässig werde, wenn er mich auf seine Art anschaut.

-- Also echte Liebe, sagte Elea, der Kerl hat Glück und du hoffentlich mit ihm.

Neununddreißig

Verstaubt und verschwitzt stießen die Heimkehrer aus dem Malpais vor dem Fariones auf Sandra, die aus dem Supermarkt kam, zwei Plastiktüten in den Händen.

-- Wie seht ihr denn aus? entsetzte sie sich, ihr müsst aber ganz dringend unter die Dusche.

Roland nahm ihr die Tüten ab und trabte mit Claudia davon, die indes erst mal ins Meer wollte, damit sich das Waschen auch lohne.

-- Deine Tochter vergeudet kein Wasser, flachste Frank.

-- Und du wirst das Bad allein für dich haben. Inka ist ausgeflogen, sie sind in den Norden gefahren, wollen nach La Graciosa übersetzen, soll ich dir ausrichten.

-- Aha, sagte Frank.

-- Wie war Claudia auf der Tour? wechselte Sandra das Thema.

-- Tolle Kondition, scharfes Auge, wie nicht anders zu erwarten. Nachdem du die Tüten losgeworden bist, kannst du ja mit mir gehen, dann erzähle ich dir alles.

-- Du gehst doch unter die Dusche, Frankieboy.

Sie gab ihm einen Klaps.

-- Das fühlte sich jetzt nicht an, als ob du mich nur trösten wolltest, wertete er seine Empfindung.

-- Du bist unmöglich, sagte die Frau Professor, ich könnte die Schwester deiner Mutter sein.

-- Auf den Vergleich muss man erst mal kommen, lobte der Student der Politischen Ökonomie.

Sie gingen einträchtig in die Hotelhalle, dort trennten sich ihre Wege.

— — —

Nach der Siesta ordnete und beschriftete Frank die Fotorollen aus dem Malpais und brachte sie zum Händler auf der Höhe. Dort wurde er wie ein alter Bekannter lebhaft begrüßt.

-- Die Abzüge von gestern sind fertig, sagte Herr García, sie sind erstklassig geworden – wie die Bilder.

Nachdem er die neuen Aufträge entgegengenommen hatte, räumte er den Verkaufstisch und breitete Zug um Zug die Prints aus, zuerst von den „Probeaufnahmen". Frank fischte ohne Zögern zwei Bilder heraus, dann ein drittes. Auf dem ersten Foto schaute Claudia ins Ungefähre, wie nur zwölfjährige Mädchen schauen, die ahnen, aber nicht wissen, was demnächst auf sie zukommt, auf dem zweiten Foto blickte sie den Fotografen mit großen dunkelbraunen Augen standhaft und ohne Regung an, das dritte zeigte sie mit ihrer Mutter, da war sie das behütete Kind, das eine stolze Mama fröhlich anlächelte.

-- Die drei hier hätte ich gerne 20 mal 30 auf Baryt.

In der zweiten Auswahl kam zwei Dutzend Bilder zusammen, zum Verschenken.

Nun ging Herr García zu den großen quadratischen Abzügen über. Wie ein Juwelier wollte er ein Foto nach dem andern präsentieren und genügend Zeit zum Betrachten geben.

-- Perdóname, so funktioniert das nicht bei mir, sagte Frank. Legen Sie bitte so viele Aufnahmen auf den Tisch wie möglich, ich brauche den Überblick und einen ersten Vergleich, bevor ich genau hinschaue.

Frank war zufrieden mit dem, was er zu sehen bekam, aber nur eine Aufnahme stach auf Anhieb heraus: Inka und Flavio nebeneinander auf dem Stuhl. Er schüttelte den Kopf und fand dann doch zwei Ansichten Inkas, die klassisch und nahezu fehlerfrei waren, dazu vier weitere von einer gewissen Extravaganz, die bei Herrn García auf große Zustimmung stießen. Der hatte noch eine Überraschung. Als Frank bereits markiert hatte, wovon jetzt große Abzüge zu fertigen seien, enthüllte er das Abschlussfoto vom Vortag: Inka frech und triumphal. Diese Aufnahme machte den Fotografen fröhlich.

-- Das bitte dreimal 30 mal 30 auf Baryt.

-- Möchten Sie auch die Abzüge der Fotos von Herr Meiser sehen? sagte Herr García zufrieden.

-- Nein, das gehört sich nicht. Aber ich bezahle sie und nehme sie dem Urheber mit.

– – –

Im Restaurant des Fariones wurden zuerst die Fotos von Roland ausgebreitet. Die Neugier war groß, die Erwartungen wurden nicht enttäuscht.

-- Schau dir diese Porträts an! rief Frank.

Er sortierte mehrere Prints der Back-up-Serie mit dem Tele-Tessar aus. Sie zeigten Inka, die mit wachen Augen den Fotografen ansah, der Kopf schmal, sauber freigestellt und in ein Licht gehüllt, als wäre ein professioneller Beleuchter zugange gewesen.

-- Sieht edel aus, urteilte Sandra, so was hätte ich auch gerne mal.

-- Wenn dein Mann erlaubt, erledige ich das, dafür braucht man einen unabhängigen Bewunderer, bot Frank sich an, und Roland signalisierte erleichtert Zustimmung.

-- Da ist ja unser Bild, quietschte Claudia und zog die Aufnahme vor, auf der sie und Frank grimmig die Nasen einander entgegen reckten.

Als sich alle begeistert zeigten, dementierte sie.

-- Meine Nase ist zu dick.

-- Du spinnst, sagte Frank, es gibt überhaupt nur ein Foto, das so gut ist, und das ist das hier von deinem Bruder.

Thomas strahlte ihn dafür an.

Für Franks Aufnahmen war das Lob groß, aber die Vorlieben unterschiedlich. Das Bild, auf dem sie ins Ungefähre blickte, konnte Claudia nicht begeistern, dafür riss sie sich sofort eines unter den Nagel, das Frank nicht besonders aufgefallen war. Roland lachte.

-- Die Geschmäcker sind verschieden.

Der Direktor, der dazu gekommen war, fragte, ob man eine kleine Ausstellung arrangieren könne.

132

-- Wenn Sie Passepartouts besorgen können: kein Problem, gab ihm Frank nach Blickkontakt mit Roland Bescheid.

Vierzig

Der Abstieg aus den Cañadas über Tamaimo war nicht weniger eindrucksvoll als der Aufstieg aus dem Orotava-Tal. Mirabeau durfte den Defender steuern, Elea wachte auf dem Beifahrersitz, Fred und Eileen saßen auf der mittleren Bank aneinander gelehnt und dösten bald ein. Dieser Aufbau gab Abián auf der Rückbank Gelegenheit, Vera die Strecke anschaulich zu erläutern. Er kam ihr dabei näher, als es der Leitfaden für Reiseleiter empfiehlt, aber da ihr seine Stimme so angenehm war, klagte sie nicht. Amüsiert war sie, als er ihr beiläufig ins Ohr flüsterte, sie rieche gut.

In Puerto trennten sich die Wege. Man verabredete sich auf einen Sonntagsausflug an die Westküste nach La Caleta.

Die Vier aus dem Sol studierten beim Eintreffen im Hotel die Karte für das Gala-Abendessen am Samstag, Eileen und Vera beschlossen, sich der Müdigkeit zum Trotz herauszuputzen.

Mirabeau und Fred tranken bereits das zweite Helle, als die Frauen aus dem Aufzug traten. Bevor sie sich versahen, wurden sie vom Direktor des Hotels formvollendet begrüßt und mit großer Geste zum Speisesaal geleitet. Der Mann hielt sie offensichtlich für Neuankömmlinge, die volle Zuwendung verdienten, und ihrem Verhalten nach sahen das die Frauen auch nicht anders. Sie passierten ihre Kerle, ohne sie eines Blickes zu würdigen, was diese beiden mit ungläubigem Staunen quittierten. Sie ließen das Bier stehen und stiefelten hinterher - nur um vom Eingang des Restaurants aus zu verfolgen, wie der Manager Vera und Eileen den besten Tisch in der ruhigen Mitte des Raumes anbot.

-- Der setzt sie ins Schaufenster wie zur Versteigerung, echauffierte sich Fred.

-- Und die lassen sich das gefallen, maulte Mirabeau.

-- Wir sollten sie sitzen lassen und uns besaufen gehen, meinte Fred.

-- Aber dann sehen wir nicht, was sie anstellen, gab Mirabeau zu bedenken.

Sie verharrten weiter am Eingang, doch als der Direktor sich den Frauen erneut näherte und ihnen Champagner servieren ließ, sagte Fred „Jetzt!" und marschierte los. Als sie zum Tisch kamen, schaute der Mann irritiert, und als der Wikinger von oben herab fragte „Ist es erlaubt?" und ein „Aber bitte" erntete, lächelte der Mann und zog ab.

-- Schade, sagte Fred, ich wollte ihm noch ein Trinkgeld geben.

-- Ach Fred, winkte Eileen ab, hob das Glas mit Champagner und stieß mit Vera an. Sie strahlten um die Wette und genossen die Aufmerksamkeit an den benachbarten Tischen.

-- Keine Chance, das ist ihr Abend, sagte Mirabeau, sie sehen ja auch wirklich besser aus als wir beiden.

— — —

Als Fred aus dem Bad kam, lag Eileen mit geschlossenen Augen in der Mitte des Bettes, die leichte Baumwolldecke bis zum Kinn gezogen, darunter Arme und Beine gespreizt wie Leonardos vitruvianische Figur. Fred ging zum Fußende und betrachtete die Installation.

Eileen tat keinen Mucks.

Fred hob beide Hände und legte sie an die Schläfen.

Eileen atmete ruhig.

In Fred kam Bewegung.

Eileen veränderte minimal die Mitte ihres Kunstwerks.

Fred begann zu lächeln.

Eileen ließ den großen Zeh am linken Fuß sachte kreisen.

Fred beugte den Rumpf, begann die Decke langsam aufzurollen und kniete zwischen Eileens Füßen. Er rückte der rollenden Decke sachte nach, und als er den Ursprung des Lebens entblößte, schaute er zum Himmel und atmete alle Hast aus. Als er wenig später die beiden Quellen des Lebens enthüllt hatte, richtete er den Oberkörper und sein Alter Ego gespannt auf und schob die Decke zur Seite und aus dem Bett.

-- Der nächste Schritt entscheidet mein Schicksal, sprach er laut, und ich bin ahnungslos.

Da öffnete Eileen die Augen, reckte ihm einen Arm entgegen, ließ sich hochziehen, setzte die Füße hinter seinen Po, packte ihn mit zwei Händen fest und zeigte zwischen ebenmäßigen Zähnen ihre Zunge.

-- Küss mich, Darling, und ich rette dich.

— — —

Vera und Mirabeau lagen verteilt wie am ersten Abend im Bett.

-- Darf ich dich was fragen, Vera?

-- Klar. Worum geht's?

-- Gestern Nacht, fing Mirabeau tastend an ...

-- Nein, das nicht, fiel ihm Vera sofort ins Wort.

-- Was nicht? Warum nicht?

-- Diese Fragen kann ich mir denken.

-- Und du magst sie nicht?

-- Nein, ich mag sie nicht.

-- Was ist so schlimm daran?

-- Du willst aus sekundärer Lust meine Privatsphäre knacken - und nicht nur meine, das gehört sich nicht.

-- Was du nicht alles weißt. Und wo hast du das denn her, „sekundäre Lust"?

-- Vazäll ma nix, Mirabeau.

Mirabeau rollte sich auf den Rücken, warf die Arme zur Seite und grollte.

-- Bist du jetzt sauer auf mich?

-- Nicht, wenn du lieb zu mir bist, statt mich indiskret zu löchern.

Er schüttelte den Kopf, drehte sich zur Seite, rückte auf Vera zu und sah sie mit zerfurchter Stirn an wie der Hund den Mond.

-- Was ist? fragte sie.

Er entspannte sich.

-- Ich denke, dass man ja die Frauen nicht wirklich verstehen muss, solange sie gut zu einem sind, oder?

-- Oder was? sagte Vera.

-- Ich wollte mich doch nur nach deinem Wohlergehen erkundigen! röhrte er voller Verzweiflung und klatschte mit zwei Händen auf die Matratze.

Vera schwenkte auf versöhnlich um, fasste seine Hand und drückte sich gewählt aus.

-- Mirabeau, wenn dir an meinem Wohlergehen gelegen ist, musst du doch nicht Erkundigungen einziehen über die Wohltaten anderer Männer an mir.

Mirabeau kehrte auf den Pfad der Tugend zurück.

Einundvierzig

Paul Zabel hatte schon nicht mehr mit Stefan Lebrecht gerechnet, als um halb 10 der Anruf kam und die Frage, ob es passe, wenn er noch vorbeischaue. „Klar" sagte Paul, kippte das Weinglas aus und stieg auf Gerolsteiner um.

Stefan brauchte eine dreiviertel Stunde, um von Godesberg nach Stieldorf zu kommen.

-- Es wird Zeit, dass die Brücke fertig wird, klagte er, aber sein Gesicht war hell.

Paul hatte am Rauchtisch etwas Käse, ein paar Salzstangen und eine Flasche Rotwein vorbereitet. Stefan spitzte den Mund.

-- Ich habe gute Nachrichten!

Hunger hatte er auch, und den Roten verachtete er nicht. Paul sah ihm zu und übte sich in Geduld. Doch schon bald sprudelte es ganz unjuristisch aus Stefan, und es ergab sich rasch ein Bild.

Die Kollegen, die sich über Kaufmanns Aussagen und Verhalten gebeugt hatten, waren übereinstimmend zu dem Schluss gekommen, dass der Mann falschspiele.

136

-- Der will tatsächlich an das Schweizer Vermögen ran, und den Verdacht gegen Frank und deinen Schuppen in Hartenberg nutzt er im Verein mit dem VS, um dich unter Druck zu setzen.

Die Kollegen gründeten ihre Vermutung auf allgemeine Berufskunde und besondere Erfahrungen mit dem Mann, vor allem auf die intime Kenntnis einer alten Seilschaft, deren Anfänge vor dem Krieg lagen.

-- Ein eher deutschnationales Netzwerk aus Nazi-Zeiten, hat es ein Kenner genannt, und auf einige Fälle verwiesen, wo dieser Klüngel bis jüngst zweifelhafte Karrieren in den Standesorganisationen und den einschlägigen Staatsorganen lanciert hat, erläuterte Stefan.

Man sei zu dem Ergebnis gekommen, dass jetzt eine Möglichkeit bestehe, den Spuk zu beenden. An entscheidender Stelle im Ministerium sei der Sprecher des Kreises damit auf offene Ohren gestoßen, echte Überzeugungsarbeit habe er nicht mehr leisten müssen.

-- Kaufmann ist offenbar aus mehreren Gründen reif, fasste Stefan den Eindruck zusammen, die Nummer mit dir kommt der politischen Leitung gelegen, sie eröffnet die Möglichkeit einer vordergründig rein fachlichen Bereinigung.

-- Du meinst: ohne dass die rechte Mischpoke politisch aufschreit?

-- Exakt.

Stefan erläuterte die Falle, die man Kaufmann stellen wolle und Pauls Rolle dabei. Paul war ehrlich beeindruckt, aber auch unsicher. Stefan resümierte.

-- Wenn unsere Vermutungen über Kaufmann zutreffen, wird er sich selbst ans Messer liefern. Wenn sie nicht zutreffen, wird die Intrige gegen Frank Barreur und dich ministeriell aus der Welt geschafft, dieses Ziel wird also so oder so erreicht werden.

-- Und was ist mit meinen „Schweizer Besitzungen" in Anführungszeichen? wollte Paul wissen.

Stefan fasste in seine Tasche und legte ein Papier auf den Tisch.

-- Das solltest du unterschreiben. Darin erteilst du Mathias Meier aus der Kanzlei Vollmacht für dich und vertretungsweise auch für Frank. MM ist unter den gegebenen Umständen ziemlich sicher, deine Interessen jedenfalls so weit wahren zu können, dass du in der Schwarzgeldsache straffrei ausgehen wirst und steuerlich glimpflich davonkommst. Er wird übrigens in der Nähe sein, wenn Kaufmann dich am Montag oder Dienstag hoffentlich ganz dringend sprechen muss.

Stefan grinste, doch Paul war noch nicht entspannt.

-- Vorab lässt sich da nichts regeln? wollte er wissen.

-- Nein, die Falle wird gerade vorbereitet, am Montag sollte sie zuschnappen, wenn unser Kalkül zutrifft, da lässt sich vorher nichts mehr regeln.

Paul resignierte, las den Text der Vollmacht, unterschrieb sie und gab sie Stefan mit einem Seufzer zurück.

-- Wenn Frank das wüsste: wir beide ganz in der Hand der guten Staatsmacht ...

-- Wenn alles vorbei ist, solltest du diese Formulierung in einem Dankbrief an den Horst von ganz oben verwenden, spottete Stefan, der Sozialdemokrat.

Zweiundvierzig

Frank hatte Alfred Schmidt, S. 28-30 ein drittes Mal gelesen und schrieb jetzt auf:

„Wie Gott ist auch die Geschichte eine sinnlose idealistische Konstruktion. Wie Gott rechtfertigt die Geschichte nichts, auch nicht die Opfer, die der Kampf für eine bessere Gesellschaft den Menschen abverlangt. Aber was rechtfertigt dann diese Opfer? Die Überzeugung der Kämpfenden, dass sie unvermeidlich gebracht werden müssen, um zu siegen und das Leben der großen Zahl zu verbessern? Egal wie die Notwendigkeit begründet wird, ob übersinnlich oder durch Übereinkunft, ihre Exekution bedeutet die

138

Überwältigung des Individuums, sie kann sein Triumph, sie kann aber auch sein Tod sein. Darum hängt das Individuum am Sinn des Sinns, darum sind aber auch die übersinnlich gesetzten Zwecke schier unausrottbar. Schlimmer als der Tod ist nur die Einsamkeit."

Inka war gekommen, er hatte es nicht bemerkt. Nun trat sie neben ihn und las die Notiz.

-- Du bist doch nicht deprimiert? sorgte sie sich nach der Lektüre.

-- Wieso? Erweiterung und Schlussfolgerung stimmen doch, oder?

Eine Weile war keine Bewegung, dann wandte sie sich ab und verschwand im Bad. Als sie wiederkam, packte sie ein Köfferchen.

-- Was ist los?

-- Ich fahre morgen früh mit Flavio zu César Manrique, wir sind eingeladen. Das sind die Sachen, die ich anziehen möchte.

Sie legte noch ein Kleid über den Arm und brach auf.

-- Sehen wir uns gleich beim Abendessen? fragte sie in der Tür.

-- Wozu? sagte er und ging auf den Balkon rauchen.

--- --- ---

Als Frank ins Restaurant kam, saßen nur noch einige Spanier rum. Und Sandra. Sandra winkte.

-- Was machst du denn noch hier? wunderte er sich.

-- Ich trinke mein Glas aus, sagte sie. Heute singt Roland die Kids in den Schlaf, dafür darf er morgen mit zu Manrique.

-- Du hast doch nicht auf mich gewartet? fragte er fast ärgerlich.

-- Nein, aber es ist schön, dich zu sehen.

Als Frank vom Buffet zurückkehrte mit Käse, Baguette, Nüssen und Süßigkeiten, stand eine neue Flasche auf dem Tisch, ein Tinto del Pais aus dem Duero-Tal. Sandra goss ein.

-- Manrique ist clever, sagte Frank, der alte Faschist schafft es noch, seine Vergangenheit völlig vergessen zu machen.

-- Sei nicht so streng, mahnte sie, er war ein blutjunger Provinzler, als er sich den Falangisten anschloss, warum soll er nicht dazugelernt haben?

-- Um das zu beurteilen, müsste man seinen Charakter kennen. Aber gut, in Spanien tut sich viel, warum nicht auch in Manriques Kopf. Und was er auf dieser Insel anstellt, will ich nicht kritisieren, es ist touristisch ja keine schlechte Politik.

Frank stieß mit Sandra an, nahm einen Schluck, dann noch einen und klapperte mit den Lippen.

-- Du meinst, Spanien kann demokratisch werden ohne einen revolutionären Crash? blieb Sandra beim Thema.

-- Nicht solange der oberste Halunke lebt, aber danach mit einem Bisschen Glück vielleicht schon, das Lametta und der militaristische Driss verlocken doch auch hier niemanden mehr.

Sandra schaute ins Ungefähre und schwieg.

-- Über das Valle de los Caídos und die Einsegnung durch Johannes XXIII schrieb ich meine Diplomarbeit, sagte sie schließlich tonlos.

Frank wandte ihr verblüfft den Kopf zu.

-- Du hast über den guten Papst in der Faschisten-Kathedrale geschrieben?

Aber Sandra wollte offenbar kein Thema aufrufen. Sie schwieg. Als sie auflebte, legte sie die Hand auf seine und sah ihn warmherzig an. Damit erwischte sie ihn auf dem falschen Fuß.

-- Ich roch es doch, du willst mich trösten, reagierte er verhalten.

-- Was wäre schlimm daran?

-- Natürlich nichts, aber ich bin nicht leidend.

-- Doch. Ich erkenne dich. Du brauchst immer eine Frau um dich rum, Du bist wie mein Bruder. Und wenn die eine nicht da ist, dann halt eine andere.

-- Ein Freund tut's auch, behauptete er.

-- Zur Not, ja, aber keine drei Tage am Stück, hielt sie dagegen.

140

-- Ach, Sandra, es ist schade, dass du verheiratet bist, einen Mann und zwei Kinder hast ...

-- In Wahrheit hindert dich doch nur der Mann, sagte sie selbstbewusst.

-- Ja, gab er zu, und dass ich ihn mag.

Sie wünschten einander Gesundheit und tranken Wein.

-- Warum sind die beiden so sicher, dass seine Frau nicht kommt? unterbrach Sandra die Stille, die sie verband.

Frank zuckte mit den Schultern.

-- Ich frage mich ja, ob es sie gibt und sie je kommen wollte.

-- Doch, doch, da ist Inka überzeugt von.

-- Weiß sie jetzt, wer die Frau ist, hat sie's dir gesagt?

-- Nur eine Andeutung gemacht.

-- Und was machen wir, wenn die Angedeutete morgen wider Erwarten doch auf der Matte steht, und die beiden sind mit Manrique auf Landpartie?

-- Dann ist deine Stunde gekommen, François, lächelte Sandra maliziös.

-- Du hast mich in einem Punkt durchschaut, Große, hier aber irrst du. Rache ist nicht mein Ding, in der Liebe schon gar nicht.

Frank stand auf, er küsste ihr die Hand, klimperte mit den Autoschlüsseln und sagte „Tschö".

Dreiundvierzig

Eileen gab Abián eine Lektion.

-- Ich habe schon Pick-ups gefahren, da wusstest du noch nicht, was eine Gangschaltung ist! Und jetzt lass uns den Sitz an meine Beine anpassen.

-- Abián, hilf ihr, redete Elea ihm gut zu, heute werden wir zur Abwechslung amerikanisch chauffiert.

Um den Rollenwechsel perfekt zu machen, nahm Vera auf dem Beifahrersitz Platz, die Straßenkarte für Touristen auf dem Schoß.

Kaum saßen Elea und die Männer in trauter Runde dahinter, kam auch schon Mirabeaus Kommando.

-- Na los, Mädels!

Eileen legte den Gang ein und gab Gas.

-- Weißt du die Strecke nach La Caleta? fragte Vera halblaut.

-- Die Küste lang und dann den Berg hoch, kam es zurück.

Eileen fuhr den „Truck", wie sie den Rover nannte, souverän über Stock und Stein. Die gewisse Anspannung, die anfangs über der Reisegesellschaft gelegen hatte, wich entspannt guter Laune auf den hinteren Plätzen, wo sich die Kerle anstrengten, Elea zu gefallen und zu imponieren. Die Gastgeberin war gesprächiger als sonst, sie war gewohnt witzig, geistvoll und auch noch erstklassig herausgeputzt.

Auf der Höhe von Guía de Isora flüsterte Vera Eileen eine dringende Warnung ins Ohr.

-- Schau nicht zurück. Die sind allesamt kurz davor, Elea die Hand aufzulegen.

Als Eileen von oben bis unten lachte und Vera mit, wurden sie für einen Moment beachtet, aber dann nicht weiter.

In Adeje angelangt, wies Elea den Weg ins Tal. Die Küste sah von oben langweilig aus, doch der kleine Ort wurde ansehnlich, als sie nahe herankamen. Eileen parkte direkt am Meer.

Das Restaurant, in das Elea Freunde von der ganzen Insel zum Mittagessen eingeladen hatte, empfing sie gastlich. Vera und Eileen verabschiedeten sich gleich wieder.

-- Wir gehen uns die Beine vertreten, es ist ja noch viel Zeit.

− − −

Die Blutsschwestern stiegen auf die Höhe im Norden der kleinen Bucht und genossen den Blick auf die schwarzen Berge über Adeje.

-- Abián sagt, es sei ein Plan in Vorbereitung, danach soll von hier bis zur Südspitze der Insel alles touristisch erschlossen werden, berichtete Vera aus ihrem Gespräch vom Tag zuvor.

-- Da haben die aber viel zu tun, das ist doch eine einzige hässliche Steinwüste, soweit man blicken kann, wunderte sich Eileen.

-- Ja, aber das Wetter ist hier stabil sonnig, sagt Abián, und für den Ganzjahrestourismus mit jüngerem Publikum brauchen sie das.

Sie wanderten über das Plateau, das sich bis zur nächsten Bucht erstreckte. Es gab keinen Pfad, aber die Strecke war einfach zu gehen.

-- Mein Gott, das ist ja eine Idylle, rief Eileen aus, als sie an die Abbruchkante der Felsen gelangten und in die Tiefe schauen konnten.

Die Bucht, die sich unter ihnen erstreckte, war zweigeteilt, das Ufer hell sandig nach Osten, im grünen Wasser eine Segeljacht vor Anker. Vier Leute sonnten sich an Bord, weiter draußen schnorchelten zwei Schwimmer.

Als sie am Felssturz entlangliefen, wurden sie entdeckt. Man winkte ihnen.

-- Die wollen, dass wir runterkommen, sagte Vera.

-- Die sind nackt, sagte Eileen, und auch der Abstieg ist zu riskant.

Vera gab ihr Recht. Sie winkten touristisch zurück und setzten sich in eine Mulde, die wie gehobelt aussah und von einer feinen Sandschicht bedeckt war. Der Stein war angenehm warm. Sie zogen die Blusen aus, Eileen hatte eine Probe mit Schutzcreme dabei.

-- Für ein kurzes Sonnenbad reicht das.

Sie versorgten sich, polsterten die Kante mit den Röcken und hoben die Gesichter ins Licht.

-- Wie habt ihr den gestrigen Tag beendet? fragte Vera und schnitt eine freundliche Grimasse.

-- Heute bin nicht nur ich neugierig, feixte Eileen zurück, erzähl du zuerst.

Vera setzte sich in Positur.

-- Mirabeau wollte mich ausfragen über meine Erlebnisse auf der Höhe.

-- Und was hast du preisgegeben?

-- Nichts, ich habe ihn auflaufen lassen.

Eileen hob den Arm, sie klatschten einander ab.

-- Dann seid ihr aber im Streit eingeschlafen?

-- Nein, das habe ich durch eine Freundlichkeit vermieden. Und du? fragte Vera.

-- Ich habe gleich eine Freundlichkeit angeboten, aber ich habe ein Rätsel daraus gemacht.

-- Und?

-- Er hat die Gleichung gelöst, sogar sehr elegant und mit Schwung.

-- Dein Mann ist klug, sagte Vera und küsste Eileen links und rechts, ich bin erleichtert.

-- Ich war froh, bekannte Eileen, und wollte nicht wissen, was seine Leidenschaft anstachelte, sie galt ja mir.

Auch Eileen küsste Vera links und rechts. Sie setzten sich zurecht, kamen mit den kleinen Fingern zueinander und dösten eine halbe Stunde lang stumm, während eine leichte Brise von See sie umschmeichelte.

--- --- ---

Das Essen im Fischerdorf war locker und förmlich zugleich. Die Vier merkten rasch, dass Elea es nicht ihretwegen ausgerichtet hatte, sondern einer Regel folgte. Aber sie wurden ehrenhaft platziert und dienten nicht als Dekor, eher als Statement.

Die Speisen waren vorzüglich, doch eigentümlich in der Zubereitung. Vera fragte interessiert nach mit dem Erfolg, dass vor den Desserts der Koch kam und ihr einen kleinen Vortrag hielt. Sie war ganz Ohr, auch wenn sie nur einen kleinen Teil verstand. Das sei der Küchenchef aus dem Parador, erklärte ihr ein

144

distinguierter Herr mittleren Alters, ein Sohn Teneriffas und ein Freund der Familie. Vera gratulierte.

-- Wir sind liberal und weltoffen, auch wenn wir den Ansturm auf unsere Insel kanalisieren möchten, erläuterte Elea ihrem Gast Mirabeau auf Spanisch inmitten einer Gruppe von Geschäftsfreunden, die erkennbar diese Meinung teilten. Mirabeau ließ sich über die Planungen für das Ferienzentrum im Süden informieren und verteilte Komplimente auf Italiol. Elea begegnete er dabei mit ausgesuchter Höflichkeit und Liebenswürdigkeit, sein Auftritt machte Eindruck.

Fred und Eileen fanden Gesprächspartner in einem kaum älteren Paar, das das Englisch der Ostküste sprach und die USA vom Studium kannte. Aus dem Small Talk wurde ein lebhaftes Gespräch, als Fred erkennen ließ, dass Nixon kein Freund der Familie sei. Die beiden, Juan und Isabel Moreno, echte Insulaner, hatten am MIT studiert und vermissten die intellektuellen und politischen Herausforderungen ihrer Studienjahre. Den spanischen Verhältnissen standen sie außerordentlich kritisch gegenüber, am „neuen Deutschland", wie sie sagten, bewunderten sie, dass einer wie Willy Brandt Bundeskanzler werden konnte. Er wisse hoffentlich, dass er sich vor Kissinger in Acht nehmen müsse.

Später trafen sich Mirabeau und Vera auf der Terrasse, um in Ruhe zu rauchen und die Einladung zu begutachten, Eileen und Fred stießen dazu, in ihrem Schlepptau die Morenos.

-- Willy Brandt hat Freunde hier, sagte Eileen, aber was dich, Vera, noch mehr interessieren wird: Der Streik der Bauarbeiter in Puerto ist vorüber, sie haben weitgehend bekommen, was sie wollten.

Sie stellte Juan und Isabel vor, von denen sie die Nachricht hatte. Es zeigte sich, dass Isabel nicht nur vorzüglich Ostküste, sondern auch passabel deutsch sprach. Vera nahm sie sofort in Beschlag und suchte Antworten auf die zahlreichen Fragen, die sie zum Inselleben hatte.

Als in den Gesprächen eine gewisse wohlige Müdigkeit aufkam, fand die Gesellschaft um halb 4 ein Ende. Adressen wurden ausgetauscht, auch Telefonnummern, dazu Freundlichkeiten zum Abschied.

-- Wer fährt jetzt? fragte Vera zweifelnd, das Rotweinglas in der Hand.

-- Ich fahre, sagte Abián, aber du, setz dich bitte neben mich.

Abián hatte die Leute beeindruckt wie Mirabeau, ein tadelloser Assistent der Geschäftsführung, kein Alkohol, keine Vertraulichkeiten. Vera, die ihn gelegentlich beobachtet und fast bewundert hatte, nahm brav neben ihm Platz. Auf der Fahrt hielt sie ihn bei Laune. Als er in den Bergen beim Kurbeln einmal mit der Rechten vom Lenker rutschte und einen festen warmen Abdruck auf ihrem Schenkel hinterließ, hob sie seine Hand zurück, ohne davon ein Aufheben zu machen.

Vierundvierzig

Claudia war schon beim Frühstück ganz fokussiert. Kaum bewegten sich Sandra und Thomas Richtung Buffet, da erinnerte sie Frank nachdrücklich, dass er versprochen habe, die Mama zu fotografieren.

-- Die Mama fotografieren? wiederholte Frank und blickte Sandra versonnen nach, ja, klar, aber wir könnten auch einen Ausflug machen.

-- Einen Ausflug ohne Papa? sagte Claudia, als müsse sie darüber erst mal nachdenken.

-- Eigentlich müsste man die Mama filmen, sie hat so einen schönen Gang, sinnierte Frank.

-- Komisch, das hat mein Sportlehrer auch gesagt.

-- Was fällt deinem Sportlehrer ein? prustete Frank los und bekam einen Lachanfall.

Claudia schaute ihn prüfend an, und Frank legte ihr begütigend die Hand auf den Arm.

146

-- Schon gut, wir fotografieren die Mama, und zwar mit Thomas und dann mit dir und dann mit Thomas und dir zusammen.

-- Nein! widersprach sie mit blitzenden Augen, fotografier sie allein so schön, wie du Inka fotografiert hast.

Sie zeigte Richtung Foyer, wo in einer lichten Ecke eine ganze Anzahl der Fotos von Freitag aufgeständert waren.

-- Okay, dir kann ich keinen Wunsch abschlagen, drehte er bei.

Das Foto-Shooting fand am späten Vormittag an der Bar auf der Terrasse statt. Sandra hatte sich dezent geschminkt und ein Strandkleid mit beidseitig langem Schlitz angezogen.

-- Also Mama, so schön habe ich dich noch nie gesehen, war Claudia ganz hin.

-- Ich schon, bemerkte Thomas und vertiefte das Lächeln der Mama noch.

Frank nutzte die Kommunikation von Mutter, Tochter und Sohn für eine Serie von Aufnahmen flüssigen Lebens, danach gelangen auch die traditionellen Posen recht locker, zum Abschluss bestand er auf einem unvollständigen Familienfoto, alle drei auf Barhockern.

-- Gib diesen Bloody Mary der Señora, forderte er den Barmann auf, der den Drink gerade auf ein Tablett drapiert hatte.

Der Barmann zögerte kurz, Sandra etwas länger, aber Frank bestand auf dem Accessoire. Die Kinder rankte er um die Mama, bei ihr achtete er auf eine züchtige Position beim angelehnten Sitzen, viel Haut, die Beine geschlossen, ein Knie etwas höher als das andere.

-- Und jetzt zieh am Strohhalm, aber echt!

Da er mehrere Aufnahmen machte, musste sie mehrfach am Strohhalm ziehen, am Ende war das Glas dreiviertel leer und die Stimmung gelöst.

-- Ich gehe am besten zu einer vorgezogenen Siesta, ließ Sandra den Anhang wissen, mir ist ganz warm ums Herz, aber der Herr Fotograf ist mir zu dominant.

Bevor Frank eine passende Antwort eingefallen war, erschien Cristina und winkte.

-- Ein Telefonat, Herr Barreur, würden Sie bitte kommen und übernehmen?

Frank folgte ihr in die Empfangshalle und zum Pult.

-- Ein Telefonat für mich? zweifelte er.

-- Nein, eigentlich für Herrn Olivotti. Aber die Dame spricht Italienisch, insofern doch was für dich, sagte die Katalanin mit Hamburger Akzent und leicht feixend.

Sie hob den Hörer und sah ihren Fotografen vergnügt an. Frank zischte „Cristina!" und übernahm.

-- Hier ist François Barreur, Madame, ich hoffe, Sie sprechen Französisch, eröffnete er in der Sprache Jean Anouilhs.

-- Ja, kein Problem. Aber wer sind Sie? Ich bat, mit meinem Mann, Herrn Olivotti, verbunden zu werden, antwortete die Dame am anderen Ende mit einer angenehmen, leicht rauen Stimme, völlig ohne italienischen Akzent.

Frank holte tief Luft. Er blickte sich um, schaute Cristina hilfesuchend an und riss die Augen weit auf.

Mit Verzögerung und gefasst, dann mit ähnlich rauer Stimme teilte er mit, dass er Herrn Olivotti von Tischgesprächen und gemeinsamen Ausflügen kenne. Er sei am Morgen zu einem Besuch bei César Manrique aufgebrochen und werde vermutlich erst am Abend zurückkehren. Wenn er für Madame etwas tun könne, bitte, er stehe zu ihrer Verfügung.

Sie fragte, ob er sie am Flughafen abholen könne. „Bin schon unterwegs", rutschte es ihm auf Deutsch raus, dann schob er „si, Signora" hinterher und auf Französisch „warten Sie bitte auf mich, ich beeile mich". Die Dame bedankte sich, sie werde warten, und es klang nicht, als sei sie genervt, eher leicht amüsiert.

Als Frank sich umdrehte, stand auch Sandra am Desk. Sie hatte seine Anspannung erfasst und hob fragend den Kopf.

148

-- Die Ehefrau, sagte Frank, immer noch mit angerauter Stimme.

-- Die Martini?

Frank nickte und sah Cristina an, Cristina nickte auch.

-- Ja, so gut wie zweifelsfrei.

-- Mein Gott! sagte Sandra.

-- Ich fahre zum Flughafen. Fährst du mit? entgegnete Frank.

-- Nein, nein, wehrte sie ab, das musst du allein machen, das ist auch besser so.

Frank sah erneut Cristina an, sie hob bloß die Augenbrauen.

-- Dann bleib aber bitte erreichbar im Hotel, forderte er Sandra auf.

Sandra nickte und ging ab. Frank steckte sich eine Zigarette an und drehte sich zum Desk zurück.

-- Was soll ich machen, Tina? Gib mir einen Rat.

-- Sag ihr die Wahrheit und lass sie nicht hängen, ich mag sie.

Fünfundvierzig

Paul Zabel war beim Joggen gewesen und kam gerade aus der Dusche, als es an der Haustür läutete. Es war Stefan Lebrecht.

-- Entschuldige, Paul, aber ich wollte nicht telefonieren.

Paul schlüpfte in einen frischen Sportanzug, während Stefan in die Küche ging und wartete.

-- Die Operation läuft, begann er seinen Bericht, als Paul aufkreuzte.

Ein internationaler Haftbefehl gegen Frank Barreur sei im Amt ausgefertigt worden und liege bereit. Die Kölner Behörde werde noch heute offiziell informiert, dass der Haftbefehl herausgehe und dass man erwarte, dass die spanischen Stellen am Montag, also morgen aktiv würden. Informell werde man den bekannten Abteilungsleiter wissen lassen, dass enorm Fahrt in die Sache gekommen sei und am Montag vermutlich ein weiterer Haftbefehl entschieden werde – das wäre dann der gegen ihn, Paul. In

149

Wirklichkeit, das verstehe sich, würden weder der ausgefertigte noch der angeblich schwebende Haftbefehl je herausgehen, aber der Schein müsse schon dicht sein, um den gewünschten Effekt zu erzielen, falls irgendetwas unrund laufe und Fragen aufkämen.

Paul, der sich mit den Unwägbarkeiten abgefunden hatte, wollte wissen, ob er Frank auf Lanzarote grob ins Bild setzen sollte. Stefan riet ab.

Stattdessen kündigte er für 14 Uhr zwei „Klempner" an, die das Haus präparieren würden und auch morgen für einen Einsatz bereitstünden. Wenn Kaufmann sich morgen wie erwartet melde, solle Paul ein Treffen zu Hause für frühestens anderthalb Stunden später vereinbaren und umgehend eine der beiden Nummern anrufen, die er ihm jetzt gebe, um die Uhrzeit mitzuteilen. Falls die Verbindung nicht klappe, solle Paul sofort die Klempner informieren, die mit ihrem Lieferwagen, den er heute Nachmittag ja sähe, ab 9 Uhr vor Sankt Margareta parken würden. Im Schlafzimmer solle er Sitzgelegenheiten einrichten für zwei Personen, in der Garage ebenfalls. Alles Weitere morgen mündlich.

Paul nahm einen Klebstreifen mit zwei Telefonnummern entgegen und pappte ihn in seinen Geldbeutel.

-- Okay, wird schon schiefgehen, sagte er zu Stefan, der es eilig hatte, nach Godesberg zurückzukehren.

Paul tigerte danach im Wohnzimmer auf und ab. Schließlich nahm er den Hörer auf und wählte das Hotel in Puerto de la Cruz an. Er bat, mit Herrn Schulz verbunden zu werden, und erfuhr, dass Herr Schulz und Frau Mühlen einer Einladung in den Süden der Insel gefolgt seien und nicht vor 18 Uhr zurückerwartet würden.

Paul legte auf und brummte „immerhin sind sie noch am Leben und zusammen". Er nahm seine Wanderung im Wohnzimmer wieder auf.

Als er fünf Minuten später erneut zum Hörer griff, wählte er die Nummer des Fariones in Puerto de la Carmen.

-- Bitte eine Verbindung mit Herrn Barreur.

Er hörte, dass am Empfang nach Herrn Barreur gefahndet wurde. Das dauerte. Als sich die Stimme erneut meldete, erfuhr er, dass Herr Barreur gerade weggefahren sei. Ob er Frau Gotland haben könne, fragte er. Frau Gotland sei definitiv außer Haus und werde frühestens am Abend zurück sein. Ob es recht sei, wenn er mit Frau Meiser verbunden würde, wurde er seinerseits gefragt. Ja, bitte, antwortete er ohne Zögern.

Als sich Sandra Meiser meldete, gab er sich als Freund von Frank Barreur zu erkennen und wollte gerne wissen, wie er ihn in einer dringenden Angelegenheit erreichen könne. Das sei im Moment nicht möglich, gab sie Auskunft, und ob es heute überhaupt möglich sei, stehe in den Sternen.

-- Aber vielleicht kann ich ihm sagen, dass er sie zurückruft. Geben Sie mir Ihre Nummer?

-- Er hat meine Nummer, danke, sagte Paul und legte auf.

-- Wer war das denn? fragte Claudia, erkennbar verwirrt von all diesen merkwürdigen Telefonaten.

-- Ein merkwürdiger Kauz, angeblich ein Freund von Frank.

Sechsundvierzig

Frank parkte den Seat im Schatten und schlenderte zur Halle des Flughafens. In der Tür stieß er fast mit einer Frau zusammen, die eine safrangelbe Sacktasche aus Leder im Arm hielt wie ein Kind und nach draußen wollte. Er trat einen Schritt zurück und betrachtete die Erscheinung.

-- Wie die Madonna mit dem Kind! stellte er auf Italienisch fest.

Sie senkte mit der Linken die Sonnenbrille, um ihn zu mustern.

-- Giulietta! fügte er hinzu, hob die Arme, funkelte mit den Augen und strahlte sie an.

Sie schüttelte nach dieser ungestümen Liebeserklärung ganz sachte den Kopf und lächelte fein zurück.

-- Mein deutscher Chauffeur? fragte sie auf Französisch.

-- Ja, wo ist Ihr Koffer? antwortete er ihr im selben Idiom, „no ragazza senza una valigia".

-- Jetzt übertreibst du, junger Freund, ermahnte sie ihn, du hast zu viele Filme gesehen, so redet man nicht mit einer erwachsenen Frau.

„Una donna adulta", wiederholte Frank ergriffen und legte die Hand aufs Herz. Er blickte ihr werbend in die Augen, erfasste sie dann mit einem langen tastenden Blick von oben bis unten, er räusperte sich.

-- Mi scusi, Signora, ich bin zwar bald Doktor der Philosophie, aber jung und nicht weltläufig. Einer Frau wie Ihnen war ich noch nie so nah, fügte er nach einer Pause hinzu.

-- Bene, sagte sie etwas erschöpft und breitete die Arme aus, komm, wir gehen den Koffer holen.

Als sie im Auto saßen und Frank startete, fragte sie, wohin er sie verschleppen wolle. Frank reagierte ernst.

-- Madame, ich würde Sie als erstes gerne über einiges informieren, in der Nähe gibt es ein Café, einverstanden?

-- Gibt es auch ein Restaurant? Ich bin hungrig.

-- Finden wir, sagte Frank und steuerte den Wagen in die Stadt, dort zum inneren Hafen.

-- Sie sehen trotz ihres Hungers gut gelaunt aus, tastete er sich während der Fahrt heran.

-- Ich hatte nicht erwartet, dass ich auf dieser Insel beim Empfang so viel Spaß hätte, bekam er lächelnd zur Antwort.

Die Bodega war von Einheimischen frequentiert, die Tapas sahen appetitlich aus. Sie suchten sich draußen einen Platz, Frank besorgte eine Platte und eine Flasche Malvasia, er zahlte gleich.

Laura Martini griff beherzt zu und klagte nicht. Als er ihr Glas füllte, wies sie fragend auf die Flasche.

-- Willst du mich betrunken machen? Oder deinen Führerschein verlieren?

Er sah sie an wie ein Oberlehrer.

-- Wollen Sie mich betrunken machen, Herr Doktor? korrigierte sie.

Nach einer Wirkungspause lachten beide fröhlich, hoben die Gläser und wünschten einander Gesundheit.

Dann drückte Frank das Kreuz durch und begann die Lage im Hotel Las Fariones zu schildern. Er tat es trocken, ohne Girlanden, auf den Punkt. Als er mit dem Bericht fertig war, hob sie den Kopf und schaute ihn mit anderen Augen an.

-- Im Film würde es heißen: Ein Sekretär der Kommunistischen Partei erstattete nüchtern Bericht.

-- Danke, sagte Frank und senkte den Blick.

Die Martini schaute in die Ferne, sie war am Überlegen, doch sie kam zu keinem Schluss.

-- Hilfst du mir? fragte sie nach einer Weile, es klang nicht unbedingt bittend.

Er nickte.

-- Wenn ich mit dir ins Hotel fahre ...

-- ... werden Sie sofort erkannt.

-- Wenn ich das Penthouse beziehe ...

-- ... stoßen Sie auf Wäsche und Toilettenartikel von Inka Gotland.

-- Wenn ich zu dir ziehe ...

-- ... ist Ihr guter Ruf futsch und morgen stehen fünf Paparazzi auf der Matte, ich würde mich aber nicht dagegen wehren.

-- Wenn ich auf die Aussprache mit ihm pfeife ... – ... muss er nicht erfahren, dass Sie hier waren. Sie brauchen dann ein verschwiegenes Hotel und morgen oder übermorgen einen Flug zurück in die Zivilisation.

-- Wenn ich dir folge ...

-- ... lasse ich Sie nicht aus den Augen und organisiere Ihre Sachen.

-- Was rätst du mir?

-- Madame, wollen Sie Ihren Mann in den Wind schießen? Sie klingen so, aber ich weiß ja nichts. Falls ja, machen Sie es nicht hier, das ist der falsche Ort. Sagen Sie es ihm zu Hause, wo Sie sicher sind und Freunde haben. Auch sähe es hier nach Eifersucht und kleiner Münze aus, aber Sie hätten ja andere Gründe, vermute ich.

-- Willst du deine Freundin schützen?

-- Ja, auch, aber das ist nicht der Grund für meinen Rat.

-- Sie hat dir Hörner aufgesetzt.

-- So sieht es aus. Aber soll es jetzt um mich gehen? Dann muss ich dir noch einen weiteren Bericht erstatten.

Laura stutzte und schaute ihn prüfend an. Dann klopfte sie mit zwei Fingern auf den Tisch.

-- Wir beide suchen ein Hotel.

Siebenundvierzig

Vera saß nackt auf dem Balkon und rauchte. Sie hatte sich die Haare gewaschen, gebürstet und gekämmt, jetzt wartete sie, dass Mirabeau das Bad freigäbe, damit sie sich für den Abend schminken konnte.

Als Mirabeau auftauchte, schnappte er sich die Bürste und begann ihr Haar zu bearbeiten, dienstbar wie eine Zofe im Biedermeier. Vera drückte die Zigarette aus, erhob sich und genoss die Zu-wendung. Selbst als der Wikinger sie nach einer Weile umdrehte und den Rumpf beugte, um ihren phänomenalen Busch mit der Haarbürste noch phänomenaler aufzuplustern, wehrte sie ihn erst ab, als er zum Toupieren übergehen wollte. Er richtete sich auf.

-- Vera, bitte gib dir einen Ruck und geh mit zu der Kammermusik, Rock und Soul kannst du jeden Tag haben. Außerdem wäre es unhöflich, Eleas Einladung einfach zu missachten.

Vera schwieg und ließ ihn weiter das Haar bürsten.

-- Vera, ich habe auf der Rückfahrt so gut wie zugesagt.

154

Vera drehte sich um und sah ihn an.

-- Ich habe nichts gegen einmal in 14 Tagen Kammermusik auf Teneriffa. Aber dann sind wir in Orotava, und das bedeutet, dass wir die Nacht wieder in der Villa verbringen. Das ist ja wahrscheinlich auch der Grund, warum dir der Kopf auf einmal nach Vivaldi steht und du mich unbedingt dabeihaben willst.

Mirabeau, ihr zugewandt und zugleich von ihrer Erscheinung abgelenkt, rappelte sich zu einer Verteidigung auf.

-- Was hast du gegen die Villa? Gegen den Vollmond überm Meer? Gegen ein Frühstück vom Boulanger?

-- Lenk nicht ab, Mirabeau, sagte sie, es ist doch klar, was passieren wird. Du wirst irgendwann mit Elea verschwinden, um die Sammlung ihrer Porzellanpuppen zu bewundern, während ich Mühe haben werde, unbeschadet die gewagten Griffe eines jungen kanarischen Ureinwohners zu überstehen.

Mirabeau grinste jetzt über beide Ohren.

-- Vera, er ist so ein netter Kerl, er bewundert dich, und du magst ihn doch auch. Also, wo ist das Problem?

-- Mirabeau, dir bekommt die Hitze nicht. Ich bin nicht nach Teneriffa gefahren, um hier scharfe Kerle in Serie zu vögeln. Mit dir, okay, weil alles andere „wider die Natur" wäre, wie du behauptest, dass Frank gesagt hat, mit Eileen und Fred, das brauche ich nicht zu rechtfertigen, eine Herzensangelegenheit, obwohl nicht ohne. Aber Abián, das wäre die Lust, die mich zu Hause mindestens einmal im Monat verfolgt und der ich aus guten Gründen keine Beachtung schenke.

-- Zu Hause ja, aber wir sind auf den Inseln des ewigen Frühlings, kalauerte der Wikinger.

-- Die Verabredung unter uns Vieren war, dass wir ausspannen und uns erholen.

-- Klar, tat Mirabeau verwundert, aber worum sonst geht es?

Vera hob die Hand gegen ihn, patschte kräftig auf seine Brust und verließ den Balkon. Sie schminkte sich dezent, zog sich ebenso an und stellte sich dann vor.

-- Passt? fragte sie humorlos.

Mirabeau küsste ihr die rot gelackten Nägel.

— — —

Vera verhielt sich gesellig, aber wer von der Vorgeschichte wusste, verstand: Sie war nachtragend und zum Kampf entschlossen.

Schon vor dem Konzert, vor allem aber hinterher kannte ihre musikalische Wissbegier keine Grenzen, und als man sich in der lauen Nacht am Pool der Villa zu einem Absacker zusammensetzte, fragte sie Elea und Mirabeau ein Loch in den Bauch. Auch füllte sie die Weingläser der Anderen nach, kaum dass sie leer waren, sie selbst hielt sich zurück.

Mirabeaus missbilligenden Blicken hielt sie locker stand. Als aber Elea sie nach einem Gang um die Ecke abfing, in den Arm nahm und besorgt fragte „Du bist doch nicht eifersüchtig?“, da gab sie diese Taktik auf.

Diese, nicht jede.

Mirabeau und Elea zogen sich nun bald zurück, um die Porzellanpuppen abzustauben, mit den besten Wünschen verabschiedet von Abián, der die Glieder reckte und Vera erleichtert anstrahlte.

-- Noch mehr Musiksoziologie und ich wäre eingeschlafen.

-- Geh ruhig auch du zu Bett, wenn du müde bist, riet sie ihm, ich sitze unter dieser Göttin − sie zeigte auf den Vollmond − oft stundenlang und sortiere in Gedanken mein Leben, als Gesellschafterin tauge ich dann nicht.

Sie rutschte auf dem Sessel in eine bequeme Ruheposition, lächelte ihn an und ließ Frau Luna auf sich wirken.

Er zögerte nur kurz, dann hatte auch er eine Idee.

-- Ich bewundere dich, Vera. Aber schon die alten Griechen wussten, dass Bewegung das Denken fördert. Also lass uns ein paar Runden schwimmen, das Wasser ist warm.

-- Mach du, sagte sie, mir ist jetzt nicht danach.

Abián entkleidete sich Stück für Stück in Veras Gesichtsfeld, als er nackt am Beckenrand balancierte und ihr winkte, war erkennbar, dass er ihr beim Nachdenken ein starkes Argument leihen wollte.

-- Hopp, ins Wasser, scheuchte sie ihn.

Er tauchte elegant ein, kraulte eine Runde und wuchtete sich putzmunter wieder an Land. Vera sah ihn an.

-- Geh doch mal an deine Grenzen, riet sie ihm, und spritz mich nicht nass.

Genau das tat er, wobei alles an ihm hüpfte, danach sprang er erneut ins Becken. Diesmal blieb er zwei Runden im Wasser. Als er sich mit Schwung, aber kontrolliert wieder heraus stemmte, hatte er an Spannkraft nichts eingebüßt.

-- Jetzt komm bitte du auch, sagte er und streckte Vera den Arm entgegen.

-- Ich kann das allein, sagte sie und schlug die Hand aus.

Sie wandte ihm den Rücken zu, schlüpfte aus ihren Sachen, seufzte resigniert, aber auch Verständnis suchend Frau Luna an und hüpfte ins Wasser wie ein Mädchen.

Abián war gleich bei ihr. Sie verschränkte abwehrend beide Arme vor der Brust, sagte aber „kühl" und besorgte ihm so einen Grund, sie zu umfassen und selbstgefesselt an sich zu ziehen. Nun konnte sie seinen hochgewachsenen Wunsch erkennen, ohne dass er ein Wort sagen musste. Damit die Kälte des Wassers nicht ihre Sinne abstumpfte, bewegte er ihren Körper viele Male leicht von links nach rechts und von rechts nach links, was ihre Lust zu einem Faktor machte und ihren Widerstand schwächte.

-- Komm, sagte sie schließlich, mir wird kalt.

Sie sprang genauso elegant aus dem Wasser, wie er es getan hatte und huschte ins Haus, er hatte Mühe, ihr zu folgen. Die

Dusche drehte sie voll auf und winkte ihn herbei. Er scheute etwas vor dem heißen Wasser, aber ihre Nacktheit machte die Nähe unwiderstehlich, und als sie durch eine Drehung das Ausrufezeichen seines größten Wunsches mit ihrem Po in Schwingung versetzte, drehte er die Augen seufzend zur Decke, was ihm einen Weckruf einbrachte.– Wasch dir die Haare, die Chlorbrühe muss raus.

Als sie am Ende des Duschgangs die eigenen Haare ausgespült hatte, trat er hinter sie, rieb in den Handflächen gefühlvoll ihre straffen Brüste und legte ihr sein Geschlecht aufragend ins Kreuz. Da sie ihn taxiert hatte, konnte das Monument des Guanchentums sie nicht mehr erschrecken.

Im Bett hatte Abián keine Freiheiten.

Er musste stehend zusehen, wie Vera ein doppeltes Badetuch ausbreitete und sich darauf streckte. Sie verlagerte liegend das Gewicht auf die linke Seite, stellte das eine Knie auf und winkelte das andere an. Sie platzierte ihn sodann zwischen ihre aufgespannten Beine, aber in solchem Abstand von der Vulva, dass er sich strecken musste, um guten Tag zu sagen. Sie kam ihm nicht entgegen, berührte ihn vielmehr tastend an Mund, Ohren und Hals und öffnete die Lippen. Er verstand und zeigte Geschick für geduldige Zärtlichkeiten, auch wenn der Drang seines Beckens nach oben ihn immer wieder zucken ließ.

Als er Veras Murmel sanft rollte, streichelte sie seine Hand und sang leise, als er in einer weiteren Bewegung ihre Vulva unter dem afrikanischen Busch freilegte, befeuchtete sie den wartenden Gast comme il faut. Er wollte sofort einrücken, aber sie nahm nur den beachtlichen Kopf. Den legte sie sich zurecht und knetete ihn kunstvoll durch. Abián presste die Backen zusammen, flüsterte aber auch ein Ave Maria, damit nicht gleich alles vorbei sei.

Der große Knall in ihrem Kopf kam ohne Vorwarnung. Sie ritt auf einer mächtigen Welle und bekam die Kurve zu einem Gegenritt, als Abián sie auflud und auf der Höhe hielt. Der Wind riss an ihr, er schmiss sie nicht um. Als er nachließ, reckte sie die Arme über den Kopf und lauschte dem Muskelspiel.

Abián hatte den Wellenritt genutzt, um ihrem Herzen näher zu kommen. Er lag schwer auf ihrem Schenkel und wollte nicht weichen.

-- Bitte, lass mich, Vera, bitte.

„Das ist mein Schicksal in diesem Bett", murmelte sie und schickte sich.

Abián war froh und nicht müde. Er küsste ihre Nase und alle Partien ihres Körpers, an die er gelangte, ohne die Lage seines Beckens verändern zu müssen.

Vera spürte, wie er erneut mächtig und hart wurde. Den Absprung hatte sie zu diesem Zeitpunkt verpasst, jetzt herrschten Neugier und Lust nicht nur auf seiner Seite. Sie spannte ihre Muskeln und genoss seine Wiederauferstehung. Aber beherrschen sollte er sie nicht.

-- Roll mich auf dich drauf, sagte sie dem Guanchen.

Abián gehorchte, es gefiel ihm, mit beiden Händen spannte er sie am prallen Ende auseinander und suchte das Paradies tief im Paradies, er hatte den Mund weit offen. Sie aber rückte sich zurecht, und er merkte, dass sie nicht nur aus Zuneigung die Arme um seinen Hals schlang. So entschlossen er jetzt den Kraftschluss anstrebte, so geschickt schützte sie ihr Innerstes und verwandelte ihre uneinholbare Bewegungsfreiheit in eigene Lust. Mit seiner Kraft musste er dienen als Mittel zum Zweck.

Und kräftig war er. Seine rastlose Jugend belagerte sie vom Mund bis zu den Füßen. Er eroberte sie nicht, aber er stellte sich mit ihr als ein Bild aus, sie hätte nicht von ihm lassen können, sie wäre sonst von der Wand gefallen.

Als es ihn auseinandersprengte, setzte sie sich unmittelbar nach dem letzten Stoß auf, so dass er doch noch ans Ziel seiner Begierde kam. Aber jetzt war es ihre und er am Ende. Den Kopf im Nacken atmete sie heftig mit geschlossenen Augen, in ihrem Innern werkte sie ihn durch und weich.

Draußen herrschte Frau Luna über einen nachtblauen Himmel.

Im Mondschein und in nahezu völliger Stille stieg Vera ab und ging aufrecht ins Bad. Abián folgte ihr auf dem Fuß, ihre Besinnlichkeit störte er nicht. Als sie sich nach der Dusche abgetrocknet hatten, sagte sie „gute Nacht" und wandte sich zum Gehen. Das enttäuschte ihn. Er berührte sie am Ellenbogen, sie hielt in der Bewegung inne und sah ihn an.

-- Sag mir noch was Liebes, bat er mit leiser rauer Stimme.

-- Lass dir deinen Schwanz vergolden, flüsterte sie ihm zu.

Als Abián die Augen aufriss, weil er nicht wusste, wie viel Liebe in dieser Aufforderung steckte, senkte sie mit beiden Händen seinen Kopf herab und küsste ihn leicht.

-- Schon gut, gran chico, aber von jetzt ab schlafe ich allein.

Achtundvierzig

Frank rief im Fariones an und bekam zu seiner großen Erleichterung Cristina dran.

-- Wir sind in Arrecife, sie braucht ein verschwiegenes Hotel.

-- Sie kommt also nicht hierher?

-- Nein. Schau auch in einer ruhigen Minute bitte nach, wie sie am elegantesten morgen oder übermorgen nach Rom oder Paris gelangen kann. Aber zuerst brauche ich das Hotel.

-- Geh mit ihr in den Turm von Arrecife, ich telefoniere mit dem Manager, er ist mein Cousin und vertrauenswürdig. Er wird dir alles arrangieren, auch die Flüge.

-- Sehr schön, danke! Dann brauche ich noch für mich eine Tasche mit Wäsche und Toilettenartikel für zwei Tage, außerdem die Yashica und einige Filme. Kannst du mir das packen und mit einer Taxe zum Hotel schicken?

-- Ich komme hier nicht weg. Soll ich Frau Meiser fragen?

-- Ja, bitte.

-- Und was soll ich sagen, wenn heute Abend die Gotland nach dir fragt?

-- Dass mich eine Engländerin nach La Graciosa verschleppt hat zum Fotografieren, Rückkehr unbekannt.

-- Soll auch die Meiser diese Tarnung verbreiten? amüsierte sich die Katalanin mit dem Haar wie Sandelholz

-- Ja klar, ist doch eine hübsche Legende, oder? Ciao, bella.

— — —

-- Ich habe nichts verstanden, sagte Laura, die mit einem Bein in der Telefonzelle die Schwingtür aufgehalten hatte, aber ich bin sicher, es war eine Frau und du hast alles erreicht.

Frank lachte sie an und verstaute den Geldbeutel.

-- Du bist ein Condottiero, François, ich muss mich in Acht nehmen.

-- Erst Komiker, dann KP-Sekretär, jetzt ein militärischer Abenteurer, spottete Frank, was dir nicht alles einfällt! In Wahrheit bin ich ein naives gutmütiges deutsches Kind.

-- Wie süß, sagte sie, wo ist das Hotel?

-- Nicht weit von hier. Am besten, wir lassen das Auto stehen und peilen erst mal die Lage. Aber zieh das Kopftuch an und die große Sonnenbrille, das ist der Hauptort der Insel, hier gehen sie ins Kino.

Als sie am Hafenbecken entlang schlenderten Richtung Zentrum, griff Frank nach ihrer Hand und erschrak, als er sie hatte und sie nicht zurückzog. Aus Übermut kickte er eine Dose ins Wasser und hüpfte auch mal auf einem Bein. Laura aber bewies erneut ihre Beobachtungsgabe.

-- Dass ausgerechnet ein Deutscher begriffen hat, dass man Hand in Hand nicht im Gleichschritt gehen kann, sondern nur … (das Wort fiel ihr auf Anhieb nicht ein)

-- im Passgang, sagte Frank auf Deutsch,

-- sondern nur im Passgang, nahm sie das deutsche Wort auf, das würde mir in Italien kein Mensch glauben.

Frank schaute sie bewundernd an.

Das Hotel im Turm hatten sie kaum betreten, als auch schon Cristinas Cousin sie in Obhut nahm und in einen gediegenen Raum mit Blick aufs Meer leitete. Er versah die Martini mit erlesenen Komplimenten und versicherte ihr, sie könne mit absoluter Diskretion rechnen. Die Suite bekomme gerade einen letzten Schliff, er bitte um etwas Geduld. Frank begegnete er freundlich und gab ihm zwei Telefonnummern „für alle Fälle". Er bot Getränke an, sie nahmen Wasser.

Auf dem Weg zum Aufzug hörte Frank seinen Namen und schaute sich irritiert um. Es war Claudia. Sie ließ die Reisetasche fallen, eilte auf ihn zu und sprang ihm an den Hals. Er herzte sie und ließ sie sachte auf den Boden gleiten.

-- Du tust ja, als hättest du mich ein Jahr lang nicht gesehen, Kleine, wunderte er sich und streichelte ihr mit dem Handrücken die Wange.

Während er die Tasche auflas, beobachtete Claudia die Martini, die ihrerseits Claudia musterte.

-- Wo ist die Mama? fragte Frank.

-- Sie steht im Halteverbot.

-- Sag ihr bitte danke und auch dir: danke!

Er küsste sie auf die Stirn und rieb ihr die Schulter. Sie wandte sich zögernd ab und warf Laura einen berechnenden Blick zu.

Im Aufzug sah Laura Frank fragend an.

-- Wer war sie jetzt?

-- Das war die Tochter, die ich gerne einmal hätte.

-- So hat sie mich angeschaut!

Die Suite ließ keine Wünsche offen. Frank zog nach der Besichtigung los, um Auto und Koffer zu holen. Er nahm einen der Schlüssel mit und verabredete zusätzlich ein Klopfzeichen.

Nach seiner Rückkehr brauchte Laura keine drei Minuten, um aus dem Morgenmantel in ein Strandoutfit zu wechseln.

162

-- Wenn ich schon mal mitten im Atlantik bin, will ich auch ans Meer!

Sie fuhren nach Nordosten und Frank nahm den ersten beschilderten Abzweig an die Küste, nachdem sie aus dem Dunst von Ar-recife raus waren. Sie rumpelten eine Weile auf Feldwegen, bis sich eine kleine Bucht, vulkansandig und mit Kiosk, vor ihnen auftat.

-- Noch zwei Stunden Sonne, kündigte Frank an und sprang hinter dem Auto in die Badehose.

Sie schwammen dann doch nicht, sondern erzählten sich dies und das, meist aber dösten sie und hingen ihren Gedanken nach. Das Meer war ruhig, und niemand störte ihren Frieden.

Neunundvierzig

Paul Zabel schaltete den Fernseher nach der Tagesschau aus und nahm wieder den Reisekatalog vor. Er schlug die Angebote für Gran Canaria auf und vertiefte sich darin.

Das Telefon ging, am anderen Ende war Stefan Lebrecht.

-- Hier sieht alles nach Plan aus, teilte er mit, wir sind sicher, dass du morgen Vormittag einen Anruf kriegst. Bei dir auch alles paletti?

-- Ja, wenn ich von meiner Laune absehe, antwortete Paul, wenn der Spuk vorüber ist, fahre ich vier Wochen in den Süden.

-- Das Wetter?

-- Nicht allein, vor allem diese Scheißgeschichten und überhaupt die Politik, grollte Paul.

-- Geh früh in die Kiste, riet Stefan, morgen musst du auf Zack sein.

-- Danke, junger Freund ...

Der Anruf setzte Paul in Bewegung. Er ging das Haus ab und landete doch nur wieder am Telefon.

Die Rezeption in Puerto de la Cruz erfreute ihn mit der Mitteilung, Herr Schulz und Frau Mühlen seien wohlbehalten aus dem Süden zurückgekehrt, jetzt aber wieder außer Haus, um einem Konzert beizuwohnen.

-- Ach, Kammermusik habt ihr auch, grantelte er.

Die Rezeption in Puerto del Carmen, es war Cristina, erinnerte sich an den Anruf in der Mittagszeit und Sandras Kommentar, sie war kurz angebunden.

-- Nein, Frau Gotland ist noch nicht zurück, nein, über den Aufenthalt von Herrn Barreur kann ich Ihnen nichts mitteilen.

-- Haben Sie ihm gesagt, dass er mich anrufen soll?

-- Nein, Sie gaben mir ja keine Nummer.

-- Die hat er doch, brüllte Paul fast.

-- Herr Sabel, sagen Sie mir bitte, wie Sie erreichbar sind, und ich stelle sicher, dass Herr Barreur sich bei Ihnen meldet, beschied sie ihn kühl.

Paul nannte ihr die Zahlenkombination.

-- Ist etwas Gravierendes geschehen, was er wissen muss?

-- Nein, nur morgen findet hier ein Ereignis statt, das ihn sehr interessieren wird.

Sie wartete auf mehr, doch es kam nur:

-- Hasta la próxima, Señora.

Cristina legte den Zettel ab.

Fünfzig

Frank, müde vom vielen Französisch Reden und abgespannt, wartete, bis Laura das Badezimmer verlassen und im Schlafzimmer verschwunden war. Er hatte auf dem Balkon geraucht, die Couch präpariert und dann gelesen, nun streifte er seine Kleidung ab und ging unter die Dusche.

Bevor er das Wasser aufdrehte, schnüffelte er herum.

-- Mei, riecht die guat, versuchte er einen alten bayerischen Kumpel nachzuahmen und trommelte mit beiden Fäusten gegen die Brust.

164

Nach der Dusche massierte er die dichten braunen Haare mit einer runden Plastikbürste, bis sie trocken und weich waren, das anschließende Wuscheln machte ihm Locken. Er putzte die Zähne und sprühte sich, mörderisch grinsend, eine Spur vom Duft der Martini ins Halskehlchen. Mit einem Handtuch um die Lenden ging er zur Couch und sah sie in der Tür zum Schlafzimmer stehen.

-- Kannst du da schlafen? fragte sie nüchtern.

-- Klar, das geht, antwortete er ebenso nüchtern.

-- Ich meine, begann sie einen weiteren Satz, den er sofort unterbrach.

-- Nein, schon gut, es geht prima so! Buona notte, Signorina.

-- Signorina! sagte sie und schüttelte den Kopf, bevor sie hinter der Tür verschwand.

Frank aber besorgte sich von der Garderobe ihr Kopf-Tuch und machte sich ein Hals-Tuch daraus, bevor er sich aufs Ohr legte.

-- Was hätte ich mit 14 drum gegeben, wenn ich sie nicht als Poster im Schrank sondern am Hals gehabt hätte, sprach er ziemlich laut zu sich selbst, ich hätte mich dafür zur Fremdenlegion gemeldet!

Das sagte er auf Deutsch.

Einundfünfzig

Paul war früh auf den Beinen. Nach dem Frühstück prüfte er an Hand eines Zettels seine Vorkehrungen und warf danach die Schnipsel ins Klo. Bei der letzten Tasse Kaffee hatte er noch einen Einfall. Er ging ins Bad und legte sich um den Knöchel am linken Fuß einen Verband an

„Darauf hätten die auch kommen können", sagte er zu sich selbst.

Um viertel nach 9 ging das Telefon. Paul ließ es dreimal rappeln, bevor er abhob. Es war Kaufmann, und Kaufmann hatte dringenden Gesprächsbedarf. Er bat Paul schnellstmöglich nach

Köln, doch Paul musste passen, er hatte sich ja den Knöchel verknackst und konnte kein Auto fahren.

-- Dann komme ich zu Ihnen, Paul, erklärte Kaufmann, halb 11?

-- Elf ist besser, ich muss gleich noch zum Arzt. Der ist zwar um die Ecke, aber sicher ist sicher.

Sie einigten sich auf 11 Uhr.

Paul wartete nach dem Telefonat fünf Minuten, dann rief er die erste der Nummern an, die Stefan ihm gegeben hatte.

-- Kaufmann kommt, um 11 Uhr will er da sein.

-- Gut, sagte die Stimme am anderen Ende der Leitung, wir sind spätestens in einer halben Stunde da und klingeln einmal lang und zweimal kurz.

-- Das kann ich mir merken, sagte Paul im Ernst.

Sie kamen zu viert.

Die Klempner prüften nochmals die Installationen und machten es sich dann in der Garage bequem, die fast eine Werkstatt war. Paul musste den Zündschlüssel aushändigen, und einer der beiden ständerte die Motorhaube des BMW auf.

-- Für alle Fälle, zwinkerte er Paul zu.

Paul zeigte zustimmend die Proletarierfaust.

-- Euch vertraue ich.

Die anderen beiden waren ihm ebenfalls geheuer. Ihre Fragen ergaben Sinn und ihre Antworten auf seine Fragen auch. Um halb 11 machten sie Durchzug und verschwanden im Schlafzimmer.

--- --- ---

Nach fünf Minuten hatte Paul von der frischen Luft genug. Als er das letzte Fenster schloss, sah er Kaufmanns Wagen die Straße runterkommen. Der Advokat kam mit Chauffeur.

-- Was macht der Fuß? erkundigte sich Kaufmann, als er dem humpelnden Zabel ins Wohnzimmer folgte.

-- Schmerzt, wenn ich ihn belaste, aber es lässt sich aushalten.

166

Als sie Platz genommen hatten, entnahm Kaufmann seiner Akten-tasche einen Satz Papiere, legte seine Hand auf Pauls Arm und sah ihn aufmerksam an.

-- Ich gehe gleich in medias res, Paul, mein Anliegen ist brandeilig. Tatsächlich haben sich die Dinge am Wochenende enorm beschleunigt. Halten Sie sich fest: Der Staatsschutz hat einen internationalen Haftbefehl gegen den Barreur erwirkt! Man darf annehmen, dass die spanische Polizei ihn bereits in Gewahrsam genommen hat, denn das entsprechende Begehren ist ihr gestern Nachmittag als dringlich bestätigt worden. Leider steht zu befürchten, dass das Bundeskriminalamt dabei ist, auch gegen Sie einen Haftbefehl zu erwirken. Ich weiß, das ist ein grober Unfug, aber wir müssen uns auf das Schlimmste gefasst machen. Die Nerven in Bonn liegen blank, man befürchtet einen weiteren gravierenden Anschlag der Baader-Meinhof-Bande und räumt rigoros mögliche Gefahrenherde aus dem Weg. In Ihrem Interesse, Paul, habe ich einen Vertrag und eine Vollmacht vorbereitet. Mit dem Vertrag werde ich Ihr Anwalt, mit der zweiten Unterschrift Ihr Generalbevollmächtigter in der Schweiz.

Paul zog die Papiere heran, ohne zu lesen. Sein Entsetzen war hell.

-- Das ist doch unglaublich! giftete er. Wo leben wir denn? Für einen Haftbefehl genügt doch nicht, dass man einen Verdacht hat, da braucht man Beweise, oder?!

-- Ich verstehe Ihre Empörung, pflichtete Kaufmann bei, aber ich kann mich nur wiederholen, die Nerven liegen blank, und wenn Gefahr im Verzug ist, kann ein polizeilicher Zugriff sogar ohne Haftbefehl erfolgen.

Paul schüttelte widerwillig den Kopf und warf einen Blick in die Papiere.

-- Warum brauchen Sie so schnell auch die Vollmacht für die Schweiz? fragte er leidenschaftslos.

-- Ich will nicht unken, sagte Kaufmann ebenso leidenschaftslos, aber wenn Ihnen das Ärgste widerfährt, kann man das so rasch nicht nachholen.

Als Paul schweigend in den Papieren blätterte, legte Kaufmann nach.

-- Schauen Sie, Paul, Sie haben das Pech, unschuldig doppelt verstrickt zu sein. Wenn Sie einmal inhaftiert sind, läuft eine gewaltige Maschinerie an, dann wird gesammelt, und glauben Sie mir, es wird alles durchforstet, nicht nur Ihre politischen, sondern auch Ihre finanziellen Verhältnisse – und übrigens auch Ihre privaten bis zum letzten Hosenknopf. Da ist es von unbezahlbarem Vorteil, wenn vorher bereinigt und verschlossen ist, was bereinigt und verschlossen werden kann. Mit der Strafverfolgung ist nicht zu spaßen.

-- Ja, glauben Sie denn, dass man mir auch wegen der Schweizer Geschäfte meines Vaters einen Strick drehen kann?

-- Absolut, sagte Kaufmann.

Paul breitete die Papiere auf dem Tisch aus.

-- Haben Sie von der Generalvollmacht keinen Durchschlag?

-- Oh, sagte Kaufmann, den anzufertigen, vergaß ich in der Eile.

-- Macht nichts, beruhigte Paul, ich kann eine Fotokopie ziehen, ich habe einen Xerox.

Als Kaufmann ihn verblüfft ansah, wusste Paul Auskunft.

-- Ich bin Kleinverleger, Herr Kaufmann, da kann man sich einen Fotokopierer nicht nur knapp leisten, man kann ihn auch von der Steuer absetzen.

Paul versah beide Verträge mit Ort und Datum, unterschrieb und schob sie Kaufmann samt Kugelschreiber weiter.

-- Ich auch? erstaunte sich Kaufmann, es sind Ihre Vollmachten.

-- Ja, sagte Paul, aber von Ihnen unterbreitet, das hätte ich gerne in meinen Unterlagen.

Kaufmann unterschrieb achselzuckend.

Paul wuchtete sich aus dem Sessel und fertigte auf dem Gang zu seinem Arbeitszimmer Kopien der drei Seiten. Er schob die Originale in ein Fach, die Trockenkopien in eine Klarsichthülle. Die Klarsichthülle, das Unterschriftenblatt zuoberst, reichte er Kaufmann und ließ sich in den Sessel fallen, nur um gleich anschließend mit einem gewaltigen Schrei in die Höhe zu fahren.

-- Der Fuß! Ich habe ihn verklemmt! So ein Mist!

Kaufmann versuchte einen Blick auf den Fuß zu werfen.

-- Lassen Sie, lassen Sie, Herr Kaufmann, da können Sie nicht helfen. Sorgen Sie lieber dafür, dass ich in diesem Zustand nicht auch noch in den Knast komme!

Paul sank in sich zusammen, er erweckte den Eindruck, als wolle er gleich heulen.

Kaufmann wackelte auf seinem Stuhl rum, dann schob er die Unterlagen in seine Tasche und erhob sich unbeholfen. Er schaute Paul unschlüssig an.

-- Schon gut, Herr Kaufmann, fahren Sie nach Köln und sehen Sie zu, was Sie tun können. Ich werde hier zurechtkommen.

Paul wuchtete sich wieder aus dem Sessel und begleitete Kaufmann unter Schmerzen zur Tür. Kaufmann versprach vollen Einsatz.

— — —

Der eingebildete Kranke lüftete das Zimmer und schaute versonnen aus dem Fenster, als die Schlafzimmerbesatzung auftauchte.

-- Herr Zabel, sagte der Obere der beiden, das war große Klasse, das war ja Monty Python! Wir haben uns schwer das Lachen verbissen. Was ein Glück, dass Sie nicht auch noch zu heulen anfingen. Also, wenn Sie sich beim Theater bewerben wollen, wir schreiben Ihnen glatt eine Empfehlung.

-- Danke, sagte Paul, aber ich habe noch eine ernsthafte Frage. Wieso ist Kaufmann überzeugt, dass die Spanier meinen Freund schon in Gewahrsam genommen haben? Angeblich ist doch gar kein Haftbefehl rausgegangen.

-- Ist auch nicht, versicherte der Untere, der Mann hat Ihnen nur tüchtig Angst einjagen wollen. Ist ihm ja auch gelungen, fügte er feixend hinzu.

Der Obere sammelte die Papiere auf dem Tisch.

-- Und wo ist die Generalvollmacht?

Paul holte sie aus dem Fach über dem Xerox.

-- Es ist übrigens das Original.

-- Das Original? sagte der Obere, also Herr Zabel, Sie brauchen gar nicht zum Theater zu gehen, Sie können auch bei uns anfangen.

Zum Abschluss wollte Paul eine Einschätzung.

-- Und was ist jetzt mit Blick auf Kaufmann erreicht?

-- Ich schätze mal, dass das alles, und der Untere drehte einen Kreis in der Luft, für unsere Zwecke völlig genügt, auch strafrechtlich ist einiges drin.

Der Obere nickte.

-- Bleibt eine ungeklärte Frage: Wer ist der Drecksack, der Frank Barreur und mich beim Verfassungsschutz in Verruf gebracht hat? Dem Kerl möchte ich zu gern in die Fresse hauen!

Der Obere war jetzt ernst.

-- Sie vermuten ja wohl, dass es jemand aus der linksradikalen Szene ist, mit dem Sie in Streit liegen. Ich schließe das nicht aus. Aber ich kann Ihnen aus der Praxis berichten, dass es in diesem Land einflussreiche Personen gibt, die Leute wie Sie und Barreur für gefährlicher halten als die Wirrköpfe der Baader-Meinhof-Bande, das sind für diese Personen nur nützliche Idioten, die das Geschäft befördern.

Paul schmeckte die Lippen ab.

-- Ich leide also nicht an Verfolgungswahn, grummelte er.

Dann gab er beiden die Hand und brachte sie zur Tür, die Klempner aus der Garage saßen schon in ihrem Lieferwagen.

-- War okay, sagte Paul zum Abschied.

-- Pass auf deinen Fuß auf, empfahl der Untere.

Zweiundfünfzig

-- Beeil dich, wir kriegen gleich Frühstück, hörte Frank, als er sanft an der Schulter geweckt wurde.

Er erhob sich, lächelte verlegen, wandte Laura den Rücken zu und streckte sich ins Wache. Als er zum Bad ging, musste er an ihr vorbei, sie sah aus wie eine italienische Filmschauspielerin auf dem Titel der Vogue und hielt die Hand auf. Er nahm das Halstuch ab und gab es ihr, ohne sie anzusehen.

-- Danke, sagte sie, und komm bitte nicht nackt aus dem Bad, wenn gerade der Tisch gedeckt wird.

Er warf ihr nach hinten eine Kusshand zu und verschwand hinter der Tür.

Beim Frühstück war er schweigsam.

-- Was ist los mit dir?

Er zeigte auf die Nachricht mit Flugdaten.

-- Wann wirst du mich verlassen?

-- Heute noch nicht, vermutlich morgen, vielleicht aber erst übermorgen. Aber wieso „dich verlassen"? fiel ihr jetzt ein.

Sie sah ihn prüfend an, dann rieb sie seine Hand zwischen Daumen und Zeigefinger.

-- Genieß den Tag, gran chico! Reiß den Vorhang auf, du hast versprochen, dass mir nicht langweilig wird.

Frank kam zu sich.

-- Für den Norden, die Steilküste sind wir schon zu spät dran, da müssten wir bei Sonnenaufgang los, vielleicht morgen? Wir könnten tief in den Süden fahren, da gibt's schöne Aussichten, auch unberührte Strände. Wenn du willst, fahre ich dich an die Hot Spots, aber dort wirst du Autogramme geben müssen.

Sie winkte ab.

Frank nahm die Straße über Tias und Macher, vor dem Abstieg nach Uga bog er ab nach Las Casitas und sah zu, auf einer Piste möglichst hoch zu gelangen. Schließlich verlangte der Weg mehr Bodenfreiheit, als der Seat bot, und er stellte das Auto ab.

Sie wanderten nun einen Hang entlang bis sie einen Aufstieg fanden, der auf einen Grat führte. Hinter dem Grat öffnete sich ein schmales Tal, mehr eine Wanne, an deren oberem Ende ein Schuppen aus Stein lag. Als sie näherkamen, erkannten sie, dass es sich um ein einfaches Häuschen handelte, und als sie es passierten, kam ein Mann heraus, offenbar ein Schäfer. Auf das „hola" der Wanderer reagierte er mit großen Augen und ungläubigem Kopfschütteln. Dann strahlte er Laura mit offenem Mund an, verbeugte sich und rief mit einer tiefen Stimme „Buenos dias Señora Martini, buenos dias Laura!"

Frank wollte es nicht glauben, er reagierte auf die Begegnung nicht weniger verblüfft als der Schäfer. Laura aber gab dem Mann taktvoll die Hand und strahlte mit ihm um die Wette. Während er ihr seine Verehrung bekundete und einen Filmtitel nach dem andern aus der Erinnerung kramte, um dann mit ausgreifenden Bewegungen das Tal und die fernen Berge zu erklären, machte Frank die Yashica klar und versuchte den Reiz der Begegnung einzufangen.

Auf dem weiteren Anstieg war Laura schwungvoll in ihren Bewegungen und doch auch versonnen. Frank beobachtete sie dezent aus den Augenwinkeln, er war hingerissen von seinem Glück. Als sie an einer Wegscheide auf ihn wartete und ihn prüfend ansah, stand der halbwüchsige Verehrer vor ihr, jetzt ohne Halstuch. Er rührte sie, sie fasste ihn bei der Hand und zeigte nach Westen.

-- Noch hundert Meter, dann geht es steil in die Tiefe. Ob wir ein Ruheplätzchen finden?

Sie fanden eines, genossen einen prächtigen Ausblick auf die Küstenberge im Südwesten und, Rücken an Rücken, die Sonne und die milde Luft des Vorfrühlings.

Zurück am Auto hatte Laura vom Wandern genug und wollte gerne schwimmen. Frank fuhr los ohne Plan.

Dreiundfünfzig

Cristina Montt kam um halb zwölf zur Arbeit. Sie war kaum im Back Office, um sich für die Rezeption zurecht zu machen, als ihr Chef reinkam. Er schickte die Telefonistin vor die Tür.

-- Du hast eine schwere Schicht vor dir, kündigte er Cristina an, die Polizei ist im Haus und will deinen Fotografen verhaften.

-- Was erzählst du? reagierte sie überrascht und ungehalten.

-- Eine Greifer-Truppe der Guardia Civil sitzt seit 9 Uhr mit zwei Mann in meinem Büro und mit zwei Mann im Zimmer des Fotografen. Sie haben einen Haftbefehl aus Deutschland, der Mann wird wegen staatsgefährdender Aktivitäten gesucht. Er ist aber nicht da.

-- „Staatsgefährdende Aktivitäten?" Sie meinen damit nicht, dass er gegen Franco ist?

-- Cristina! Sie folgen einer deutschen Aufforderung.

-- Sind sie bewaffnet?

-- Was sonst? Aber sie sind nicht mit Maschinenpistolen in die Halle gestürmt, wenn du das meinst.

-- Wie beruhigend. Was hast du ihnen gesagt?

-- Dass er gestern meines Wissens auf eine Foto-Tour gegangen und noch nicht zurückgekehrt ist. Das genügte ihnen nicht, aber ich hatte nicht mehr, sie werden dich befragen. Am besten gehen wir gleich zu den beiden in meinem Büro, dann hast du es hinter dir und kannst an den Schalter.

-- Haben sie sonst noch jemanden befragt.

-- Nein. Außer uns beiden wissen nur Bianca und José, dass sie im Haus sind. Sie sind offenbar sicher, dass er ihnen hier in die Arme laufen wird.

Cristina sammelte sich, dann suchten beide die Polizisten auf.

In der Befragung gab sie an, sie habe gestern gehört, dass Herr Barreur mit einer englischen Journalistin nach La Graciosa fahren und erst heute oder morgen zurückkehren wolle, mehr wisse sie nicht. Nach Frau Mühlen befragt war sie ratlos; die Zimmergenossin des Gesuchten identifizierte sie als Inka Gotland, die gestern zusammen mit Herrn Olivotti einer Einladung von Cesar Manrique gefolgt sei, ob sie zurück im Hotel sei, wisse sie nicht.

Cristina wurde aufgefordert, das Eintreffen des Gesuchten telefonisch mit dem Satz „Pardon, Herr Bahamontes, ich habe mich verwählt" mitzuteilen und sich nichts anmerken zu lassen. Das sagte sie zu.

Am Empfang traf sie Bianca und machte eine wegwerfende Handbewegung. Sie erledigte routiniert dies und das und nutzte die erste Gelegenheit, ihren Cousin im Turm anzurufen.

-- Alles gut? fragte sie.

-- Ja, beide sind auf Tour. Sie wird wahrscheinlich morgen Mittag fliegen.

-- Okay, ich muss! täuschte Cristina eine überraschende Inanspruchnahme vor und legte auf, bevor er Fragen stellen konnte.

Sie suchte in der Ablage nach der Notiz mit Paul Zabels Telefonnummer. Nachdem sie sie gefunden hatte, rief sie bei den Meisers an und bekam Roland an den Hörer. Er versprach, seiner Frau zu sagen, sie möge vorbeischauen. Von Inka wusste er, dass Olivotti und sie wohl am Nachmittag zurückkämen, nach einem Essen mit Manrique.

Sandra war zehn Minuten später am Tresen, Claudia im Schlepptau. Als sie Cristina in die Augen gesehen hatte, schickte

174

sie Claudia zu ihrem Bruder. Cristina lotste sie in die Ecke mit den touristischen Angeboten und verklickerte ihr schon auf dem kurzen Weg dahin alles Wesentliche. Hinter der Plakatwand steckte sie ihr Zabels Telefonnummer zu, riet zum Anruf aus der Telefonzelle und erklärte die Anschuldigung gegen Frank zu einer „perfiden Idiotie", auf dem Rückweg bat sie um Rückmeldung „nach Sabel".

Sandra, beeindruckt vom entschlossenen Auftritt der Katalanin, sagte zu und sauste fünf Minuten später aus dem Haus, um vom öffentlichen Fernsprecher aus zu telefonieren. Sie ließ lange klingeln, versuchte es ein zweites und ein drittes Mal, es hob niemand ab.

-- Dieser Idiot! brüllte sie verzweifelt.

Als sie sich umdrehte, stand ein Suffkopp vor der Tür und hatte das Maul auf.

-- Dein Kerl? fragte er, als sie die Zelle verließ.

-- Nä, so einer wie du, fauchte sie und warf die Hand hoch.

Als sie auf dem Rückweg die Hotelauffahrt erreicht hatte, blieb ihr das Herz stehen. Von der anderen Seite rollte gemächlich ein roter Seat heran, darin zwei Ausflügler, den einen hatte sie im Kopf, die andere kannte sie aus dem Kino. Sie winkte wild, der Fahrer verstand, fuhr am Eingang vorbei und hielt auf ihrer Höhe. Frank kurbelte das Fenster herunter.

-- Flavio?

-- Nein, die Guardia Civil! Sie haben einen deutschen Haftbefehl gegen dich, Staatsgefährdung, sie sind vier und bewaffnet. Entweder du steigst aus und stellst dich sofort, oder du haust ab und versuchst, Sabel zu erreichen, der scheint was zu wissen.

-- Ich habe noch einen Job zu erledigen, sagte Frank, wir halten Kontakt, ruf mich am Abend an, falls ich nicht vorher vorbeischaue.

Er kurbelte die Scheibe hoch und fuhr gemächlich davon.

Sandra verharrte, bis der Wagen Richtung Arrecife verschwunden war.

-- Der ist doch verrückt, sprach sie zu sich selbst und ging kopfschüttelnd ins Hotel.

In der Halle wartete sie ab, bis Cristina frei war.

-- Sie waren vor der Tür im Auto, er weiß Bescheid.

-- Wohin?

-- Sie sind Richtung Arrecife gefahren.

Cristina hob den Kopf und schob das Kinn nach vorn.

-- Rufst du an? flüsterte Sandra.

-- Nein, es genügt, wenn einer aus der Familie ins Risiko geht. Und Sabel?

-- Nichts, nur ein Besoffener vor der Tür.

Vierundfünfzig

Laura hatte alles gespielt, auch Krimis. Sie schaute einmal unaufgeregt zurück und wartete, bis Frank die Hauptstraße erreicht hatte, bevor sie ihn ansprach.

-- Wer ist hinter dir her? fragte sie geschäftsmäßig wie in einem Film noir.

-- Die Guardia Civil, ich soll festgenommen werden.

-- Warum?

-- Ein deutscher Haftbefehl, Gefährdung des Staates.

-- Aber du bist unschuldig?

-- Klar. Diese Nummer ist ein Missverständnis, eine Dummheit oder eine raffinierte Intrige. Ich vermute: eine raffinierte Intrige.

-- Wenn du unschuldig bist, kannst du dich ja stellen, oder?

-- Mache ich ja vielleicht auch. Aber doch nicht, wenn du vor der Tür im Auto sitzt und nicht fahren kannst.

Laura verpasste ihm einen zärtlichen Klaps auf die Wange.

-- Ich bin also der Job, den du noch machen musst?

-- Das hast du verstanden?

Sie antwortete nicht, sondern beobachtete die Straße.

176

-- Du bist nicht aufgeregt, Condottiero, stellte sie nach einer Weile fest, ich meine: nicht furchtsam.

Er antwortete nicht.

-- Ich bin auch nicht furchtsam, sagte sie leicht dahin.

Im Turm parkten sie in der Tiefgarage und nutzten den Aufzug, sie gelangten in die Suite, ohne dass jemand sie sah.

Laura schnappte sich sogleich das Telefon und rief den Direktor an. Sie cancelte den Dienstagflug, sei zu umständlich, und verlegte sich auf Mittwoch, direkt sei besser.

-- Gott schützt die Liebenden, hat Simmel geschrieben, bei mir tun es die Frauen, murmelte Frank auf Deutsch.

Als Laura aufgelegt hatte, wählte Frank die Nummer in Stieldorf und ließ lange läuten. Schließlich gab er auf und ging auf den Balkon rauchen. Laura kam hinzu und zündete auch eine Zigarette an.

-- Was ist das für eine Intrige?

-- Es ist so: Ich bin an der Bonner Universität ein lokaler linker Intellektueller und ein erbitterter Gegner der deutschen Roten Brigaden. Ich hasse die, und deren Sympathisanten hassen mich. Wenn es denen gelänge, mich den deutschen Sicherheitsorganen als verkappten Rotbrigadisten zu verkaufen, wäre das ein Coup. So oder so ähnlich könnte diese Geschichte gestrickt sein.

-- Aber warum gleich eine Verhaftung in Spanien? Die hätten doch warten können, bis du zurückkommst.

-- Das sehe ich wie du und gestehe meine Ratlosigkeit, ich kann es nicht erklären.

-- Und was ist mit dem Freund, den du nicht erreichst?

-- Der wird mir einen bekannten Anwalt in Bonn organisieren, und der Anwalt wird in kürzester Zeit herausfinden, was gegen mich vorgebracht wird. Wenn es ein Missverständnis sein sollte, haut er mich raus.

-- Und das möchtest du lieber abwarten, als dich zu stellen?

-- Ja und nein, wenn ich warte, bringe ich viele in Gefahr.

-- Alle deine Frauen, sagte sie mit feiner Ironie.

-- Vor allem dich. Wenn sie rauskriegen, wo ich bin, ziehen sie die Waffe nicht nur gegen mich.

-- Wir heben dann beide die Hände.

Laura schnippte die Kippe vom Balkon, machte zwei Schritte auf Frank zu, legte die linke Hand um seinen Hals und strich ihm mit der rechten die widerspenstigen Haare aus dem Gesicht. Ihre Miene war ernst und ihr schönes Gesicht fast so etwas wie verknautscht. Frank ergriff ihre Rechte, legte sie auf seine Wange und atmete durch.

Zurück in der Suite bestellte Laura beim Direktor einmal das große Mittagsmenu.

-- Besser so, sagte sie zu Frank, es reicht für uns beide.

Als das Mädchen mit den Speisen klopfte, verschwand Frank im Bad.

Fünfundfünfzig

Über Puerto de la Cruz schien auch am Montag die Sonne.

Vera hatte den VW zu Mirabeaus Erstaunen dankend abgelehnt, so fuhren beide nach dem Frühstück im Bus zu Tal und genossen schaukelnd die Aussicht auf die Stadt und das Meer. Im Sol angelangt, verschwand Vera für eine kleine Ewigkeit im Bad. Mirabeau verabredete sich telefonisch mit Fred und Eileen und ging ab zum Pool.

Vera tauchte während des ganzen Vormittags nicht auf. Schließlich wurde Eileen unruhig, da Mirabeau keine Erklärung parat hatte. Sie nahm seinen Schlüssel und fuhr hoch zum Zimmer der beiden. Sie klopfte leicht und schloss leise auf, als niemand sich meldete. Vera lag im Bett. Als Eileen auf Zehenspitzen nähertrat, öffnete sie die Augen, erkannte die Freundin und lächelte. Eileen setzte sich auf die Bettkante, Vera nahm ihre Hand und küsste sie.

-- Bist du unpässlich? fragte Eileen.

-- Nein, aber ich wollte für mich allein sein und dann bin ich eingeschlafen.

-- War es so aufreibend in Orotava?

-- Aufreibend nicht, aber es war nicht mein Plan ich wollte nicht, und dann habe ich mich doch darauf eingelassen.

Eileen war neugierig wie eh und je und roch, dass Vera etwas loswerden wollte.

-- Ist Abián lästig geworden?

Vera sah an die Decke, dann fixierte sie Eileen.

-- Er war brav wie ein Schoßhund, Sweetheart, aber ein Schoßhund mit einem Riesenpimmel und unermüdlich in seinem Spieltrieb.

Es klang wie eine kesse Beichte, und Eileen begann zu glucksen. Sie streichelte heftig Veras Hand.

-- Ich sähe es gern im Film, gurrte sie, aber ich will nicht auch noch in dich dringen. Sag mir nur: Was hast du ihm zum Abschied gesagt?

Vera machte eine Geste, und Eileen schenkte ihr das Ohr. Vera flüsterte, und Eileen rüttelte sie anschließend durch wie unter gutgelaunten Schwestern.

Im Kern aber blieb Vera ernst.

-- Du lässt dich aus Freundlichkeit und Höflichkeit, ja: Höflichkeit auf eine Lustreise ein, und als du merkst, dass es Zeit ist auszusteigen, verklemmt dir die Lust die Tür, und wer springt auch schon aus dem fahrenden Zug? fasste sie ihre Erkenntnis etwas verquer zusammen. -- Das passiert mir nicht noch einmal!

-- Ich sehe es genau wie du, sagte Eileen, von heute an ziehen wir beide unser Ding durch. Und jetzt steh auf, ich brauche ein paar Tapas.

Sechsundfünfzig

Inka Gotland stand in der Tür des Hotels und wartete auf Flavio Olivotti, Zeit genug für Cristina Montt, nach dem Chef zu klingeln. Als die beiden mit „hola!" an den Schalter traten, komplimentierte der Direktor sie gleich ins Back Office. Es war halb 4, Cristina ging unaufgefordert mit.

Der Direktor schilderte in Italiol knapp die Lage. Cristina beobachtete die Adressaten des Berichts und fasste später für Sandra deren erste Reaktion so zusammen: „die Gotland wie vor den Kopf geschlagen, Olivotti höchst alarmiert".

Während Inka die deutschen Sicherheitsbehörden für total unfähig erklärte und sich in Rage redete angesichts der Absurdität des Vorwurfs gegen Frank, hielt Flavio sich zurück. Als der Direktor vorschlug, zusammen mit Inka die Beamten der Guardia Civil zu kontaktieren, nickte er nur und ging davon.

Das Gespräch der Polizisten mit Inka wurde auf ihre Bitte hin von Cristina gedolmetscht. Es war belanglos und lud sich vermutlich auch deshalb mit einer gewissen Aggressivität auf. Cristina zog Inka aus dem Gefecht, bevor sie die Schwelle überschritt. Inka realisierte vor der Tür die Gefahr und dankte ihr.

-- Was mach ich jetzt?

Cristina schickte nach Sandra Meiser „ohne Tochter".

-- Wir wissen nichts über Franks Aufenthalt, stellte sie fest, als Sandra hinzugekommen war. -- Aber Frau Meiser ist vermutlich wie ich der Meinung, dass Sie dringend Herrn Sabel in Bonn anrufen sollten. Der Herr hat sich hier schon mehrfach gemeldet, um mit Frank oder Ihnen zu reden, Frau Meiser oder mir wollte er nicht sagen, worum es geht. Es würde mich nicht wundern, wenn er Sie und uns aufklären könnte.

Sandra nickte und gab Inka Kleingeld.

-- Der öffentliche Fernsprecher ist gleich an der Straße.

-- Kann ich nicht vom Zimmer aus telefonieren?

180

-- Da sitzen zwei Greifer der Guardia und warten auf Frank, klärte Cristina sie auf.

Inka stutzte und zögerte einen Augenblick, Cristina verzog keine Miene, Sandra hob auffordernd den Kopf.

Am Fernsprecher erlitt sie das gleiche Schicksal wie Sandra, auch sie versuchte es dreimal vergeblich.

-- Dieser Penner! Dieser Schnarchsack! schimpfte sie und schlug an die Scheibe.

Vor der Tür stand ein Kerl und hatte das Maul auf.

-- Der Papst? Pillenpaul? fragte er, als sie nach draußen stürmte.

Diesmal bekam er keine Antwort, sondern nur den Vogel gezeigt.

Im Hotel warteten Cristina und Sandra auf Nachricht und sahen sofort, dass Inka nichts erreicht hatte.

-- Hast du die Taxe gesehen? fragte Sandra.

-- Ja, warum?

-- Da sitzt Flavio drin mit Koffer, er sucht sich eine andere Bleibe.

Inka schaute die beiden Frauen an und schien mehr erheitert als erbost, als sie mit offenem Mund den Kopf schüttelte.

-- Das gibt's doch nicht. Was denkt der sich?

-- Der will mit den Roten Brigaden nichts zu tun haben. Wenn er dich mal nicht im Verdacht hat, dass du ausspionieren solltest, wie man ihn am besten kidnappen kann, versetzte Sandra sich in die Gedankenwelt eines reichen italienischen Produzenten, sie wusste ja unterdessen, mit wem und wie er seit über zehn Jahren groß Geld gemacht hatte.

Inka streckte sich auf durchtrainierte 1 Meter 85 mit Pumps.

-- Ich hätte den Hänfling in den Schrank hängen sollen.

Franks Beschützerinnen quittierten diesen Satz mit zustimmenden und anerkennenden Gesten, nicht alle jugendfrei.

Siebenundfünfzig

Eileen, Vera, Fred und Mirabeau saßen plaudernd in der Bar des Sol und warteten auf die Öffnung des Restaurants. Sie hatten am Nachmittag, fett eingecremt, einer starken Sonne getrotzt, im Pool getollt, einander Dönekes erzählt und am gemeinsamen Wohlergehen gefeilt. Eileen hatte das orchestriert, und am dankbarsten hatte sich Mirabeau gezeigt.

Der Barmann erhielt eine Notiz und las vor.

-- Herr Schulz? Frau Mühlen?

Vera schnappte sich den Zettel vor Mirabeau.

-- Paul Zabel ist am Telefon, teilte sie mit und rutschte zum Entzücken eines stummen Bewunderers rasant vom Barhocker.

In der Sprechzelle neben der Rezeption bekam sie es mit einem ausgelassenen Paul zu tun.

-- Vera, Baby, geht es dir gut? legte er los und wartete eine Antwort gar nicht erst ab. -- Mir geht es glänzend, ich bin in Köln beim Päffgen und besaufe mich mit Freunden, denn heute war ein guter Tag.

-- Salud! wünschte sie ihm, was feiert ihr?

-- Ein paar Scheißkerle wollten Frank und mich aufs Kreuz legen, ich habe sie mit den eigenen Waffen geschlagen und nicht nur die Kohle gerettet, sondern auch unseren Ruf, das ist heute passiert, also nicht nur Entwarnung, sondern Grund zum Feiern, sag das auch Mirabeau, der weiß Bescheid über die Sache.

-- Aha, sagte Vera, ich weiß nix. Weiß wenigstens mein Liebster was?

-- Welchen meinst du jetzt? grölte Paul.

-- Spinn nicht rum, Paul. Was weiß Frank?

-- Mit ihm habe ich nicht reden können, er ist ja nie da, wenn ich anrufe, immer op jück und Inka genauso.

-- Dann versuch es jetzt gleich nochmal, bevor du untergehst. Wenn es nicht nur gegen dich gegangen ist, sondern auch gegen Frank, sollte er das wissen, vielleicht kommt ja was nach.

-- Da kommt nichts nach, aber gut, ich ruf ihn an, verabschiedete sich Paul Zabel.

Achtundfünfzig

Als Zabel Lanzarote anrief und das Telefonat bei Cristina landete, erkannte sie sofort dessen Trunkenheit und wurde katzenfreundlich.

-- Bleiben Sie bitte in der Leitung, ich lasse Frau Gotland holen, das kann zwei, drei Minuten dauern, aber ich weiß, dass sie ganz dringend mit Ihnen reden muss.

Inka hatte in der Zwischenzeit ihr Zimmer von der Guardia zurückerobert – die Greifer waren eine Nummer weiter gezogen – und las in Franks Notizen über die Natur bei Karl Marx, als Cristina sie aufscheuchte. Sie sauste in gewagter Kostümierung los und nahm den Hörer in der Sprechzelle auf, Cristina an ihrer Seite mit dem Mithörer am Ohr.

-- Hier ist Inka Gotland. Paul? Verstehst du mich, Paul?

Paul begrüßte sie lauthals und begann sogleich schwelgerisch die gute Stimmung bei Päffgen zu beschreiben. Inka ließ ihm so lange Zeit, bis er zum ersten Mal Luft holen musste.

-- Paul, du Komiker, hier ist der Ernst des Lebens. Jetzt hör zu! Unser Hotel auf Lanzarote ist voll mit Greifern der Guardia Civil. Sie warten auf Frank. Sie wollen ihn festnehmen. Der Aktion liegt ein deutscher Haftbefehl zugrunde. Sie halten Frank Barreur für einen politischen Gewalttäter! Für einen Terroristen! Was sagt dir das, Paul?

Von Paul kam erst mal gar nichts.

-- Mein Gott, ist der besoffen, entrüstete sie sich, an Cristina gewandt, jetzt tut er keinen Mucks mehr!

-- Paul, gib Antwort! brüllte sie danach in den Hörer.

Paul nuschelte sein Unverständnis in den Hörer und brachte Inka vollends zur Weißglut.

-- Paul, mach deinen besoffenen Kopf auf für eine einfache Erkenntnis: Sie sind bewaffnet hinter Frank her! Wenn Frank Pech hat, knallen sie ihn ab! Hast du das verstanden: Sie knallen ihn ab!

-- Das kann doch nicht wahr sein, jammerte er nun, was ist denn da schiefgelaufen, das ist ja eine Katastrophe, was mach ich nur, hilf mir, Inka.

-- Wenn was schiefgelaufen ist, wer kann es geraderücken, Paul? Wie heißt er? Kannst du ihn erreichen?

-- Weiß nicht, wie er heißt. Ich kann anrufen.

-- Dann ruf ihn sofort an und gib ihm auch die Nummer des Hotels und meinen Namen! Weiß noch einer Bescheid, vielleicht einer, den ich kenne?

-- Stefan Lebrecht in Godesberg.

-- Dessen Nummer finde ich heraus. Ruf du jetzt deinen Mann an, Paul! Und nur noch Wasser, hast du verstanden?

Sie unterbrach die Verbindung und schrieb Cristina Name und Ort von Lebrecht auf.

-- Das Telefon müsste man doch über die Auslandsauskunft rausfinden? Notfalls rufe ich die deutsche Auskunft an.

Cristina gab den Zettel weiter und kam binnen kurzem mit einer Bonner Nummer zurück. Die Telefonistin versuchte eine Verbindung, sie kam zustande.

-- Bist du das, Stefan? Hier ist Inka, legte sie los.

-- Nein, hier ist der Senior, mit wem spreche ich?

„O Gott!" rief Inka, die nicht nur als Fakultätsmitglied den Senior und seinen Ruf kannte. Sie identifizierte sich und rasselte dem Mann in Einser-Juristen-Manier den Fall herunter. Er hörte geduldig zu, stellte zwei Nachfragen, erbat sich Inkas vollständigen Namen, Adresse und Telefon des Hotels und sagte, er hoffe, den Fehler bereinigen zu können, ob noch heute, bezweifele er aber. Als er auflegte, legte auch Inka den Hörer nieder und schaute Cristina erleichtert an.

-- Ich glaube, wir haben Glück im Unglück, dieser Mann kann wirklich helfen.

-- Und wer ist das genau?

-- Einer, dem Andere zuhören.

-- Ich hoffe, du hast Recht, das hier verzehrt allmählich meine Nerven, ließ Cristina ihre Besorgnis durchblicken. -- Die von der Guardia sind erkennbar frustriert und vermuten wohl, Frank ist gewarnt worden. Ich weiß nicht, wie sie darauf kommen, aber ihr Benehmen wird schroff, sie schnüffeln wieder rum, das lässt nichts Gutes erwarten.

-- Und Frank kann man keine Nachricht zukommen lassen?

Cristina schüttelte energisch den Kopf.

Inka realisierte, an sich herunterblickend, ihre Aufmachung. Sie lieh sich von Cristina einen Mantel und bat Sandra telefonisch, bei ihr vorbeizuschauen. Dann huschte sie zum Aufzug und fuhr in den dritten Stock.

Neunundfünfzig

Frank und Laura fuhren nach dem Essen in die Tiefgarage, erreichten von dort aus die Uferstraße und liefen ein kurzes Stück nach Westen am Strand entlang. Mit Strohhut, Kopftuch und hinter großen Sonnenbrillen waren sie regelrecht verkleidet, darauf vertrauten sie. Das Hotel, gestern noch eine elegante Zuflucht, erschien ihnen jetzt wie ein „Gefängnis vor dem Gefängnis". Sie hielten die Nase in den Wind. Es war kein Betrieb am Meer.

Auf dem Rückweg passierten sie den Turm, folgten der Promenade und bogen auf die Brücke zur Festung ab. Ein einsamer Tourist kam ihnen entgegen.

-- Sah aus wie Flavio, bemerkte Frank, als sie vorüber waren. -- Was wird er machen, wenn er ins Hotel zurückkehrt und erfährt, dass der Kerl seiner Favoritin verdächtigt wird, Rotbrigadist zu sein?

-- Er wird ihn tatsächlich für einen Rotbrigadisten halten und wortlos die Kurve kratzen, da bin ich sicher.

-- Und den Flug nehmen, den du abgesagt hast? lachte Frank.

-- Genau.

Frank hängte sie bei sich ein und hatte sofort ihren Geruch in der Nase. Schließlich traute er sich.

-- Sag mir drei Sätze über euer Verhältnis, Laure. Ich erzähle es nicht weiter.

Laura lauschte ihrem französischen Namen nach, dann ruckte sie ein wenig an seinem Arm rum.

-- Laure passt nicht zu unserem Verhältnis. Und nach einer Pause: -- Am Anfang war ich in den Augen der Umgebung die Kleine des Produzenten, das ging an mir vorbei, denn er hat mir geholfen, und ich hatte meine Freiheiten. Als wir nach Jahren schottisch heirateten, fand ich das okay. Seit einiger Zeit fällt mir auf, wie viel Geld er an mir verdient, und ich habe den Eindruck, dass das die Hauptsache ist.

Sie drehte sich zu Frank und ließ ihn auflaufen.

-- Und dann sehe ich in einem überraschenden Moment, in der Wüste oder auf einer gottverlassenen Vulkaninsel, wie ein starkes Gefühl mir begegnet, mich erfasst und ich hinter den Atem komme. Ich reiße die Augen auf und wundere mich: Ich bin nicht am Filmset. Dann will ich nicht ausschließen, dass mir etwas entgangen ist und entgeht, und ich werde unruhig.

-- Ich verstehe, sagte Frank auf Italienisch und beließ es dabei.

Sie umrundeten die schrundige Festung und stiegen dann der Aussicht wegen hoch.

-- Diese sogenannten Festungen sind mir ein Rätsel. Es gibt sie überall am Mittelmeer, sie sollten vor Piraten schützen, und meine Phantasie reicht nie aus, mir vorzustellen, wie das damit gelungen sein soll.

-- Condottiero und Historiker, spottete die Italienerin, du solltest darüber deine Doktorarbeit schreiben.

186

Als sie abstiegen, standen zwei Polizisten in Uniform am Fuß der Treppe. Frank löste sich von Laura und war unten, als sie erst die Mitte der Stiege erreicht hatte.

Die beiden Uniformierten würdigten ihn jedoch keines Blickes, ihre versammelte Aufmerksamkeit galt der Frau auf dem Laufsteg. Sie sprachen Laura mit Namen an, strahlten, als sie die Brille abnahm, erbaten ein Autogramm und nahmen es freudig entgegen. Laura steckte den Kopf mit ihnen zusammen, wies auf Frank und legte abschließend den Zeigefinger auf die Lippen. Die Agenten der Staatsmacht nickten und verbeugten sich andeutungsweise, als sie ihnen zum Abschied die Hand gab.

Als sie außer Sichtweite waren, hängte Laura sich bei Frank ein.

-- Du hast gedacht, sie wollten dich festnehmen, und hast dich deshalb von mir gelöst?

-- Ja. Und dann haben sie dich angehimmelt ... Was hast du ihnen über mich gesagt?

-- Ich habe ihnen augenzwinkernd mitgeteilt, du seist Jean-Paul Belmondo, und sie gebeten, davon niemandem ein Wort zu erzählen.

-- Wir haben den gleichen Geschmack, meinte Frank, molto grazie.

Sechzig

Inka und Sandra saßen bei Kerzenlicht auf dem Balkon im dritten Stock. Die Flasche mit dem Rotwein ging zur Neige, aber sie waren in ihrem Gespräch zu keinem Ergebnis gekommen. Sandra hielt sich an Cristinas Vorgabe und ließ die Kontakte zu Frank im Dunkeln. Inka war hin und her, ob sie Vera und Mirabeau auf Teneriffa über die Ereignisse unterrichten sollte.

Nach längerem Schweigen entschloss sie sich.

-- Ich muss Vera Bescheid sagen, auch wenn es sie zerreißt und obwohl morgen hoffentlich dieser Albtraum zu Ende geht. Sie würde mir nicht verzeihen, dass ich ihr verschwiegen habe, dass Frank in Gefahr ist.

-- Okay, sagte Sandra. Was ist sie überhaupt für eine?

-- Du wirst sie kennen lernen, es würde mich nämlich wundern, wenn sie nicht auf dem schnellsten Weg hier auftaucht, antwortete Inka auf dem Weg zum Telefon. -- Sie ist Anfang zwanzig, sexy und taff, sie hat ein Händchen für Kerle, aber auch eins im Umgang mit Frauen. Frank und sie hängen seit Jahren aneinander, ergänzte sie, bevor sie den Hörer abhob.

-- Na ja, sagte Sandra, im Moment hängt sie ja wohl an deinem Liebhaber dran.

-- Ändert nichts, schüttelte Inka den Kopf und wählte Teneriffa.

Sie fragte nach Vera und bekam Vera, nicht Mirabeau. Ohne Hast und Dramatisierung schilderte sie ihr die Lage und endete mit der Hoffnung, Lebrecht senior werde morgen den Albtraum beenden.

Vera war weniger zuversichtlich.

-- Da sind Dilettanten am Werk, Inka, angefangen bei Paul Zabel, und die Falangisten machen sowieso, was sie wollen. Mein Gott, was ist das für ein Mist! Nach einer Pause fügte sie hinzu: -- Wir haben hier eine Freundin mit Geld und Einfluss, sie wird mir einen Flug besorgen.

-- Ich dachte mir, dass du kommst, stimmte Inka zu.

Vera hatte noch ein Anliegen.

-- Wer immer Verbindung hat zu Frank, muss ihm sagen, dass „kühn und furchtlos" jetzt der falsche Wahlspruch ist. Er soll sich klein machen. Meine Kinder sind wichtiger als sein Stolz.

Inka wiederholte die Sätze, nachdem beide aufgelegt hatten.

-- Ihre Kinder? fragte Sandra irritiert.

-- Sie meint ihre und seine, sie sind noch nicht geboren.

188

Einundsechzig

Frank saß auf dem Balkon, er hatte die Füße hochgelegt, sah aufs Meer und rauchte. Die Nacht versprach, kühl zu werden.

Als er Laura bemerkte, stand sie in der Tür und hatte sich an den Rahmen gelehnt. Sie trug einen Pyjama aus Seide, beide Hände steckten in den Taschen der Jacke und hoben sie leicht an.

-- Geh unter die Dusche, gran chico, spül deine Sorgen ab und mach deinen Kopf frei, riet sie mit der angerauten Stimme.

Er legte den Kopf in den Nacken, sie trat neben ihn, machte aus den Fingern der Linken einen Kamm und strich ihm die Haare aus der Stirn.

-- Jean-Paul wollte mich immer dringend liebkosen, wenn ich ihm in die Haare griff.

Frank, immer noch den Kopf im Nacken, umfasste sie leicht mit dem linken Arm. Es muss ihre Wärme gewesen sein, die ihn verleitete, den Arm anzuziehen und mit der Hand die Wölbung ihres Pos nachzuempfinden. Da sie stillhielt, konzentrierte er die Sinne auf die Wärme und das gespannt Runde und ließ nicht nach. Sie fuhr ihm mit den Fingernägeln durchs Haar und ließ ihn schnurren.

-- Das Wasser wartet, Franco.

Als Frank frisch ins Bett und unter die Decke schlüpfen wollte, musste er sie erst verschieben.

-- Ich kann rechts von dir nicht liegen, da bin ich ein – er suchte das französische Wort, fand es nicht – „un Tolpatsch".

Sie lächelte und rückte zur Seite.

-- Du meinst, du bist ein braver deutscher Junge, da muss alles seine Ordnung haben, nicht wahr?

-- Ja, riech an mir, Laure!

Er hatte die Sorgen abgewaschen und fühlte sich wohl in seiner Haut, darauf vertraute er.

Sie roch und befeuchtete die Lippen.

-- Du riechst wie ein germanischer Gott, aber du hast auch etwas Feminines, mehr als man vermuten würde, diagnostizierte sie.

-- Dann küss doch mal die Frau in mir, sagte Frank und schloss die Augen.

Laura schob die Decke von ihm und legte ihn bloß. Sie erkundete mit den Fingerkuppen der rechten Hand sein Halskehlchen und die hervor lugenden Knochen am oberen Ende seines Brustkorbs. Dann leckte sie, ein Überfall, ihm blitzartig über die Lippen, so dass er erschrak und den Mund öffnete.

-- Jetzt könnte ich dich vergiften.

Frank tat keinen Mucks.

Da beide sich im Kamasutra des Küssens auskannten, da sie einander gerne rochen und schmackhaft waren, vor allem da sie so viel zu vergessen hatten, versenkten sie sich in diese untrügliche Intimität der wahrhaft Liebenden. So genossen sie die Leidenschaft, ohne sie aufzubrauchen. Ihre Körper berührten sie außer im Gesicht und am Hals bloß beiläufig, ohne Ziel und Absicht. Als Laura sich mit einem Bein auf Frank schob und die Decke mitzog, war beiden die Hitze spürbar, aber sie spürten ihr nicht nach, sondern küssten weiter, in bequemerer Lage.

Später, sehr viel später streckte sich Frank, deckte sich mit Laura zu und legte ihr beide Hände flach in das Tal des Beckens.

-- Te quiero, Laure.

-- Te quiero, Franco.

Frank blieb stillliegen. Als Laura sein Gemüt erfasst hatte, hob sie den Kopf.

-- Was ist, Lieber?

-- Ich stehe jetzt auf. Ich fahre nach Carmen und stelle mich der Guardia. Man darf die Bullen nicht unterschätzen.

Laura legte den Kopf zurück auf seine Brust und sagte nichts. Nach einigen Atemzügen streichelte sie ihn zärtlich an der

Schulter. Nach einigen weiteren Atemzügen löste sich Frank vorsichtig von ihr und erhob sich.

Als er mit der Reisetasche in der Tür stand, sagte sie „warte!". Sie holte aus ihrer Wäsche ein Kopftuch und band es ihm als Halstuch um. Dann nahm sie seine linke Hand in ihre Hände und küsste sie, wobei sie ihn ansah. Frank biss auf die Zähne.

-- Ach, mein Kleiner, sagte sie.

Im Aufzug zögerte er: Empfangshalle oder Tiefgarage? Er drückte die Tiefgarage.

Später gestand er Madeleine Giraudoux: -- Ich hätte natürlich ein Taxi nehmen sollen. Aber ich dachte, ganz der ordentliche Germane, dass der Mietwagen ja zurückmüsse. Es hätte mein Tod sein können.

Zweiundsechzig

Frank war leer im Kopf, er kannte die Strecke, er nahm nur den Fahrtwind wahr, der ihm die Stirn kühlte.

Als er einbog zum Hotel, bremste ein Auto hinter ihm, das fiel ihm auf, rührte ihn aber nicht. Er stellte den Wagen bei erster Gelegenheit ab und stieg aus, dabei wuchtete er die Tasche, die hängen geblieben war, über die Fahrertür.

-- Manos arriba! brüllte einer hinter ihm.

Es fiel ein Schuss, Frank warf sich neben dem Seat zu Boden. Es fiel noch ein Schuss. Dann war es still. In die Stille platzte eine laute Frage vom Eingang des Hotels her, ihr schloss sich ein erregter, wütender Wortwechsel an. Die Stille danach wurde unterbrochen von den Schritten der Polizisten, die sich um Frank versammelten.

Der lag flach neben seinem Auto und hatte zur Sicherheit alle Viere von sich gestreckt. Das bewahrte ihn nicht vor einem Tritt in die Rippen. Er krümmte sich und wurde auf den Rücken geworfen. Nun sah er, dass sich gleich vier Bullen in Zivil seiner annahmen, die offensichtlich einander nicht grün waren.

Nach einem weiteren Wortwechsel drehten zwei der vier Kerle ab, es waren die aus dem Auto hinter ihm. Von den verbliebenen wuchtete einer ihn hoch, drehte ihm den Arm schmerzhaft auf den Rücken und schob ihn zum Eingang des Hotels, aber nicht hinein. Der andere betrat das Hotel, kehrte aber bald zurück. Nun bugsierten sie Frank zu einer Limousine, legten ihm Handschellen an, verstauten ihn und fuhren in die Nacht.

Die Fahrt endete in Arrecife in der Kaserne der Guardia. Frank wurde in eine Zelle geschoben, als er auf die Handschellen aufmerksam machte, bekam er einen Stoß. Er setzte sich auf einen Schemel, schüttelte die Muskeln durch und besah sich. Er war unverletzt.

-- Worauf haben diese Idioten geschossen? murmelte er vor sich hin.

Dreiundsechzig

Cristina Montt saß mit ihrem Bruder Jordi in Mácher in der Küche und las die Zeitung, als das Telefon ging. Es war halb 9, es war ihr Chef.

-- Cristina, du musst sofort kommen. Heute Nacht hat es vor dem Hotel eine Schießerei gegeben. Dein Fotograf scheint dabei gewesen zu sein, sein Auto steht vor der Tür. Die Figuren von der Guardia haben José verdonnert, das Maul zu halten, und sind verschwunden. José hat sich erst in der Frühe getraut, mich anzurufen.

Cristina hatte sich schon gefasst.

-- Bei einer Schießerei müssen doch die Gäste aufgewacht und an die Fenster gerannt sein.

-- Nein, es ist komisch, nur ein einziger hat sich bei José gemeldet, den hat er beruhigt.

-- Hast du bei der Guardia angerufen?

-- Nein das machst du alles, wenn du hier bist.

Cristina hatte eine letzte Frage.

192

-- Gibt es Blutspuren vor dem Haus?

-- Was weiß ich? Wenn es welche gibt, entdeckt sie hoffentlich keiner!

Zehn Minuten später saß Cristina auf Jordis Vespa, überquerte die Kuppe und brummte nach Carmen. Vor dem Hotel schaute sie sich um, ohne eine Veränderung zu entdecken. Am Schalter wurde sie erleichtert von Bianca begrüßt.

-- Was machen wir nun?

Cristina nahm den Hörer und rief bei der Guardia Civil an. Sie wies sich als Managerin des Fariones aus und bat um Auskunft über die „Schießerei heute Nacht".

-- Welche Schießerei? fragte der Beamte, wir wissen nichts von einer Schießerei.

Cristina schaltete schnell.

-- Können Sie mir etwas sagen über ein besonderes Vorkommnis vor unserem Hotel?

Der Beamte antwortete nicht sofort, er besprach sich offenbar.

-- Über ein besonderes Vorkommnis kann ich Ihnen nichts sagen.

Freizeichen.

Cristina schaute in die Alarmliste und wählte die nächste Nummer. Sie bat um eine Verbindung mit Amadeo.

Ihr Onkel Amadeo war für die Ausrüstung der Polizei in Arrecife verantwortlich.

-- Ich dachte mir schon, dass du es bist, sagte er, als sie sich gemeldet hatte. -- Hier ist eine Stimmung wie in der Gruft. Der Oberste hat allen Beamten ein Schweigegelübde abgenommen.

-- Dir doch nicht, Amadeo, lockte Cristina.

-- Nein, mir nicht, ich war bei dieser Messe nicht dabei.

-- Was ist mit dem Deutschen? Ist er verletzt? Wo steckt er?

-- Der Deutsche ist wohl nicht verletzt. Die Guardia hat ihn kassiert. Von den Hiesigen ist Gott sei Dank auch keiner verletzt, fügte er hinzu und lachte abgehackt.

-- Was haben die Euren gemacht?

-- Sie waren am Nachmittag durch Zufall dem Deutschen über den Weg gelaufen, waren ihm in der Nacht gefolgt und wollten ihn verhaften, als er vor seinem Hotel ausstieg, da waren sie sicher, dass er es ist ...

-- ... und wollten den Fang nicht der Guardia lassen.

-- Das hast du gesagt.

Freizeichen.

Cristina fiel Bianca um den Hals.

-- Wahrscheinlich unverletzt, jedenfalls nicht tot! Schick einen Boten zu Frau Gotland, sie soll sofort kommen.

Vierundsechzig

Eileen verließ mit Vera den Frühstückstisch und folgte ihr aufs Zimmer. Auf dem Bett lag gepackt Veras Koffer.

-- Du nimmst alle deine Sachen mit? fragte sie.

-- Ja, ich weiß ja nicht, wann ich zurückkomme und ob überhaupt.

Eileen nahm Vera in die Arme.

-- Du siehst angegriffen aus. Du machst dir große Sorgen?

-- Ja und nein, ich bin nur so wütend – auf diese Dilettanten in Bonn vor allem. Und ich werfe mir auch vor, dass ich mich auf den ganzen Quatsch eingelassen habe.

-- Komm, Baby, anders hätten wir uns nicht kennengelernt, munterte Eileen sie auf und drückte sie noch ein Bisschen fester.

-- Du hast Recht, seufzte Vera, am liebsten wäre mir, du würdest mich begleiten.

Der Empfang rief an, in der Halle warteten Elea und Abián auf sie, Fred und Mirabeau hatten sich ebenfalls eingefunden. Vera absolvierte Begrüßung und Abschied unsentimental und in einem Rutsch, sie war jetzt professionell wie zu Hause im Job.

194

Am Flughafen hatte sich der Morgennebel aufgelöst, so dass die Cessna, auf die Elea Vera und Abián gebucht hatte, wie vorgesehen nach Lanzarote abheben konnte.

-- Abián wird dir eine Hilfe sein. Manrique kennt ihn seit Kindesbeinen. Wenn ihr etwas braucht, Manrique kann auf dieser Insel alles richten, hatte ihr Elea den Schachzug erklärt.

Anschließend musste sie die Augen schließen, da legte ihr die Señora Cónsul eine feine feste Goldkette um den Hals mit einem Smaragd als Anhänger. Vera dankte und sah erst danach den Stein, der wie ein Faustkeil en miniature geschliffen war und enorm funkelte. Sie war hin und weg.

-- Grün steht dir gut, sagte Elea mit warmer Stimme.

-- Das kann ich nicht annehmen, das ist für deine Tochter, wehrte Vera ab.

-- Im Moment bist du meine Tochter, Kleine.

Der Flug verlief ohne Turbulenzen.

Fünfundsechzig

Bei Inka hielten sich Zorn und Erleichterung die Waage, als Cristina sie auf den neuesten Stand brachte und ihr ein kleines Konferenzzimmer zum Telefonieren zugänglich machte. Den Zorn lud sie bei Paul Zabel ab, der sie mit der Versicherung zu besänftigen suchte, dass der internationale Haftbefehl bereits gestern Abend widerrufen worden sei.

-- Und warum ist er überhaupt rausgegangen? echauffierte sich Inka einmal mehr.

-- Das wissen sie immer noch nicht genau, oder sie sagen es mir nicht, meinte Paul kleinlaut, aber es ist doch jetzt egal. Im Laufe des Tages werden auch die Provinzler auf Lanzarote erfahren, dass gegen Frank nichts vorliegt, und ihn freilassen.

-- Du bist groß in Versprechungen, Paul, wenn nur mal eine wahr würde.

Inka überlegte, dann rief sie den Junior an, Stefan Lebrecht. Sie schilderte ihm den Hergang seit Mitternacht und Cristinas Vermutung, dass bei der Festnahme zwei unterschiedliche Polizeiformationen aneinandergeraten seien.

-- Das ist nicht gut, kommentierte der Godesberger Juso, das muss ich gleich weitergeben. Weiß übrigens irgendjemand, wo Frank sich verborgen hatte und warum er ausgerechnet mitten in der Nacht auf die Idee kam, sich zu stellen? Ich meine, das war schon selten blöd, aber blöd ist er doch gerade nicht.

Inka musste passen.

– – –

Während Inka telefonierte, hielt Cristina Ratschlag mit Sandra. Claudia war dabei und ließ sich nicht vertreiben, sie zog eine Schnute, als Mama es probierte.

-- Wenn er mitten in der Nacht hierherfährt, um sich zu stellen – und das muss der Sinn gewesen sein, was sonst? – was hat ihn bewegt?

Sandra fand auf Anhieb so wenig eine Antwort wie Cristina, von der die Frage gekommen war.

Claudia taxierte die beiden Frauen in ihrer Ratlosigkeit, sie setzte ihre coolste Miene auf.

-- Frank hat es bei dieser Schauspielerin nicht mehr ausgehalten, haute sie im Plauderton raus.

Ihre Mutter nahm die Hand vor den Mund, Cristina schaute zur Decke und hielt die Luft an. Aber dann fiel bei beiden der Groschen und sie sahen sich mit weit geöffneten Augen an.

-- Du musst die Martini anrufen, trommelte Sandra auf den Desk, wenn er von dort kam, werden sie ihr auf die Pelle rücken!

-- Klar, mache ich, aber wenn jemand weiß, dass er von dort kam, dann sind es die von der lokalen Polizei, also leichte Entwarnung.

-- Wieso das? fragte Sandra.

-- Die lokalen Beamten müssen ja die Füße stillhalten, und sie werden sich eher auf die Zunge beißen, als der Guardia einen Tipp zu geben.

Zufrieden war Claudia. Zu gern hätte sie wohl mitgehört, was Cristina mit der Schauspielerin zu besprechen hatte, aber Cristina ging für dieses Telefonat in ein rückwärtiges Büro.

— — —

Laura hatte lange wach gelegen und war danach fest eingeschlafen. Cristinas Anruf erwischte sie im Bad. Sie ließ es läuten, aber dann wurde sie unruhig und ging dran.

Cristina stellte sich als Franks Vertrauensperson im Fariones und als Organisatorin des Aufenthalts im Turm vor. Sie schilderte nüchtern und doch mit Bewegung in der Stimme den Ablauf der Nacht samt ihrer Informationen und Vermutungen.

Von Laura kam lange nichts.

-- Frau Martini?

-- Er ist unverletzt, sagen Sie?

-- Das ist das, was ich gehört habe.

Wieder eine längere Stille.

-- Ist das Penthouse frei, das Herr Olivotti gebucht hatte?

-- Ja, beschied sie Cristina, noch die gesamte Woche, es ist ja bezahlt.

-- Dann komme ich umgehend zu Ihnen, kündigte Laura an, Olivotti ist ja wohl ausgeflogen.

-- Genau weiß ich es nicht, wandte Cristina ein, aber gestern sah es so aus.

-- Er ist weg, stellte Laura fest, und Sie, seien Sie bitte so freundlich und halten Sie mich informiert.

-- Das tue ich gerne. Ich bin froh, dass Sie zu uns kommen, Frau Martini, wir freuen uns auf sie. Persönlich bewundere ich Ihre Kunst seit langem, ich habe viele Ihrer Filme gesehen.

-- Sie sind sehr liebenswürdig, bedankte sich Laura, das führt mich im Umkehrschluss zu eher zudringlichen Zeitgenossen. Es liegt ja nahe, dass sich die Presse für das Geschehen interessieren könnte. Halten Sie mir die bitte vom Hals, ich möchte mein Inkognito wahren.

-- Verlassen Sie sich auf uns. Ich rede jetzt mit meinem Cousin, er ist der Direktor Ihres Hotels, er wird Ihnen einen Wagen besorgen.

Sechsundsechzig

Paul Zabel kletterte bei trübem Wetter mit dem BMW nach Vinxel hinauf und stieg dann hinab nach Oberdollendorf, um mit der Fähre den Rhein zu überqueren. Am Anleger in Plittersdorf wartete Stefan Lebrecht, gemeinsam fuhren sie zum Bonner Büro des Kriminalamts.

Der Obere vom Tag zuvor wartete bereits auf sie, er stellte sich als Kriminaldirektor Schmitz vor, was Paul mit einem Nicken quittierte. Sie begaben sich in einen Besprechungsraum, in dem Kaffee und Wasser eingedeckt waren. Sie saßen kaum, als auch der Untere vom Vortag aufkreuzte, es war Hauptkommissar Himmerich, und Paul fühlte sich nun als Rheinländer ganz zu Hause.

Die Nachrichten waren gemischt. Himmerich berichtete, dass der Widerruf des Haftbefehls in Madrid nicht hängen geblieben sei, sondern die Kanaren erreicht habe, eine Bestätigung liege vor.

-- Dann steht der Freilassung von Frank Barreur ja nichts im Wege, oder?

-- Das kann ich nicht bestätigen, sagte Himmerich, nach meinen letzten Informationen will ihn die Guardia Civil weiterhin festhalten.

-- Und warum?

-- Die sind offenbar sauer. Unserem Verbindungsmann wurde mitgeteilt, es habe Komplikationen bei der Verhaftung gegeben, die stünden dagegen, Barreur einfach laufen zu lassen.

-- Was soll das? empörte sich Stefan. Nach meinen Informationen haben zwei Greifertrupps, die nichts voneinander wussten, herumgeballert. Was kann Frank für deren Dilettantismus? Er hätte draufgehen können!

Nun meldete sich der Direktor zu Wort.

-- Sie sehen das zu eng. Hätte es Barreur nicht gegeben oder keinen Haftbefehl, hätte es auch kein Geballere gegeben und die Guardia Civil der Kanaren hätte kein Erklärungsproblem. Sauer sind die kasernierten Kollegen dort auf uns hier, weil wir ihnen das mit unserem Fehler eingebrockt haben. Dann nervt sie generell eine angebliche demokratische Besserwisserei. Und seit Brandt Bundeskanzler ist, halten uns zumindest einige alte Gardisten in einflussreicher Position für eine Agentur verkappter Kommunisten.

-- Was erwarten Sie unter diesen Bedingungen, Herr Schmitz? fragte Paul, meine Freunde werden es nachher von mir wissen wollen.

-- Ich fürchte, man wird Barreur nicht freilassen, sondern abschieben. Und um Ihre nächste Frage gleich mit zu beantworten: Dagegen können wir nichts tun.

-- Na wunderbar, sagte Paul, besorgen Sie ihm wenigstens einen Anwalt!

Das konnte der Direktor garantieren.

-- Die andere Sache läuft übrigens prächtig, versuchte Himmerich die Stimmung aufzuheitern, da wird Ihr Anwalt Sie bald mit guten Nachrichten erfreuen.

-- Prima, antwortete Paul abweisend und erhob sich.

-- So ein Scheiß! wütete er vor der Tür und haute auf das Dach des BMW, rufst du Inka an, Stefan, oder muss ich das machen?

Siebenundsechzig

Cristina sah Laura Martini in der Tür und war schon auf dem Weg zu ihr. Sie begleitete sie zum Aufzug, steckte den Alarmschlüssel und fuhr mit ihr ungestört auf die Ebene des Penthouse.

Sie besichtigten bei hellem Sonnenschein die Räumlichkeiten. Laura gefiel das luxuriöse Bad und besonders das weite begehbare Dach, das Ausblicke in alle Himmelsrichtungen erlaubte.

-- Wir haben einen prominenten französischen Gast, Sie kennen ihn persönlich, erzählte Cristina, er kommt seit drei Jahren zu uns, sitzt eine Woche lang jeden Abend an diesem Tisch, er liest, raucht, trinkt Wein und blickt über das Meer nach Westen, bis die Sonne versunken und die Blaue Nacht hereingebrochen ist. Ich durfte ihm gelegentlich Gesellschaft leisten, er sagt, besser könne er Stress und Überdruss nicht loswerden.

Laura lehnte sich an den Tisch und machte eine Geste, die Cristina nicht verstand.

-- Sie sprechen sehr gut Französisch, sagte sie. Haben Sie sich mit Frank auch auf Französisch unterhalten?

-- Nein, auf Deutsch. Ich habe beide Sprachen in einer Schweizer Ferienanlage in Tarragona gelernt, da haben mein Bruder und ich viele Jahre nach der Schule und in den Ferien gejobbt.

Laura stand gedankenverloren wie eine Statue ihrer selbst und schwieg, so schwieg auch Cristina, doch dann hatte sie noch einen Vorschlag.

-- Wenn Sie unbehelligt bleiben wollen, Frau Martini, brauchen Sie einen Assistenten. Ich nehme an, in ihrem normalen Leben haben sie gleich eine Handvoll, das kann ich Ihnen nicht organisieren. Aber einen, der auf dem Quivive ist und absolut zuverlässig, den hätte ich. Es ist mein jüngerer Bruder Jordi, der gerade die Semesterferien bei mir verbringt, sonst studiert er Elektrotechnik in Deutschland, in Aachen.

Der Vorschlag gefiel Laura sofort.

-- Ich rufe ihn an, versprach Cristina und wollte sich verabschieden.

Nun hatte Laura noch ein Anliegen. Sie holte eine Tragetasche aus ihrem Gepäck und zog Franks zweiäugige Spiegelreflex heraus.

200

-- Der Fotoapparat gehört Frank. Könnten Sie ihn seiner Begleiterin geben? Und könnten Sie die Filme in der Tasche entwickeln und mir Abzüge machen lassen?

Cristina nahm den Beutel entgegen.

-- Mache ich. Schauen Sie auch einmal die Bilder an, die er hier im Hotel aufgenommen hat, eine Auswahl hängt in Parterre.

– – –

-- Warum gehst du nicht spielen? fragte Cristina Claudia, die in der Hotelhalle eine Art Wache hielt.

Sie hatte mit Jordi telefoniert, der Feuer und Flamme war und wohl schon auf dem Weg ins Tal. Nun wartete sie auf Inkas Bericht aus Bonn.

Claudia schaute sie abgeklärt und nur leicht genervt an. Als bald darauf Inka aus dem kleinen Besprechungsraum trat und auf den Desk zusteuerte, war Claudia schon zur Stelle.

Inka fasste ihr Telefonat mit Lebrecht zusammen. Sie war erkennbar geknickt.

-- Wenn sie Frank abschieben, werden wir alle unsere Zelte abbrechen müssen, schon aus Protest und Solidarität, lautete ihre Schlussfolgerung.

Cristina war gedanklich noch bei der Guardia Civil.

-- Man müsste wissen, wer in dieser Angelegenheit das Kommando hat, sinnierte sie und kritzelte sich was auf einen Merkzettel.

-- Was weiß man über Vera? fragte Inka und schaute auf die Uhr.

Cristina tat es ihr gleich.

-- Wenn der Flug planmäßig war, müsste sie bald hier sein.

Wie im Theater ging wenig später die Tür auf, es erschienen Vera Mühlen und Abián Calderón, der treue Knappe schleppte zwei Koffer und eine große Tasche.

Vera steuerte in ihrem unübertrefflichen Gang auf die Rezeption zu und hatte nur Cristina Montt im Blick.

-- Guten Tag. Ich bin Vera Mühlen.

-- Guten Tag, Frau Mühlen, wurde sie von Cristina begrüßt, deren Miene Anerkennung für den Auftritt zeigte.

Erst jetzt wandte sich Vera Inka zu, öffnete die Arme, sie tauschten Wangenküsse aus.

-- Gut, dass du da bist, sagte Inka leise.

Von Vera mindestens so beeindruckt wie Cristina war Claudia. Als Vera sie ansah, ging sie auf sie zu und reichte ihr die Hand.

-- Ich bin Claudia Meiser.

-- Hola! lächelte Vera sie an, wo ist deine Mama?

Claudia war etwas verwirrt.

-- Sie ist mit Papa und Thomas am Strand.

Als Inka und Vera sich einige Schritte entfernt hatten und die Köpfe zusammensteckten, schaute Claudia Cristina an.

-- Woher kennt sie meine Mama?

Cristina unterdrückte nur mühsam ein Lachen.

-- Claudia, sie kennt deine Mama nicht, aber sie kennt Frank.

Claudia nahm diese Denksportaufgabe aus dem Leben der Erwachsenen mit zum Meer, wo sie Veras Ankunft bekannt gab.

Inka teilte mit, dass sie sich mit Vera das Zimmer teilen würde. Das hatte Cristina nicht erwartet. Nun gab sie Abián das Zimmer nebenan.

— — —

-- Die M, sagte Jordi, hat mich examiniert und für gut befunden.

Er strahlte übers ganze Gesicht.

-- Prima, antwortete seine Schwester, was hast du ihr erzählt?

Jordi gab aus dem Gedächtnis wieder, was ihr gefallen habe: seine Abkunft aus einer Familie überzeugter Republikaner, früher meist Polizisten, jetzt Techniker und Reisekaufleute, sein nicht-harter Akzent im Französischen, sein Lachen.

-- Lachen brauche sie dringend, hat sie gesagt.

-- Und was noch? fragte Cristina, die merkte, dass er etwas zurückhielt.

202

Jordi war verlegen, aber dann ließ er die Zähne blitzen.

-- Sie hat gesagt, so einen gutaussehenden Assistenten hätte sie höchstens mal bei Dreharbeiten in Amerika gehabt.

Cristina tätschelte ihrem kleinen Bruder vergnügt die Wange.

-- Tina, die Leute schauen zu! wehrte Jordi ab, aber nicht ernsthaft. -- Die M hätte gerne einen großen Sonnenschirm fürs Dach und fragt, ob es außer dir eine Person gibt, die sie über die Ereignisse aufklären kann.

-- Ich frage Sandra Meiser.

Achtundsechzig

Frank hatte eine unruhige Nacht hinter sich. In der Frühe nahm ihm ein Gardist die Handschellen ab und hinterließ auf dem Tisch ein Knastfrühstück, das auch bei großem Hunger nicht verlockend war.

Frank klagte nicht, er aß und wartete.

Das Geschirr wurde abgeräumt.

Der Gardist kam wieder und nahm ihn in einen Waschraum mit, in dem es Handtuch und Seife gab.

Auf dem Rückweg bekam Frank seine Reisetasche zurück. Er öffnete sie in der Zelle und fand das Halstuch darin, das sie ihm in der Nacht abgenommen hatten. Er roch daran, dann legte er es zurück, setzte sich auf den Schemel und wartete, den Rücken an die Wand gelehnt.

Er war eingenickt, als die Tür ein weiteres Mal geöffnet wurde.

Ein Gardist forderte ihn auf, ihm zu folgen. Das Ziel war ein Verhörraum, darin ein kleiner Tisch, drei Stühle. Frank wollte sich setzen und wurde zurechtgewiesen. Nach einer Weile kamen zwei Gardisten, nahmen Platz.

-- Setz dich! Was hattest du im Schild, als du gestern Nacht zum Hotel Las Fariones fuhrst?

-- Ich hatte erfahren, dass ich gesucht wurde und wollte mich stellen. Ich habe nichts verbrochen.

-- Von wem hast du erfahren, dass du gesucht wirst?

-- Von meinem Anwalt aus Deutschland, er hat gesagt, es ist alles ein Irrtum.

-- Wo hattest du dich versteckt?

-- Ich hatte mich nicht versteckt.

-- Red kein Zeug! Bei wem warst du?

-- Bei einer Frau, aber nicht um mich zu verstecken.

-- Wie heißt sie?

-- Betty.

-- Du willst mich wohl verarschen. Wie heißt sie?

-- Betty, Elisabeth, sie ist Engländerin oder Amerikanerin. So genau habe ich sie nicht gefragt.

-- Und wo warst du mit ihr? Sag jetzt nicht „im Bett"!

-- In dem neuen Hotel am Meer.

Die beiden Gardisten drehten ihm den Rücken zu und besprachen sich flüsternd.

-- Darf ich eine Frage stellen? kam Frank raus, als sie sich ihm wieder zugewandt hatten.

Als sie nicht antworteten, sagte er: -- Was werfen Sie mir vor?

Als sie nicht reagierten, sagte er: -- Könnte ich bitte mit meinem Anwalt reden?

-- Wer ist denn dein Anwalt? höhnte der eine Gardist.

-- Der Chef der Anwaltskammer von Lanzarote, sagte Frank trocken.

Da stand der andere Gardist auf, und beide verließen den Raum. Frank wurde abgeführt.

– – –

In einem rückwärtigen Zimmer wurden die Verhörbeamten von einem grauhaarigen Zwerg in Uniform empfangen, er war aufgebrezelt wie ein Pfingstochse und tobte sofort los.

-- Der Kerl braucht ein paar in die Fresse! Was lasst ihr euch von ihm verhöhnen?

-- Der Haftbefehl ist zurückgezogen, Comandante, von unserer Seite liegt nichts vor, sagte der erste Gardist.

-- Liegt nichts vor, liegt nichts vor! spuckte der Pfingstochse aus, dieses kommunistische Schwein behindert die Ermittlungen und lügt wie gedruckt, das ist Obstruktion eines königlichen Staatsorgans, was interessieren mich die Deutschen?

-- Der Honorarkonsul hat sich angemeldet, er wird einen Anwalt mitbringen, Comandante.

Der Pfingstochse rastete völlig aus.

-- Und was ist mit der italienischen Schlampe, die ihn versteckt hat? Da war der Haftbefehl noch in Kraft! Das ist eine Verbrecherin! Rumhuren und die heilige Mutter Gottes in den Schmutz ziehen, das ist alles, was dieses Pack kann und treibt!

Der Sabber lief ihm jetzt tatsächlich. Doch dann wurde er kalt.

-- Ihr seid raus, sagte er den Verhörbeamten, Hernán Aznar wird übernehmen. Als erstes schaffen wir das kommunistische Schwein nach Teneriffa.

— — —

Hernán Aznar war im Hauptberuf Sohn des Commandante, kaum größer als dieser, auf der Oberlippe trug er ein Hitlerbärtchen, das aussah, als sei es aus dem Fundus von Charlie Chaplin. Er machte einen auf lässig, und lässig trat er Frank ins Kreuz, als der nicht schnell genug in den Transporter einstieg.

Als der Wagen die Kaserne verließ, begegnete er der Limousine des Honorarkonsuls, der in Begleitung eines Anwalts auf dem Weg zu Frank Barreur war und ihn mitnehmen wollte. Beide mussten im Vorzimmer des Kommandanten lange warten.

-- Der Kommandant, bellte die Vorzimmerdame und öffnete den Herrschaften die Tür.

Der Kommandant saß hinter einem mächtigen Schreibtisch und blieb dort auch sitzen. Seine ungebetenen Gäste ließ er stehen.

-- Meine Herren, sagte er, Sie kommen vergebens. Der Delinquent, um den es Ihnen geht, hat randaliert und meine

Beamten ange-griffen, wir mussten ihn ruhigstellen und werden ihn abschieben. Sobald die Abschiebung erfolgt ist, kriegen Sie Bescheid.

Der Honorarkonsul setzte zur Gegenrede an.

-- Buenos dias! sagte der Kommandant.

Neunundsechzig

Vera und Inka saßen auf dem Balkon, während drinnen die Betten neu bezogen wurden. Auf dem Nachbarbalkon saß Abián und nahm die Anwesenheit der Frauen erst wahr, als sie miteinander redeten.

Vera wollte aufgeklärt werden, und Inka gab sich Mühe, einen unverfänglichen Bericht abzuliefern.

-- Was hat eigentlich Frank gesagt, als du mit dem Italiener losgezogen bist? fragte Vera nach.

-- Nichts hat er gesagt, er ging fotografieren.

-- Inka, du hast ihm Hörner aufgesetzt, dem halben Hotel wird es aufgefallen sein, das hat mein Liebster doch nicht unkommentiert gelassen.

Inka setzte sich aufrecht und drückte das Kreuz durch.

-- Vera, jetzt mal im Ernst: Die einzige, die deinem Liebsten Hörner aufsetzen kann, bist du, nicht ich.

Vera verließ das Thema, sie wollte es offenbar nicht vertiefen.

-- Und was hat es mit der berühmten Frau des Italieners auf sich, fragte sie stattdessen, wie ist denn die in diese Geschichte geraten?

-- Das weiß ich selbst nicht genau. Aber es sieht so aus, als habe erst Frank die Martini vor ihrem Mann versteckt und dann die Martini deinen Liebsten vor den Bullen.

-- Wenn ich das in der Zeitung lesen würde, käme ich mir veräppelt vor, Inka. Wie sind Frank und die Martini überhaupt zueinander gekommen? Er hat sie doch nicht auf der Straße entdeckt und um ein Autogramm gebeten, oder?

206

-- Das musst du Sandra oder Cristina befragen, die haben das meines Erachtens eingefädelt, aber Frank hat es mitgemacht.

-- Die beiden sind also nicht hinter Frank her?

-- Das ist eine andere Frage. Du, ich weiß es nicht, ich war die letzten zwei Tage weg.

Vera versank in Gedanken.

-- Erzähl du doch mal, wie es euch auf Teneriffa erging, unterbrach Inka das Schweigen.

-- Auf Teneriffa hat die Sonne geschienen, wir waren gut zueinander, keine Dramen, schon gar keine Tragödien, es war, wie wir es uns in Frankfurt beim Abschied gewünscht hatten, und darum gibt es auch nichts zu berichten, beschied Vera die Freundin nach einer Weile tonlos.

Sie versank erneut in Gedanken, und Inka begriff schließlich, dass sie etwas Anderes tun sollte, als Fragen zu stellen. Sie rückte mit dem Stuhl an Vera heran, legte ihr die Hand auf den Arm und streichelte sie über den Rücken. Vera begann zu weinen und schluchzte leise.

Abián hörte sie nicht, aber er spürte die Verzweiflung, die hinter dem Verstummen sich verbarg. Er erhob sich und wollte übersteigen, setzte sich dann aber wieder, senkte den Kopf und nahm ihn zwischen beide Hände.

Siebzig

Amadeo Montt rief seine Nichte gegen Mittag an und verabredete sich mit ihr auf halber Strecke am Flughafen. Cristina nahm Jordis Vespa, sie parkte am Terminal neben dem Pritschenwagen der lokalen Polizei. Amadeo wartete in deren Büro, er hatte Tapas, Wasser und Wein organisiert.

Sie aßen und tranken ein wenig, und Amadeo gab Neuigkeiten aus der Großfamilie zum Besten. Als Cristina weitere Speisen ablehnte, legte er seine Hand auf ihre.

-- Du bist jetzt gestärkt, das ist gut, denn jetzt musst du stark sein und eine wichtige Aktion einleiten.

Er sprach leise, obwohl sie allein im Raum waren, und er war ernst.

-- Dein Deutscher sollte heute Morgen freikommen. Die Kriminaler von der Guardia hatten nichts mehr gegen ihn in der Hand, zwar hätten sie ihn gerne noch übertölpelt, aber am Ende wollten sie ihn ziehen lassen. Doch dann hat sich der alte Kommandant eingemischt.

-- Wer ist das?

-- Das ist der Drecksack Aznar, eine faschistische Kreatur aus dem Bürgerkrieg, ein Folterknecht, vor zwei Jahren haben sie ihn nach Lanzarote abgeschoben.

-- Was ist passiert?

-- Der Kerl hat den Kriminalern die Sache aus der Hand genommen und sie seinem Sohn übergeben. Der war mit ihm hierhergekommen, der ist auch Mitglied der Guardia und ein kleiner fieser Sadist. Deshalb musst du dich jetzt reinhängen mit allem, was dir einfällt. Der Junior ist mit dem Deutschen auf dem Weg nach Teneriffa, dort scheint Aznar einen Kumpel zu haben, der seine Nummer deckt.

-- Und was bezweckt der Mann?

-- Macht demonstrieren, den Deutschen zeigen, wo der Hammer hängt, sein Mütchen an einem „Kommunisten" kühlen – was weiß ich? Das ist ein Drecksack! Als erstes erreicht er, dass offiziell niemand mehr weiß, wo der Deutsche steckt. Dem Konsul hat er gesagt, er sei „in Auslieferung".

-- Und wie kann man diesen Kommandanten ausmanövrieren?

Amadeo hob die Schultern.

-- Ich habe kein Rezept, aber die Deutschen müssen jetzt äußersten Druck auf Madrid ausüben, und zwar heute noch. Und wenn du noch jemanden kennst, der auf Teneriffa was zu sagen hat und etwas bewegen kann, dann melde dich bei ihm und versuch ihn zu überzeugen.

-- Danke, Onkel, sagte Cristina, küsste Amadeo auf die Wange und eilte davon.

— — —

Im Hotel ließ Cristina Inka suchen. Sie schärfte ihren Blick für die Gefahr und drängte sie, den Leuten in Bonn drastisch den Ernst der Lage klar zu machen.

-- Die müssen den Verantwortlichen in Madrid schärfste Sanktionen androhen!

Inka wurde bleich und verstand, sie ging in den kleinen Besprechungsraum telefonieren.

Cristina suchte sich einen anderen ruhigen Ort. Sie wählte eine Nummer in Santa Cruz de Tenerife und landete in einem Vorzimmer. Um mit dem Referenten verbunden zu werden, brauchte es Überredung, um den Referenten zu bewegen, brauchte es Härte. Dann endlich hatte sie den Chef dran: Begrüßung, Überraschung, Freundlichkeiten, das Befinden?

-- Du hast mir gesagt, ich solle dich aufsuchen, wenn es einmal lichterloh brennt.

-- Das habe ich, ja!

Cristina schilderte knapp den Fall Barreur und die jüngste Volte des alten Faschisten.

-- Leg bitte die Hand drauf, José. Aznar hat bei der Guardia kaum noch Freunde, er ist nicht unantastbar. Und der Sohn ist bloß der Kretin eines Kretins, man muss ihm den Gefangenen wegnehmen, bevor er seinen Sadismus an ihm auslässt.

-- Werden die Deutschen sich reinhängen?

-- Sie haben schon, und sie werden ihre Intervention radikal verschärfen. Aber das ist Diplomatie und muss erst mal über Madrid hinausgelangen.

-- Ich schaue, was ich tun kann, sagte der Chef auf Teneriffa.

Cristina dankte ohne Schmus. Ihr Gesprächspartner hatte noch eine Frage.

-- Warum, Cristina Montt, vergeudest du deine Talente im Hotelbusiness?

Einundsiebzig

In Bonn waren sie ratlos.

-- Auf der Arbeitsebene werden wir keinen rettenden Durchgriff erzielen, befand Schmitz, und auf der diplomatischen Schiene geht schon gar nichts auf die Schnelle.

Rettung brachte der Senior. Er rief kurzerhand den einflussreichsten Juristen der Republik an und hatte Glück, dass er da war. Er schilderte ihm die Lage und den Handlungsbedarf. Der Mann im Zentrum der politischen Macht hatte sofort eine Idee und gleich noch eine weitere.

So wurde umgehend nicht nur der Botschafter einbestellt, mit Nachdruck, versteht sich. Es wurde auch der Sicherheitchef der Botschaft, der einen zweiten Hut trug, in einer edlen Godesberger Appartement-Anlage aufgesucht und höflich zu einer Autofahrt unter Bedeckung gebeten, die im fensterlosen Raum eines unscheinbaren Gebäudes an der Mittelstraße in Plittersdorf endete.

Ein Kommando-Führer aus dem Vorgebirge legte dem Sicherheitchef dar, worum es ging, dabei gab er Barreur als „Kameraden" aus.

-- Ich fasse zusammen, schloss er seine Botschaft: Ein perverser Strolch hat einen der Unseren verschleppt. Es gibt keinen Grund dafür, es gibt bloß einen perversen Strolch, der unseren Kameraden quälen will. Der Strolch macht euch Schande, er besudelt euer Ansehen, ihr müsst ihn aus dem Spiel nehmen. Und zwar subito. Comprendes?

Dann hielt er seinem Gegenüber ein Dossier vor die Nase, über dem gut lesbar sein Name und seine Funktion standen, auf der ersten Seite waren unter anderem Additionen aufgelistet, der

Endbetrag fünfstellig. Er zog das Dossier zurück, legte es ab und schob nun das Telefon über den Tisch.

-- Deine wichtigste Nummer wirst du ja auswendig wissen.

Da ahnte der Mann wohl, dass er morgen in diesem Land nicht nur unerwünscht sein könnte, sondern unrettbar beschädigt, vielleicht dachte er auch daran, dass sie ihn in einem Edel-Puff aufgegriffen hatten und mit aufgebrachten Zuhältern nicht zu spaßen ist. Er nahm jedenfalls das Telefon und wählte 0034.

Er gab sich redlich Mühe, seine Gesprächspartner zu überzeugen, dass es angebracht sei, etwas für den Kameraden seiner deutschen Freunde zu tun, und zwar sofort. Als einer von den „deutschen Freunden", des Spanischen mächtig, zwischendurch den Eindruck gewann, er lasse sich hinhalten, hielt der ihm die Faust unter die Nase und fletschte die Zähne. Das spornte ihn neu an. Schließlich beruhigten sich seine Sprache wie seine Züge. „Hasta lluego!" Er legte auf.

-- Geht in Ordnung, sagte er.

-- Den Satz hört man gern in diesem Land, quittierte der Kommando-Führer die Aussage, wo sollen wir dich absetzen?

Der Sicherheitchef wollte an die alte Adresse zurück. „Alle Achtung!" sagte der Meckenheimer zu seinen Kollegen.

Zweiundsiebzig

Stefan Lebrecht ging diesmal nicht den Weg über Inka, sondern unterrichtete gleich Cristina, dass die Bonner der anderen Seite brutal klargemacht hätten, was sie erwarteten. Cristina war erleichtert.

-- Ich habe meinerseits versucht, einen Bremsklotz zu legen, Verzögerung ist wichtig, berichtete sie, die Erleichterung in ihrer Stimme war herauszuhören.

Als Stefan erfuhr, dass Vera nach Lanzarote gekommen sei, riet er, mit ihr zu sprechen.

-- Besser wäre, sie fliegt zurück und ist da, wenn er aus dem Loch kommt.

-- Du bist also zuversichtlich?

-- Ja. Vielleicht muss er noch was aushalten, aber er kommt raus.

Cristina lud Vera auf einen Drink an die Terrassen-Bar des Hotels ein. Erst wollte sie nicht, dann ließ sie sich überreden und kam runter.

Vera sah angefasst aus, ihre Reserve war nicht zu übersehen. Cristinas Miene aber hatte sich aufgehellt, die Art, in der sie Vera entgegenkam und sie in eine Sitzecke bat, war warm und herzlich.

Cristina erläuterte die Lage in einer erträglichen Fassung, deren Pointe lautete: Teneriffa, aber wohl keine Abschiebung. Sie verbreitete die Zuversicht, die sie selbst teilte, und lockerte damit Veras Unglück und Abwehr auf. Als sie ihr riet, mit der Abendmaschine gleich wieder nach Teneriffa zurückzufliegen, schaute Vera skeptisch.

-- Es ist doch so, erklärte Cristina, wenn Frank freikommt, kommt er auf Teneriffa frei. Und nach dem, was er hier mit der Guardia erlebt hat, wird er keine Lust haben, nach Carmen zurückzukehren. Er wird bleiben, und er wird Sie dort brauchen.

Vera sinnierte eine Weile, dann nickte sie.

-- Okay. Buchen Sie für mich? Genügend Geld habe ich dabei.

Nach einer Pause, die Cristina erkannte und abwartete, lächelte Vera plötzlich zaghaft.

-- In einem irren Sie. Sie werden Frank wiedersehen, denn er wird das starke Bedürfnis haben, sich zu bedanken.

Sie berührte überraschend Cristinas Hand.

-- Wissen Sie, es kann aufreibend sein mit ihm, manchmal ist er verletzt und dann sehr eigensinnig. Aber er ist auch anhänglich und treu und lieb.

Cristina lächelte ernst zurück. Hätte ihnen jemand zugeschaut, er hätte erkannt, wie nah beide den Tränen waren.

212

Dreiundsiebzig

Auf dem Flughafen von Arrecife war erst mal Warten in einem fensterlosen Raum angesagt. Frank ertrug die Untätigkeit leichter als das Hitlerbärtchen, das, raus aus dem Kabuff, rein in den Kabuff, rastlos unterwegs war, böse guckte und so unchristlich fluchte, dass sein Erzeuger als Verehrer der Jungfrau Maria erbleicht wäre.

„Aber wo kein Flieger ist, ist kein Fliegen", murmelte Frank in den Bart, als der Giftzwerg wieder mal nach draußen tobte.

Schließlich gab es doch einen. Sie bestiegen einen alten Klepper mit Gurten statt Sitzen, in dem Frank sich völlig ruhig verhielt, nachdem einer der beiden Helfer Aznars ihn angeleint hatte. Er schloss die Augen und genoss das kleine Glück, immer und überall schlafen zu können, wenn nur der Untergrund sich bewegte.

Der Flug verlief glatt, auch die Landung.

Auf dem militärischen Teil von Los Rodeos warteten ein Jeep und ein Pritschenwagen auf sie. Als sie losfuhren, rumpelte der Pritschenwagen wie blöd, so dass der Fahrer gleich wieder anhielt und der Jeep, der schon vorgepresst war, wieder umkehrte.

Das Hitlerbärtchen verfluchte Gott, die Jungfrau und alle Heiligen, ging dann aber mit seinen Helfern in die nächste Baracke Kaffee trinken. Frank ließen sie sitzen.

Der Fahrer hatte keine Eile beim Radwechsel. Auch gab er Frank Wasser zu trinken und öffnete die Tür, damit er nach der anderen Seite hin sich erleichtern konnte. Als er endlich den neuen Reifen montiert hatte, zeigte sich, dass der Ersatzreifen zwar nicht platt war, aber viel zu wenig Luft hatte. Er marschierte zu der Baracke und teilte mit, dass er erst zur Garage müsse, um den Reifen aufzupumpen.

Statt zu fluchen, forderte Aznar einen seiner Schuhputzer auf, den „Kommunisten" zu holen. Als Frank aus dem Wagen bugsiert wurde, sah ihn der Fahrer an und zuckte kaum merkbar mit den Schultern. Frank atmete tief durch.

Obwohl der Fahrer erneut keine Eile bewies, tauchte er schließlich doch wieder vor der Tür auf, und die Reise begann. Sie führte nicht weit. Frank konnte aus dem Fenster erkennen, dass sie nach San Cristóbal reinfuhren, und bald war das Ziel erreicht: ein weitläufiges, in Teilen verlassenes Kasernengelände, das trostlos unter der schrägen Sonne des Nachmittags lag. Der Jeep hielt vor einem zweistöckigen Backsteinbau.

Als die Helfer mit Frank aus dem Pritschenwagen steigen wollten, hatte der Fahrer eine Botschaft für sie.

-- Hier gibt's keine Kantine und nix. Wenn ihr nicht hungrig und durstig ins Bett gehen wollt, müsst ihr euch was besorgen.

Dieser Notstand leuchtete selbst dem Hitlerbärtchen ein. Er schickte den Pritschenfahrer zum Einkauf los.

Bis zur Rückkehr besichtigten die Gardisten die Unterkunft, schimpften über Betten, Beleuchtung und stinkende Toiletten, dann richteten sie einen Raum zum Verhör her. Frank ließen sie unbehelligt, wenn auch mit Handschellen auf dem Rücken in einer Ecke sitzen.

Als der Fahrer nach einer kleinen Ewigkeit wieder aufkreuzte, stellte er eine große Tragetasche auf den Tisch und packte aus. Aznar & Co schnappten sich gleich ein Bier. Während sie tranken, legte der Fahrer die leere Tasche in der Ecke ab, in der Frank kauerte.

-- Ein paar Huren oder die Feuerwehr, zischte Frank ihm zu.

Der Fahrer fragte die Gardisten, wann er morgen da sein solle.

-- Bring uns für halb 9 ein Frühstück, beschied ihn Aznar junior.

Für das Abendessen nahmen sich die vier Gardisten Zeit. Der Fahrer des Jeeps war mit dem Rottenführer per du, ihre Unterhaltung drehte sich nur um den Kommiss und war ein unflätiger Abgesang auf Kameradschaft und Zusammenhalt. Frank, der den bundesdeutschen Kommiss in einer seiner ordinärsten Formen aus dem Effeff kannte, rollte schon mal mit den Augen, obwohl er nur die Hälfte verstand.

214

Als das Bier getrunken war, zauberte Aznar eine Flasche Osborne Veterano auf den Tisch und begann, mit seinem Kumpan zu saufen. Als die Flasche fast leer war, bewegten sie sich in den vorbereiteten Raum und ließen Frank reinbringen. Draußen sank die Abenddämmerung.

-- Zieht ihn aus!

Die Schuhputzer lösten Franks Fesselung an den Händen, entkleideten ihn bis auf den Slip und fesselten ihn nun an den Füßen. Aznar platzierte seinen Stuhl gegenüber dem Stuhl, auf den Frank gesetzt wurde, der Saufkumpan nahm schräg dahinter Platz.

Aznar ließ eine Tasche bringen und entnahm ihr eine Reitgerte.

-- Wir beginnen mit dem Verhör, tönte er, setzte sich und ließ die Gerte wippen.

Dann stand er wieder auf und stellte sich hinter seinen Stuhl.

-- Wie hat es dir die italienische Schlampe besorgt? sabberte er.

Frank schaute ins Ungefähre.

-- Ich habe dich was gefragt, du Mistkerl! Wie hat es dir die italienische Schlampe besorgt?

Er ließ die Gerte zischen.

Frank schaute ins Ungefähre.

-- Steh auf! brüllte der Giftzwerg.

Frank stand auf, so gut es ging.

-- Wie und wie oft hat es dir die italienische Schlampe besorgt? Ich frage dich ein letztes Mal. Du kriegst ja schon einen Steifen, wenn du nur daran denkst.

Frank schaute ins Ungefähre.

Aznar ließ die Gerte einmal rechts, einmal links an Franks Kopf vorbeijaulen, dann verlor er die Beherrschung und hielt mittig drauf. Die Gerte traf über der Nasenwurzel und legte eine Spur über die Stirn bis in den Haarschopf hinein, sie begann zu bluten.

Frank schrie und duckte den Kopf weg.

-- Du feige Sau, du mieses Stück, du Wanze, brüllte Aznar und verpasste Frank einen zweiten, härteren Hieb über Schulter und Rücken.

Frank ließ sich fallen und vergrub liegend den Kopf unter den Armen.

Aznar baute sich vor ihm auf, da rumpelte es vor der Tür gewaltig.

Der Folterknecht hielt verdutzt und besoffen inne, einen Augenblick später flog die Tür auf und ein Typ wie ein Grizzlybär kam herein.

Der Grizzly packte Aznar an dem Arm, der die Peitsche hielt und riss ihn von Frank weg. Er herrschte den Jeep-Fahrer an, Franks Fesselung zu lösen. Dazu musste einer der Schuhputzer ran. Als Frank die Beine bewegen konnte und sich anschickte aufzustehen, scheuchte der Grizzly Aznars Bande aus dem Raum.

Frank kam hoch, er probierte seine Füße aus, wischte mit der Hand Blut aus dem Gesicht und leckte daran. Dann sah er erstmals auf. Jetzt löste der Grizzly den Griff und gab Aznars Arm frei. Das Hitlerbärtchen rüttelte sich zurecht und kam breitbeinig zum Stehen. Frank blickte den Grizzly an, nickte mit dem Kopf und machte einen Schritt auf ihn zu.

Der nächste Schritt war ein Tritt. Er traf den Folterknecht schräg und wuchtig an den Eiern und faltete ihn zusammen wie ein Klappmesser.

Der Grizzly verpasste Frank eine Maulschelle, aber nicht zu grob.

-- Das habe ich nicht erlaubt.

-- Aber erwartet, sagte Frank und wischte nun das Blut an Hals und Schulter.

Der Grizzly rief einen Namen, herein kam einer seiner Leute.

-- Schlepp den Kerl raus, der hat, wie heißt das noch, eine Bindegewebsschwäche.

-- Einen Nervenanfall, fügte er hinzu, als Frank ihn ungläubig anschaute.

Nun waren beide in dem Raum allein, und der Grizzly hatte eine Botschaft.

-- Deine Rettung verdankst du „Hans" und den Kameraden.

-- Und dir, sagte Frank, danke.

-- Pah, machte der Grizzly, die Kameradschaft, das ist es.

-- Du hast Recht, Freundschaft und Kameradschaft, lieferte Frank nach.

Vierundsiebzig

Vor Beginn des förmlichen Empfangs der Handelskammer suchte und fand der Gouverneur eine gute Bekannte.

-- Eleanor! Wie lange haben wir uns nicht gesehen?

-- Du bist ja nur noch in Madrid, übertrieb die Frau Konsul.

Sie stellte ihren Begleiter vor, keinen anderen als Mirabeau, und bemerkte beiläufig, dass sie dabei sei, die Verbindungen nach Deutschland wieder zu stärken, die touristische Erschließung des Südens brauche Partner nicht nur aus dem Mutterland und aus England.

Der Gouverneur war mit den Gedanken woanders und zog sie, Mirabeau um Entschuldigung bittend, zu einem vertraulichen Tête-à-Tête beiseite. Er fragte sie nach Vera Mühlen und Frank Barreur. Als er merkte, dass sie Bescheid wusste, ließ er raus, dass Barreur sich seit dem Nachmittag auf der Insel befinde. Er gehe davon aus, dass er heute Abend sich frei werde bewegen können. Ob er in diesem Falle auf sie zukommen dürfe?

Elea, die seit dem Nachmittag von Abián wusste, was in Lanzarote abgegangen war, bekniete den Gouverneur.

-- Barreur muss freikommen! Gegen ihn liegt nichts vor. Was glaubst du, was in der deutschen Presse los ist, wenn ein unbescholtener Tourist, um dessen Freilassung die deutsche Regierung nachdrücklich ersucht, von durchgeknallten

Altfaschisten der Guardia Civil durch den Wolf gedreht wird. José! Das sind doch nicht deine Leute! Das ist doch nicht die Zukunft Spaniens!

-- Ich tue, was ich kann, versicherte der Gouverneur.

Beim Empfang nach dem Empfang war von dem Herrn Gouverneur weit und breit nichts zu sehen. Elea und Mirabeau machten Small Talk hier, Honneurs da, nahmen Freundlichkeiten entgegen und schickten sich schließlich an zu gehen. Da kam der Referent des Gouverneurs mit einer guten Nachricht.

-- Von Don Raffael darf ich ausrichten, dass Herr Barreur frei ist! Der Gouverneur bittet Sie, am Flughafen den Chef des Zolls zu kontaktieren, er wird sie zusammenbringen.

-- Ich hätte eher auf „Lost and found" getippt, witzelte Mirabeau, aber seine Erleichterung war ebenso mit Händen zu greifen wie die Eleas.

-- Geht es Herrn Barreur gut? stellte Elea die näherliegende Frage.

-- Ich nehme an, ich weiß nichts Gegenteiliges, sagte der Referent.

Mirabeau steuerte den Defender aus Santa Cruz heraus und verließ die Hauptstraße nach Puerto bald wieder Richtung Flughafen. Die Blaue Stunde war vorüber, es wurde dunkel.

Fünfundsiebzig

Vera und Abián hatten sich ein Wägelchen besorgt, der Guanche schob das umfängliche Gepäck aus dem Ankunftsbereich raus, mit dem Aufzug fuhren sie in die Haupthalle. Sie suchten sich im Restaurant einen Tisch, besorgten Kaffee, dann suchte Abián einen Fernsprecher, um zu telefonieren.

Nach zwanzig Minuten tauchte er frustriert wieder auf.

-- Ich erreiche niemanden. In der Villa geht keiner ans Telefon, und im Hotel heißt es, Fred und Eileen hätten sich nach Orotava abgemeldet. Bei der Handelskammer hat gerade das offizielle Programm angefangen, und niemand ist imstande, Elea rauszuholen oder auch nur zu informieren, dass wir am Flughafen sind.

Er blies die Luft von sich und schaute Vera ratlos an.

-- Lass uns warten, sagte Vera, wenn der förmliche Teil bei der Handelskammer vorbei ist, werden wir sie erreichen. Für sie ist es ein Klacks, uns hier aufzulesen, alles andere ist viel umständlicher.

Vera besorgte sich eine 'Frankfurter Rundschau' und versank ins Lesen, Abián schaute den Mädels nach. Aber dann zog auch er los, kaufte die „Marca" und das Insel-Blatt und stand Vera nicht nach. Die hatte auch noch einen neuen „Spiegel" ergattert, und wurde so glücklich abgelenkt von den spanischen Geschichten.

— — —

Als Abián meinte, das offizielle Programm in Santa Cruz sei gelaufen und zum Telefonieren wollte, bat Vera um fünf Minuten Aufschub. Sie sauste um die Ecke, danach vor die Halle, um Luft zu schnappen und zu rauchen.

Am Taxistand kam ein kleiner militärischer Konvoi zum Halten, die Weiterfahrt war durch Ein- und Aussteiger blockiert. Sie schaute beiläufig hin, dann genauer, sie trat an den Bordstein und erschrak fürchterlich. Auf dem Rücksitz des Jeeps erkannte sie ihren Gefährten, das Gesicht blutverschmiert, den Kopf wie ohnmächtig zurückgelehnt.

Veras Schrecksekunde verging, und sie begann an die Scheibe zu hauen. Frank fand nur schwer und desorientiert aus dem Dusel. Als er Vera mit Bewusstsein sah, fuhr der Jeep schon wieder an. Vera lief mit, sie trommelte jetzt nicht nur an die Scheibe, sie schrie auch. Nach ein paar Metern hielt der Jeep an, und der Grizzly auf dem Beifahrersitz öffnete die Tür. Er stieg aus, kippte seinen Sitz nach vorne, hielt Vera galant und lächelnd die Hand hin und bat sie einzusteigen.

Auf den Rücksitzen streckte ihr ein wacher und überwältigter Barreur beide Arme entgegen. Sie hielt genug Abstand, um ihn fixieren zu können, sie erfasste die blutigen Striemen, das wirre Haar und eine Träne. Erst dann näherte sie sich ganz sachte seinem Gesicht und sah noch, dass er die Augen schloss, bevor sie ihn auf den Mund küsste, wie man ein Baby auf den Mund küsst. Willenlos wie er jetzt war kuschelte sie ihn in ihre Arme und begann ihn zu wiegen. Jetzt weinte er richtig. Das war ihr recht und auch wieder nicht wegen der fremden Leute.

-- Was hast du dem da vorn gesagt, damit er hielt und mich rein ließ?

-- Mi mujer, la madre de mis hijos, meine Frau, die Mutter meiner Kinder.

-- Nur wenn du diese Abenteuer aufgibst, sagte Vera streng.

Aber dann küsste sie ihn auch gleich wieder, diesmal richtig.

Der Grizzly lieferte sie beim Zoll ab. Beim Abschied nahm er Frank beiseite und zeigte auf die strahlende Vera.

-- Ich hätte dich nicht ohrfeigen sollen.

-- Pah, sagte Frank, packte ihn an den Oberarmen und schüttelte ihn dankbar.

— — —

Der wartende Notarzt versorgte Frank durchaus fachmännisch und meinte, die Stirn werde wohl ohne Narbe bleiben, Kopfhaut und Schulter eher nicht.

-- Besser so als anders, kommentierte Vera.

Der Chef vom Zoll traf ein. Er überbrachte die herzlichen Grüße des Gouverneurs und bekräftigte sie, als seine Überraschungsgäste ihn erstaunt anblickten, bevor sie zu begreifen begannen, Frank mehr als Vera. Er kündigte die Señora Cónsul an, sie sei unterwegs zum Flughafen. Er versprach, Abián holen zu lassen.

Als Abián das Wägelchen durch die Tür schob und Vera sah, ließ er das Gepäck sausen, eilte zu ihr, umarmte sie und hob sie in die Höhe.

-- Mein Gott, vor der Halle haben sie mir erzählt, du seist gekidnappt worden!

Vera nahm die Liebesbezeugung erfreut und ungeniert hin. Dann stellte sie Frank und Abián einander vor. Frank konnte die Zeichen deuten.

-- Ich dachte, diese Nummer habe ich erfunden, lachte er und schüttelte einem ernüchterten und nun erleichterten Abián kräftig die Hand.

Als Elea und Mirabeau hereinstürmten, war der Ablauf der Begrüßung etwas anders. Der Wikinger ging auf Frank los, nahm ihn zur Brust und stemmte ihn in die Höhe, seine Erleichterung war riesengroß und Franks Rührung echt. Dann stellte er Elea vor. Er ließ von beiden ab, als sie ins Gespräch kamen, und hob nun eine glückliche Vera deutlich länger in den Himmel, als die kurze Trennung nahegelegt hätte. Abián beobachtete den Vorgang kritischer als Frank.

Elea begegnete Frank mit Wärme und spontaner Zuneigung. Sie lud ihn in die Villa am Hang ein, und bitte, nicht nur für diese Nacht. Er sagte zu – aber nur wenn auch Platz für Vera sei ...

Sie blickte zurück und wurde ernst.

-- Das war knapp. Der Gouverneur hat wohl geholfen.

-- Ja, sagte Frank, ich nehme an, seine Leute waren für die Verzögerungen verantwortlich. Ohne die wäre es mir sehr schlecht ergangen. Ich werde mich bedanken.

Elea wandte sich nun Vera zu, der Chef vom Zoll schenkte Portwein ein, die Stimmung war gelöst.

Frank fragte den Oberzöllner, ob er das Telefon benutzen dürfe. Er durfte und wählte das Fariones.

Cristina war nicht mehr am Desk. Laura hob nicht ab, Inka ebenso wenig. Bei den Meisers bekam er Claudia dran, schlaftrunken.

-- Ich bin frei, Claudia.

-- Das wissen wir schon, sagte sie, wir haben uns so gefreut! Ich möchte dich umarmen!

-- Und wo sind Mama und Papa?

-- Die sind mit den Anderen zum Feiern in die Stadt gefahren, glaube ich.

-- Sag ihnen bitte, dass ich angerufen habe und mich bedanke.

-- Ach François, sagte die Kleine, die nicht mehr so klein war, komm rasch zurück!

Auf der Fahrt ins Orotava-Tal wurde Frank von Vera und Elea in die Mitte genommen. Er schlief bald ein.

— — —

In der Villa hatten Fred und Eileen einen nächtlichen Champagner-Empfang vorbereitet. Vor die Eingangstür hatten sie einen Beistelltisch geschoben, darauf eine weiße Tischdecke, drei Flaschen Freixenet brut, römisch gekühlt, und schlanke, funkelnde Gläser.

Eileen hatte in Eleas Abstellkammer eine Federboa aufgetan und sich einen Kopfschmuck gebastelt, sie hatte sich den Nasenrücken weiß angemalt, dazu trug sie eine Fransenjacke. Als die Ankömmlinge sich aus dem Defender schälten, erhob sie die Arme und blickte zum Himmel. Über der Szenerie stand gleißend hell der volle Mond.

-- Wahrlich, ich sage euch, begann die gelernte Baptistin, jetzt aber Schamanin Eileen, wenn an einem 29. Februar unter den Augen der im vollen Glanz erblühten Luna ein guter Mann gerettet wird und erlöst, dann dürfen alle sich glücklich schätzen, die ihn als Freund wissen, denn die guten Geister in den Blumen, in den Bäumen und im Wasser lieben nicht nur ihn, sondern alle, die mit ihm sind. Sie sagen uns: Auf das Wohl der Gerechten!

222

Unter Beifall und Jubel kam der Pulk heran. Fred schüttelte Frank amerikanisch die Hand und riss ihm fast den Arm aus. Dann überließ er ihn Eileen und hob eine glückliche Vera in den Himmel.

-- Darf ich das auch? entfuhr es Frank, und als die Schamanin nickte, stemmte er sie hoch wie an Karneval die Focke, was sie mit einem lustvollen Quietschen quittierte.

Es war der 29. Februar, Teneriffa lag ruhig, sie feierten bis tief in den 30. hinein ...

Als alle Flaschen geleert waren und der gemeinschaftliche Teil zu Ende ging, löste Vera ihren Gefährten aus einem Gespräch mit Eileen. Während Frank eine letzte Zigarette bei Mirabeau schnorrte, umfasste sie ihre Blutsschwester an der Schulter.

-- Ich weiß, du denkst, du hast noch etwas gut. Vielleicht hast du recht. Aber nicht heute Abend, auch wenn dir die Lust aus allen Poren dringt!

Beim letzten Satz rüttelte sie Eileen mächtig durch, funkelte mit den Augen und streckte ihr lachend die Zunge raus. Das konnte Eileen aber auch, sie war ja gleicher Meinung.

Blutsschwestern.

Sechsundsiebzig

Vera führte Frank an der Hand in das Zimmer mit dem großen Fenster.

-- Als ich das erste Mal hier war, nannte Elea diese Villa ein echtes Bauhaus-Schätzchen, und mich beeindruckte ihre Weitläufigkeit, in diesem großen Zimmer war ich seitdem nicht mehr, erklärte sie mit ausladender Geste.

Frank kniete sich auf das breite Bett und bewunderte die Aussicht auf den Garten im Mondschein.

Vera zündete im Bad Licht an und zog ihn dorthin.

-- Ich muss unter die Dusche, befand er im entschiedenen Tonfall der friedlichen Trunkenbolde und zog das Hemd aus.

223

Vera besah die Wunden und riet ab.

-- Mach das nicht, nicht heute Nacht schon, ich wasche dich. Setz dich.

Ihre Hand war ruhig, wenn auch nicht so schnell und genau wie sie ohne das gehörige Quantum Schampus gewesen wäre. Sie beschränkte sich auf die gewissenhafte und vorsichtige Reinigung von Kopf und Schulter.

Frank saß schlaff auf dem Schemel. Er genoss mit geschlossenen Augen ihre Hand und das warme Wasser auf der Haut. Dabei streichelte er ihre Schenkel an der Innenseite, doch es war eine Geste aus Gewohnheit, sie bewegte ihn nicht.

Vera überließ ihm den Waschhandschuh und verschwand im Schlafraum. Frank streifte die restliche Kleidung ab. Er wusch den Körper nachlässig und prüfte mechanisch Muskel und Glieder. Schicker wie er war, schlich er danach zur Tür und linste durch einen Spalt in den Schlafraum.

Vera stand unbewegt am großen Fenster und schaute den Mond an. Schließlich drehte sie sich um und kleidete sich aus. Wie gewohnt schmiss sie alle Wäsche auf einen Haufen. Sie lüftete die Bettdecke, machte leise „huch", hob mit spitzen Fingern einen schwarzen Boxer Short hoch, ließ ihn fallen und kickte ihn unters Bett.

Frank sah und wurde wach, die Spannung seines vegetativen Nervensystems sprang von zwanzig auf sechzig.

Als sie in der Tür zum Bad erschien, trat er auf Zehenspitzen an sie heran, schob beide Hände und Arme unter ihren Achseln durch und berührte ihre Schulterblätter von hinten zart mit den Fingerkuppen. An ihrem Bauch aber stieg er hoch und sogar höher, auch hier war die Berührung leicht. Er nahm den Kopf zurück und sah ihr in die Augen.

Man darf annehmen, dass sie im Stande gewesen wäre, die Bereinigung der Schlafstatt mit der gleichen Überzeugungskraft zu überspielen wie die Kenntnis des Zimmers mit dem großen

224

Fenster, aber er sprach ja nicht mit ihr. Da lächelte sie stattdessen ihr schönstes Lächeln und riss die Augen weit auf.

-- Ich wusste es! So müde kannst du gar nicht sein!

Sie küsste ihn im Stehen, danach im Liegen. Als er sich unter ihr Herz geschoben hatte, ergriff sie ihn mit beiden Händen und langen Nägeln am tiefen Rücken und ermunterte ihn zur Tat mit einer scharfen Aufforderung, an die er sich aus ihrem Mund nicht erinnern konnte. Das gab ihm vegetativ den entscheidenden Kick und ihr die volle Zuversicht zurück.

Siebenundsiebzig

Beim Frühstück am Hang über Puerto de la Cruz waren alle noch etwas geschafft. Frank war besonders einsilbig und mit den Gedanken auf Reisen. Vera, die dieses Verhalten kannte, zog ihn nach dem zweiten Croissant vom Tisch.

-- Wir machen eine Tour, erklärte sie ohne weitere Erläuterung.

Im Zimmer mit dem großen Fenster zog sie feste Schuhe an und band sich eine leichte Jacke um die Hüfte. Ihm setzte sie den Strohhut auf, so dass die Pflaster am Kopf nicht mehr zu sehen waren. Sie holte seine Fototasche aus der Ecke und hing sie über die Schulter.

Frank verfolgte ihren Tatendrang und war jetzt gedanklich präsent.

-- Bist du sicher, dass ich mit dir wandern will? fragte er mit leichter Ironie.

-- Liebling, sagte sie mit fester Stimme, du musst herunter auf den Boden. Das gelingt dir am besten, wenn du läufst, wenn ein unbekanntes Terrain deine Neugier fesselt und wenn du dich beim Fotografieren auf die Landschaft, auf Bäume, Blumen und kleine Tiere konzentrierst. Richtig?

Er nickte, und sie liefen Richtung Orotava los, meist leicht bergab.

Anfangs trottete Frank entlang der Felder und Pflanzungen, als gingen sie ihn nichts an. Vera beobachtete, wie er nach einer Weile als erstes die Geometrie der Kulturlandschaft wahrnahm. Er schraubte das starke Weitwinkelobjektiv auf und blickte öfter durch den Sucher. Als er zu fotografieren begann, war sie dabei und nahm selbst die Kamera vors Auge, um seine Komposition zu begutachten.

Stattliche Bäume und sehenswerte Häuser waren selten, Blumen zu dieser Jahreszeit ebenso. Doch dann gab es plötzlich einen Aussichtspunkt mit einem bezaubernden Nah-Panorama und wenig später einen vernachlässigten Teich in geschützter Lage, an dem schon der Frühling ausgebrochen war. Sie setzten sich auf eine morsche Bank.

-- Das war eine gute Idee, befand Frank und nahm Veras Hand. Er streichelte den Handrücken und hauchte einen Kuss darauf. -- Ich kann mich auch etwas später bei denen in Lanzarote und in Bonn bedanken.

-- Du hast ja allen danke gesagt, über das Mädchen, und Mirabeau hat es für dich in einem Anruf bei Paul Zabel getan, das reicht für den Anfang, beruhigte Vera, jeder wird verstehen, dass du jetzt Abstand gewinnen musst, und wahrscheinlich sind sie in Carmen nach der irren Hektik gestern froh, wenn das Telefon nicht geht.

Frank wollte ihr nicht widersprechen, es dauerte, bis seine Antwort kam.

-- Du hast Recht. Aber es gibt einen Sonderfall, und das ist Cristina. Die Verzögerungen, die der Gouverneur veranlasste und die meine Haut gerettet haben außer hier und hier – er zeigte auf Stirn und Schulter – die gehen auf ihre Intervention zurück, das ist mir auf der Fahrt zum Flughafen klargeworden. Der Grizzly, das war Bonn, aber er kam auf den letzten Drücker.

-- Sie läuft nicht weg, war Veras Antwort.

Dann suchten sie den Rand des Teichs ab, und Frank zog seine beste Linse auf, ein Yashica Makro 1:4/50 mm. Bald war er ganz bei sich.

In Orotava folgten sie der Beschilderung für das Rathaus und fanden so die Hijuela del botánico, einen Park, dessen Anfänge im 18. Jahrhundert lagen. Dort schauten und staunten sie erst nur.

Später fabrizierten sie mit Selbstauslöser auch ein Porträt vor mächtigen Farnen, von dem Frank sogleich behauptete, es sei nichts geworden, weil solche Kunststücke nie was würden.

-- Dann machen wir noch zwei, insistierte Vera.

Gesagt, getan.

In der Bodega, in der sie einen Happen aßen, fand eine entspannte Vera entschieden mehr Beachtung als der merkwürdige Typ, der selbst beim Essen den Hut aufbehielt. Sie registrierte die Aufmerksamkeit mit dieser sanft erregten Genugtuung, deren Ausdruck Frank an ihr mehr liebte als alles andere, vielleicht abgesehen von dem Seufzen nach dem Fallen. Sie registrierte auch seine Reaktion und schlang die Arme spontan um seinen Hals.

-- Dein Schirm ist wieder aufgespannt, Schatz, und ich bin drunter!

In der Villa am Hang, war nur die Hauswirtschafterin, als die beiden von der Wanderung zurückkehrten. Sie händigte Vera ein Briefchen aus:

„Liebe Vera, wir sind ins Hotel zurückgekehrt und werden dein Zimmer für eure Rückkehr vorbereiten lassen. Wir hoffen euch spätestens zum Abendessen wiederzusehen. Alles Liebe, Eileen".

Frank hatte Lust auf ein Nickerchen, Vera zog es an den Pool. Es war zwar etwas diesig geblieben, aber die Sonne war für ein sanftes Bräunen gerade richtig, und warm genug, war es auch.

Frank sah ihr, auf dem Bett sitzend, beim Umkleiden zu, ploppte freundlich mit den Lippen und machte keine Anstalten, ins Bad zu gehen. Als sie ihn winkend verlassen hatte, beobachtete er durch das große Fenster, wie sie sich am Pool einrichtete. Als sie ausgestreckt lag, ging er auf die Knie und holte unter dem Bett den Boxer Short hervor.

-- Da hatten wir wohl beide den gleichen Gedanken, säuselte er vor sich hin.

Das Teil sah er sich etwas näher an. Es war schwarz, von guter spanischer Qualität, wie frisch gewaschen und doch getragen.

-- Kein alter Mann, grinste er und legte seine Klamotten ab.

Er machte zwei Schritte zur Dusche, dann wandte er sich zurück und zog das Teil kurzerhand an. Es war ihm etwas zu groß, aber dann doch nicht, als er im Bad sein Spiegelbild betrachtete. Nach dem Duschen hängte er es über den Duschkopf.

– – –

Vera lag auf dem Bauch und war eingeschlafen, als Abián sich auf Zehenspitzen näherte. Er betrachtete sie mit Wohlgefallen, dann guckte er sich vorsichtig um, legte sich an ihrer Seite auf die Liege und patschte sie dezent auf den Po. Er war in Badehose.

-- Was machst denn du um diese Zeit hier, fragte ihn Vera, nachdem sie erst erschreckt gekiekst und sich dann umgeschaut hatte, und gleich auch noch in Badehose, willst du nicht mehr arbeiten?

Abián schüttelte den Kopf.

-- Ich habe Urlaub genommen, morgen fliege ich nach Madrid zu meinem Alten.

Vera setzte sich auf und musterte ihn. Sie lächelte fragend.

-- Abián, du siehst gut aus. Aber warum willst du weg?

-- Mir geht es gar nicht gut, kam die Antwort, dein ungebrochener Held ist zwar sicher ein netter Kerl, aber er hat unser Paradies zerstört. Was soll ich noch hier? Abends in die Disco gehen und Jagd auf Engländerinnen machen?

Vera widersprach nicht, sie sah ihn verständnisvoll an.

-- Als er nicht da war, hat mich das Ding mit Mirabeau kalt gelassen, irgendwie habe ich sogar den Sinn verstanden, ich hatte ja auch dich, jedenfalls den freien Blick auf dich und deine Gesellschaft, um mich zu fangen und zu sortieren. Und jetzt? Nichts mehr.

Vera empfand ihm nach.

-- Was willst du in Madrid machen?

-- Ich gehe das mit dem Studium an und mache mir einen Kopf für den Herbst.

Vera legte ihm die Hand auf die Brust und klopfte ihn ab. Er hielt in einem Reflex ihre Hand fest, doch sofort ließ er sie wieder los, drehte sich auf den Bauch und vergrub den Kopf.

— — —

Als Elea und Mirabeau um 6 nicht da waren, hinterließ Vera ein Dankbriefchen und war froh, dass Abián sie und Frank ins Hotel fuhr.

Im Sol hatte die Amerikanerin ganze Arbeit geleistet. Statt im ursprünglichen Zimmer logierten die beiden jetzt unmittelbar neben Fred und Eileen, alles war vorbereitet, auf dem Tisch standen Früchte, Wasser und Wein. Am Desk hatte Frank seinen Ausweis vorgelegt, aber Sofia hatte abgewinkt.

-- Das regeln wir so, sagte sie, machte eine wegwerfende Geste und schenkte ihm ein warmes Lächeln.

Für das Essen ordnete Eileen Abendkleidung an, ein Befehl, dem Fred und Frank, anders als die Frauen, nur in Grenzen nachkommen konnten. Dafür waren sie früher fertig und zogen schon mal ab.

Fred erinnerte sich und bereitete Frank vor. Sie holten sich ein Helles und beobachteten den Aufzug. Dort traten bald die beiden Frauen heraus, blieben unschlüssig und erwartungsvoll stehen. Sie machten schwer was her und zogen Blicke auf sich. Das genossen sie, aber es tat sich nichts.

Als Fred sie schon erlösen wollte, kam der Maître de Plaisir aus der Kulisse geschossen, schaute sich nach Störenfrieden um, entdeckte keine und verpasste Vera und Eileen seinen kompletten andalusischen Charme. Wie in der Woche davor geleitete er die Damen zum besten Tisch in der Mitte des Restaurants und ließ Schampus kommen.

Anders als beim ersten Mal mit Mirabeau bedankte sich Fred bei diesem Déjà-vu ausgesucht höflich beim Gastgeber, als er mit Frank die freien Plätze besetzte.

-- Im Luxushotel braucht man entweder Geld oder eine schöne Frau, fiel Frank dazu ein.

-- Am besten beides, meinte Fred aus Missouri.

— — —

Während die Männer nach dem Essen in der Bar Fußball gucken wollten, zogen die Frauen ein Glas Wein auf dem Balkon vor.

-- Wir gehen zu dir, sagte Eileen.

Oben angekommen steckten sie sich im Freien erst mal eine Ducato an. Dann nahm Eileen die Weinflasche zwischen die Knie, sie entkorkte sie mit Schmackes und der Zigarette im Mundwinkel. Es war ein Rioja aus dem Baskenland. Einen Fingerhut schwappte sie über die Brüstung, dann schenkte sie ein.

-- Der würde Mirabeau gefallen, befand Vera, den müssen wir einen Moment stehen lassen, bevor wir trinken.

Sie nahmen Platz und stellten die nackten Füße auf das Mäuerchen.

-- Gefällt dir das neue Zimmer? fragte Eileen.

-- Klar, antwortete Vera und schaute die Blutsschwester gut gelaunt an.

-- Das musste aber auch sein, erklärte Eileen, was hätte Frank gedacht, wenn er in Mirabeaus Bett gelandet wäre?

Vera hob die Nase in den Wind.

-- Es war dringend nötig, dass ihr aus der Villa ausgezogen seid, setzte Eileen ihre Weltbetrachtung fort. -- Ich habe ja bewundert, mit welcher Selbstverständlichkeit du dich gestern Nacht unter immerhin vier Liebhabern bewegt hast, und das meine ich ehrlich

230

anerkennend. In Hollywood hätte das nicht mal Laureen Bacall besser gekonnt – und Laura Martini schon gar nicht. Aber wie sollte sich Frank in einem solchen Ambiente erholen?

Vera schüttelte mit offenem Mund ungläubig den Kopf. Dann begann sie laut zu lachen, und der ganze Körper lachte mit.

-- Du bist ja so scheinheilig ...

Eileen stimmte in das Lachen ein und bebte nicht weniger.

-- Auch wenn du es nicht glauben wirst und es mich selbst immer wieder verwirrt: Frank mag es, wenn ich begehrt werde. Er hat dann stets eine Hand an mir, und sobald er mit mir allein ist, raubt er mir die Sinne, suchte Vera Aufklärung zu schaffen.

Nun schüttelte Eileen den Kopf, wenn auch nicht so heftig.

-- Jetzt verwechselst du was. Dass du begehrt bist, ist eine Sache, dass du dich hingegeben hast, um mich vornehm auszudrücken, ist eine andere.

-- Nein, du verstehst es nicht! Wenn einer hinter mir her ist, fällt ihm siedend heiß ein, dass er kein Patent auf mich hat und meine Zuneigung nicht vom Himmel fällt. So ist es!

-- Einer, einer, Baby, aber hier sind es vier!

-- Drei, bitte, ihn selbst wirst du ja nicht mitzählen wollen! Außerdem tust du so, als wüsste er, wie und wem ich mich hingegeben habe, um dieses nicht ganz zutreffende Wort aufzugreifen. Das weiß er aber nicht. Oder meinst du, ich erzähle es ihm?

Eileen genoss diesen Austausch.

-- Du nicht, klar. Aber in dieser heiklen Angelegenheit sind die verflossenen Liebhaber das Problem.

Vera dachte nach und wollte nicht widersprechen. Sie hatte eine andere Idee.

-- Du jagst mir keinen Schrecken ein, Sweetheart. Schau, Frank hat in unserem Zimmer einen Boxer Short gefunden, und was hat er gemacht? Er hat ihn an die Dusche gehängt und kein Wort gesagt.

-- Wo hat er ihn gefunden?

Vera druckste.

-- Unterm Bett oder sonst wo, was weiß ich?

-- Baby, wenn du Recht hättest, läge dieses Corpus delicti immer noch unterm Bett!

Vera holte aus und boxte die Blutsschwester gegen den Oberarm, dann goss sie Wein nach.

-- Ich nehme an, sagte sie nach einem großen Schluck, alle deine Ermahnungen dienen einem unausgesprochenen Zweck. Du hattest eine Rechnung ausgestellt, sie wurde in Deutschmark bezahlt, jetzt willst du den Betrag auch noch in Dollar.

Eileen zeigte ihre schönen Zähne.

-- Nicht ganz. Es war zwar die falsche Währung, aber es wurde gezahlt. Wenn jetzt nochmals gezahlt werden soll, sieht es aus, als wolle ich einen Extraprofit einstreichen, ich bin aber keine Spekulantin.

-- Außerdem, diesen Punkt machte Vera mit Lust, sollte auch nicht der Eindruck entstehen, als wollten wir beide einfach so und machttrunken über den Körper eines Mannes verfügen.

Jetzt boxte Eileen Vera gegen den Oberarm.

-- Du hast Recht, das gehört sich nicht, weder so rum noch anders rum.

-- Also offen?

-- Offenes Spiel.

Achtundsiebzig

Paul Zabel hatte an der Koblenzer Straße einige Besorgungen erledigt und das Auto stehen lassen, um zu Fuß auf den Berg zu steigen. Als kleiner Junge war er den Weg oft gegangen, da seine Eltern diesen Ausflug und später das Restaurant in den Ruinen der Godesburg schätzten. War Opa dabei gewesen, hatte der Blick auf das Siebengebirge jedes Mal dazu gedient, ihm mit tollen Geschichten die Heimat näher zu bringen. Seitdem konnte er die sieben Berge im Schlaf aufzählen und überraschte gerne mit mehr als sieben davon.

Mathias Meier, mit dem er verabredet war, stand an der Brüstung nach Südosten und genoss den Ausblick. Paul trat hinzu, sie begrüßten einander, und Meier beschrieb mit dem Arm einen großen Schwenk.

-- Bei euch da oben ist die Luft ja wirklich besser als im Tal, aber ich schätze diesen Blick auf die sieben Berge doch mehr als das Leben in ihrem Schatten.

-- Die Geschmäcker sind verschieden, antwortete Paul.

Sie bezogen einen Tisch am Fenster, bestellten, dann kam der Anwalt auch schon zur Sache. Er hatte die Unternehmensliste gecheckt, die Kaufmanns verunglückte „Generalvollmacht" enthielt, er hatte ausführlich mit Dr. Huetli telefoniert, er hatte auch eine gewisse Kenntnis erlangt von Kaufmanns Einlassungen bei der Vernehmung, nun legte er seine Einsichten in einigem Detail dar.

-- Das war jetzt mehr als nur ein Überblick, fasste er danach das Ergebnis zusammen, es sieht besser für Sie aus, als es anfangs den Anschein hatte – und übrigens auch besser für Kaufmann, zumindest in Sachen Beihilfe zum Steuerbetrug. Der hat sich weitgehend auf Verjährung rausgeredet und darauf, dass Ihr Vater in den letzten Jahren keine Einkünfte mehr aus seinen Unternehmungen bezog, sondern die Gewinne vollständig reinvestierte. Das stimmt auch, und die Unternehmensgewinne sind in der Schweiz korrekt angezeigt worden, sagt Dr. Huetli. Sie werden also ein weitgehend unbelastetes großes Vermögen erben. Wie die Dinge liegen, werden Sie allerdings um die Erbschaftssteuer nicht herumkommen können, fügte er trocken hinzu, aber da sind Sie noch in den Fristen.

Nach dem Tellergericht zeigte sich, dass der Anwalt noch nicht fertig war mit seinem Bericht, eine Pointe hatte er sich aufgehoben.

-- Sie erinnern sich an Huetlis Lob für die unternehmerische Weitsicht Ihres Vaters? Die hat er mir gegenüber nun an einem aktuellen Beispiel belegt. Ihr Vater hat viele Millionen profitabel in die Zukunft der spanischen Tourismusindustrie investiert. Auf den kanarischen Inseln, vor allem auf Teneriffa, hat er dazu einiges Geld in den Erwerb von Grund und Boden gesteckt. Das fanden sie in der Bank nicht so toll, aber seit kurzem ziehen sie den Hut. Auf Teneriffa wird jetzt ein Entwicklungsplan für den Südwesten der Insel realisiert werden, der dem 'toten Geld' Ihres Vaters einen satten Profit verheißt.

-- Sie meinen, er wurde im Süden so eine Art Landlord? erkundigte sich Paul.

-- Anders, zu seinen Lebzeiten erwarb er in der Kante nur sehr viel wüstes Land, ein richtiger Landlord dort, das werden neben der Katholischen Kirche, einem kastilischen Adligen und einem venezolanischen Industriellenclan jetzt Sie werden!

-- Soll ich davon begeistert sein? zweifelte Paul.

-- Nicht so miesepetrig, Herr Zabel! Packen Sie den Koffer und reisen Sie gleich mal hin, noch sind Ihre Freunde dort, die werden sich freuen, Sie zu sehen.

-- Die würden sich vor allem wundern, vermutete Paul, jetzt auch noch Landlord --.

Neunundsiebzig

Eileen, Vera und Fred saßen in der Bar des Sol und warteten auf Frank. Er hatte sie am Nachmittag am Pool allein gelassen und sich in die Stadt abgemeldet: Filme und Zeitungen besorgen, einen neuen Strohhut kaufen, billiger telefonieren als im Hotel. „Frank braucht Bewegung, Strand oder Pool erträgt er immer nur eine bestimmte Zeit", hatte Vera den Freunden erklärt und sich auf

den Bauch gelegt, damit auch der Rücken genügend Sonne abbekäme.

Frank hatte erledigt, was er vorhatte, nur die Telefonate waren enttäuschend verlaufen. Er kippte nach der Ankunft ein kleines Helles und berichtete.

-- Inka habe ich nicht sprechen können, sie sei mit einer Gruppe Engländer unterwegs, hieß es. Cristina hat Urlaub genommen, keiner weiß, wie man sie erreichen kann. Die M ist jetzt auch bei Manrique gelandet und wird am Samstag die Insel verlassen. Mit den Meisers habe ich geredet und mich auf morgen Abend verabredet, sie fliegen am Sonntag. Roland hat erzählt, dass sie am Dienstag meine „Rettung" im Turm in Arrecife gefeiert hätten. Die M hatte alle dorthin eingeladen, auch den Onkel von Cristina, der bei der lokalen Polizei arbeitet und von dem wohl die entscheidenden Hinweise stammten. Die M hat übrigens Inka nicht vergessen, Sandra sagt, die beiden hätten lange miteinander gegluckt, viel gelacht und sich offenbar prächtig verstanden.

-- Die haben über Olivotti gelästert, deutete Vera diese überraschende Annäherung, und vielleicht haben sie ja auch deinen Charme besungen, Franco.

Sie sprach die italienische Fassung des Namens französisch aus und gedehnt. Frank machte ihr einen Kussmund, dann gingen sie zum Abendessen.

Später erbat er ihr Einverständnis für den Besuch. Sie hatte keinen Einwand.

-- Elea hat für Samstag eine Bootstour nach La Gomera vorgeschlagen, Freunde oder Geschäftspartner von ihr haben eine Yacht, die groß genug ist und auf der wir willkommen wären. Da fahr ich dann ohne dich mit, oder? eröffnete sie ihm.

-- Du bist erwachsen, sagte Frank.

Achtzig

Die Maschine war länger schon startbereit, aber noch war die Tür offen, und die Stewardess lächelte um Verständnis bittend in die Passagierkabine.

-- Muss ein hohes Tier sein, sagte hinter Frank ein Germane aus dem Ruhrgebiet zu seiner Frau.

-- Es gibt hier keine hohen Tiere, bekam er zur Antwort.

Dann ging es schnell, und im Eingang stand Cristina Montt. Sie sah Frank, verschmähte ihren Sitz in der ersten Reihe und ließ sich neben ihm in der zweiten nieder. Sie sprachen kein Wort miteinander, sondern schauten sich nur österlich an und schüttelten beide den Kopf.

Die Stewardess prüfte die Ordnung der Gurte, dann ging es los. Beim Abheben suchte Frank Cristinas Hand und visitierte sie. Sie tat es ihm gleich. Als der kurze Steigflug beendet war, schaute sie ihm in die Augen.

-- Du fürchtest dich vorm Fliegen?

-- Eher vor spitzen katalanischen Zungen.

Frank löste den Gurt und entspannte sich.

-- Wie geht es dir? fragte Cristina nun und visitierte wieder seine Hand.

-- Tagsüber bin ich einigermaßen normal.

-- Nicht schlecht. Nachts wird es dir noch länger nachgehen, das ist unvermeidlich.

-- Und du? fragte er, während sie mit den Nägeln in seinem Handteller spazieren ging, seit Mittwoch versuche ich vergeblich, dich ans Telefon zu kriegen. Was ist passiert?

-- Willst du es genau wissen?

Frank wollte, und sie hielt Wort.

Sie berichtete, dass sie einer dringenden Einladung José Raffaels gefolgt sei, die sie – "nach seinem Einsatz für dich" – nicht habe ablehnen können. Sie sei aber auch neugierig gewesen. Raffael habe sie in einem langen Gespräch ins Bild gesetzt, er stehe vor einem Ruf nach Madrid, werde wohl Staatssekretär im Tourismus-Ministerium. Er habe sie gefragt, ob sie sein Büro leiten wolle, und sie habe zugesagt.

-- Das musst du mir erklären, Tina.

236

-- Ich kenne ihn seit dem Studium, da war er Assistent am Lehrstuhl, eine ausgewiesene Nachwuchshoffnung des Regimes, und ich eine Art republikanische Konterbande an der Fakultät. Wir haben uns verliebt und bildeten eine perfekte Mesalliance. Als der Widerstand zu groß wurde, habe ich das Studium geschmissen und bin weg.

-- Okay, sagte Frank, das kann ich nachvollziehen. Aber du in einem Ministerium des Regimes?

-- Es ist ja nicht das Kriegsministerium, kleiner Anarchist. Unter Republikanern: Auch der hiesige Caudillo wird das Zeitliche segnen, dann wird nicht nur bei einem jungen König die Neigung groß sein, aus dem Käfig der Falange auszubrechen, sondern auch im intelligenteren Teil des Apparats und bei den international ausgerichteten Leuten in der Wirtschaft. Die Kader für die Demokratisierung des Landes existieren, sie müssen aber koordiniert sein, wenn der Tag kommt, denn das rechte Pack wird Pfründe und Ideologie nicht ohne Widerstand aufgeben. Da sehe ich meine Aufgabe, deswegen mache ich das.

Frank bewunderte ihren Kopf und den unverkrampften Zugriff auf die Wirklichkeit.

-- Aber was werden deine Leute sagen? bangte er an ihrer Stelle.

-- Die kennen mich doch, Franco, schaute sie ihn lächelnd an und kitzelte ihn im Handteller.

Er nickte und spannte die Hand auf.

Sein nächster Satz kam ohne Vorwarnung.

-- Nimmst du mich mit nach Mácher?

Cristina wurde auf einen Schlag ernst. Sie ließ von seiner Hand ab, wandte sich ihm zu und fixierte ihn, sie flüsterte.

-- Du wirst sentimental, Liebster, das ist nicht gut für mich und nicht gut für dich.

Frank blieb stumm, er schaute sie nur mit Hundeblick an.

-- Ich werde dich jetzt nicht küssen, Bebé, sagte sie, dann lächelte sie wie die Blonde in der Reklame für Fanta und wandte sich ab.

— — —

Auf dem Boden wartete Inka auf Frank. Als er an Cristinas Seite in die Halle trat, winkte sie und begrüßte beide etwas irritiert.

-- Ihr zusammen?

-- Ja, aber nur noch kurz, es sei denn, du nimmst mich mit und setzt mich in Mácher ab, dann könnten wir noch eine Fahrt lang plaudern, nahm Cristina ihr die Befangenheit.

Vor dem Flughafengebäude hielt Frank die Hand auf, und Inka, nun eher erstaunt, übergab ihm den Schlüssel für den roten Seat. Die Frauen nahmen auf den Rücksitzen Platz, und Frank fädelte sich in den Feierabendverkehr nach Westen ein. Er schaute geradewegs in die tief stehende Sonne und fand in der Ablage eine Brille mit tiefgrünen Gläsern, es war seine eigene.

-- Dieses Auto hat einen Angriff mit Feuerwaffen überstanden, spottete er, vermutlich wird es aus Gründen des Denkmalschutzes nicht mehr saubergemacht.

Frank brauchte für den Verkehr keine volle Aufmerksamkeit. So bekam er beiläufig mit, dass Cristina ihren Bericht aus dem Flieger in bloß leicht abgespeckter Fassung erneut erzählte. Inkas Reaktion unterschied sich kaum von seiner, sie riet der Katalanin sogar vehement zu.

-- Aber mach einen bombensicheren Vertrag, so einen Job ist man auch schnell wieder los, ergänzte sie.

Der Abschied zwischen den Frauen ging schnell, Inka rückte gleich danach auf den Fahrersitz.

Vor dem Wagen stand Frank verhalten da, Cristina ebenso.

-- Sehen wir uns noch?

-- Die Entscheidung in Madrid fällt offiziell heute Abend. Fällt sie aus wie erwartet, fliege ich morgen nach Santa Cruz und am Montag in die Hauptstadt.

Frank rührte sich nicht. Da trat sie an ihn heran, küsste ihn erst wie ein Bebé auf die Wange und dann einen Augenblick lang auf den Mund. Er hatte keine Chance, sie festzuhalten.

Beim Abgehen klopfte sie aufs Dach und sah Inka durch die geöffnete Scheibe an.

-- Fahr vorsichtig! Im nächsten Leben werde ich diesen jungen Mann heiraten und mit ihm nach Hamburg ziehen.

-- Wie kommt sie auf Hamburg? fragte Inka bei der Abfahrt nach Carmen.

-- Sie ist aus Tarragona, sagte Frank, und guck: Auch im nächsten Leben wird es Hamburg geben.

– – –

-- Ziehst du zu mir? fragte Inka und hatte die Zungenspitze abwartend zwischen den Lippen.

-- Wenn du einverstanden bist, antwortete Frank.

Inka rief bei den Meisers wegen des Abendessens an, dann gingen sie nach oben. Da sie beide noch unters Wasser wollten, gab es Gedränge im Bad, aber sie hatten ja Erfahrung miteinander. Als Frank sich die Haare rubbelte und neben Inka trat, die vor dem großen unbeschlagenen Spiegel ihre Wimpern tuschte, hielt sie plötzlich inne und schaute ihn an.

-- Das ist doch surreal! Es geht hier zu wie am ersten Tag, und doch ist alles anders jetzt.

-- Nicht ganz, konnte Frank sich nicht verkneifen, aber du hast Recht, ein ziemlich wilder Ritt.

Sie legte ihm die Hand auf die Brust.

-- Zieh dich an, wir müssen uns beeilen, Claudia wartet schon auf Dich.

Im Restaurant saßen die Meisers am gewohnten Tisch. Claudia stand ganz sittsam erst auf, als auch ihre Eltern und Thomas sich erhoben, um Frank und Inka zu begrüßen. Aber sie glühte, und ihre Haare glänzten wie Gold.

-- Mein Gott, um diese Tochter beneide ich dich, raunte Frank nach den Vorspeisen Roland zu, und Neid ist mir eigentlich fremd.

-- Ja, sie wird immer schöner, eine künftige Miss Canada, witzelte der Vater nicht ohne Stolz.

-- Und dann so schnell im Kopf und so ein „gutes Tier", wie die Saarländer sagen ...

-- Keine Sorge, Frank, beruhigte ihn Roland, du wirst auch mal so eine kriegen, da bin ich sicher, nachdem ich Vera gesehen habe.

Schön war auch Sandra und anhänglich auch Thomas. Es war ein herzerwärmendes Essen. Frank wurde von den Kids mit Köstlichkeiten eingedeckt, zumal beim Nachtisch, und hatte am Ende eine richtige Plautze weg.

Als der Tisch bis auf die Getränke geräumt war, packte Sandra eine Mappe mit Fotos aus. Es waren große quadratische Abzüge, sie zeigten Laura Martini, zumeist im Porträt, aber auch mit dem Schäfer.

-- Ich habe sie für die M entwickeln lassen, sagte sie, sie wird sich freuen.

Das war auch die Meinung der Anderen.

Frank nahm das Heftchen mit den Negativen an sich, suchte dann eins der Porträts aus und signierte es mit „B 72". Er erklärte, warum gerade dieses und warum ihm selbst die Porträts gefielen.

-- Ich hatte als Teenager eine ganze Kiste mit Fotos von Laura. Als ich nach dem Militär daheim auszog, habe ich das meiste weggeworfen. Und warum? Weil Laura auf fast allen Fotos nach der gleichen fantasielosen Machart abgebildet war, meist als schöne Puppe. Und jetzt guckt hier, da und da und da, sie lebt, sie lässt unterschiedliche Gefühle durch, hier zum Beispiel den Schalk. Sie ist schön und hat eine Aura.

-- Das hat der Fotograf gemacht, meinte Sandra, wie bei mir und bei den Kindern.

Frank winkte ab, aber Inka stimmte ihr zu.

240

-- Wir beide haben ja am Mittwoch lange geredet, sie hat den Fotografen nicht als Fotografen wahrgenommen, das ist das Geheimnis. Warum glaubt ihr, sagte sie an Roland und Frank gerichtet, habt ihr beide so tolle Fotos von mir gemacht?

Sandra sammelte die Aufnahmen ein und erbat von Frank einen Abzug des signierten Porträts nach Montreal.

-- Ich hinterlege der M die Mappe am Desk.

Als der Wein getrunken war, verabschiedeten sich die Meisers. Ihr Flieger ging sehr früh.

-- Mit Wehmut verlassen wir euch, sprach Roland das Schlusswort und traf den Nerv hier wie da. Inka schluckte, Claudia schluckte, vermutlich schluckten alle.

Inka und Frank blieben danach eine ganze Weile stumm sitzen. Dann bestellte Frank noch eine Flasche Listán Negro.

Inka goss ein, sie hoben die Gläser, und Frank sah ein Glitzern in ihren Augen. Ihre Stimme aber war fest.

-- Morgen früh fahren die, morgen Mittag du, Laura ebenso, das wird ein trüber Sonntag, und wenn ich am Montag zurückfliege, werde ich allein sein.

Frank sah sich um, es waren immer noch viele Gäste beim Essen, und eine gewisse Aufmerksamkeit war auf sie gerichtet.

-- Lass uns hochgehen, Inka, hier kann ich dich nicht in den Arm nehmen, sagte er ihr ins Ohr.

Sie zogen ab und nahmen den Wein mit.

Auf dem Balkon, auf dem zuletzt Inka Vera getröstet hatte, tröstete jetzt Frank Inka. Sie saßen nebeneinander, Frank hatte den Arm um ihre Schulter gelegt, sie sich angelehnt.

-- Wie steht es mit Mirabeau?

-- Er behauptet, wir seien noch in Auszeit, aber das ist natürlich Unsinn. Das wird er auch selber wissen, er drückt sich halt.

-- Meinst du wirklich, er will hierbleiben oder hierherziehen?

-- Es sieht so aus.

-- Und du?

-- Ich werde nicht kämpfen oder betteln, wenn du das meinst.

Aber dann fing sie doch an, leise zu weinen, und Frank umspannte ihre Schulter noch fester, er nahm auch ihre Hand.

Irgendwann atmete sie durch.

Als sie zu Bett gingen, legte er sich kommentarlos auf die ungewohnte rechte Seite, schob seine Decke auf sie, sie rückte unter der ihren heran. Sie legte ihren Kopf in seine Armbeuge, er zog ihr Hemd ein wenig hoch und streichelte sie fein von der Achsel bis zur Taille, auf und ab. Er bewies Geduld und Ausdauer. Sie legte den Kopf, bis es passte, irgendwann wich die Spannung aus ihr. Eher zufällig berührte sie ihn am gewöhnlichen Leben, doch verlor sie nicht die Contenance und er auch nicht. Sie ertrugen es wohlig, ohne Aufregung gut miteinander zu sein. Auch waren sie etwas betrunken.

Einundachtzig

Inka entließ Frank um halb 10 am Flughafen von Arrecife aus dem roten Seat und bat ihn, Vera herzlich zu grüßen und stellvertretend zu knuddeln. Sie verabredeten, 'übermorgen', also am Montag, in Frankfurt aufeinander zu warten, um gemeinsam den Zug nach Bonn zu nehmen. Inka klatschte Frank ab, dann war er allein an diesem kleinen Tor zur größeren Welt.

Frank checkte ein auf Tenerife 12.00 und inspizierte anschließend bekannte und unbekannte Örtlichkeiten mit der Kamera. Er roch überall rein und mied auch nicht den Raum, in dem er zuletzt gefesselt gesessen hatte. Kahl und leer stimulierte das Kabuff zwar ästhetischen Widerwillen, aber keine Erinnerung.

Animierend war allein das schmucklose Eingangsportal, darauf hatte Frank, Zeitung lesend, ab 11 Uhr einen Blick. Diesmal würde sie von draußen kommen, und er die Tür von innen öffnen, so viel Nostalgie sollte sein.

Es kam, wie es gewesen war, und offenbar hatte sie ähnlich getickt wie er. „Oder auch nicht", erzählte er später Madeleine Giraudoux.

Laura Martini trug über der Schulter eine safrangelbe Sacktasche aus Leder, den Koffer und weitere Reiseutensilien schleppte in ihrem Gefolge Jordi Montt.

Als sie die Tür aufmachen wollte, war Frank schon da, öffnete einen Spalt und strahlte sie an. Sie schob die Sonnenbrille nach vorn und betrachtete ihn in der vergnügt spöttischen Variante.

-- Il condottiero tedesco!

-- Die italienische Frau!

Er öffnete die Tür weit, sie betrat die Halle, sie küssten einander links und rechts, Jordi stand dabei und lächelte. Da schoss auch schon der Chef des Flughafens heran, er hatte natürlich einen Fotografen dabei und gleich darauf auch einen Blumenstrauß in der Hand. Frank wurde rüde beiseitegeschoben, es war doch anders als bei Lauras stiller Ankunft.

Laura ließ den Aufmerksamkeitsgrapscher rasch hinter sich. Sie passierten die Kontrolle und kamen bald danach an dem Kabuff vorbei. Vor der Tür blieb sie stehen.

-- Hier haben sie dich gefangen gehalten, hat Amadeo Montt berichtet.

Frank nickte.

-- Stimmt es, dass du am Ende der Kanaille von der Guardia zwischen die Beine getreten hast?

-- Ja, wuchtig.

-- Das war unklug.

-- Du bist gut! Am liebsten hätte ich das Miststück abgestochen!

-- Franco! sagte sie in französischer Intonation und tätschelte vor den Augen des Fotografen seine Wange.

In der Lounge waren sie unter sich. Sie erbat von Jordi „die Fotos", es war die Mappe, die Frank seit dem Vorabend kannte.

-- Nun werden wir sehen, ob du es besser kannst als die ordinären Paparazzi.

Sie hatte die Porträts noch nicht gesehen. Frank war so neugierig wie sie – auf ihre Reaktion.

Sie nahm eine Aufnahme nach der anderen vor, besah sie geduldig, verglich auch hier und da, ihre Miene entspannte sich rasch, sie wurde wohlwollend. Als sie den Abzug in der Hand hielt, den er am Vorabend signiert hatte, fraß sie Frank mit den Augen auf.

-- Schön, sagte sie nach dem Durchgang und lehnte sich zurück.

Sie entnahm ihrer Tasche einen eleganten Kugelschreiber, zog ein Foto heran, das sie beiseitegelegt hatte, und schrieb darauf diese Widmung:

À Frank amant amblant à mon coté. Laure/4 mars 72.

Sie übergab Frank die Fotografie mit beiden Händen wie eine Urkunde und lächelte ihn an, die Zungenspitze zwischen den Zähnen. Frank las, machte einen Kussmund und dachte nach.

-- Ich habe dich verwirrt! freute sie sich.

Frank hatte zu Ende überlegt.

-- Wer das Foto sieht und die Widmung liest, wird nicht schlau daraus werden, selbst wenn er Französisch als Muttersprache spricht. „Für Frank, den Freund an meiner Seite im Passgang" klingt auf Deutsch völlig meschugge, es sei denn, man versteht den amant als Liebhaber, dann hat der Text etwas Verruchtes ...

Das ließ die Martini stehen und gelten.

Im Flieger saßen sie in der ersten Reihe, das heißt, sie saß in Reihe 1 und ihn hatte sie eigenmächtig neben sich platziert. Als die kleine Maschine abhob, waren ihre Plätze von niemandem mehr einzusehen. Sie zupfte ihn am Kragen, er verdrehte den Oberkörper zu ihr hin, weitete den Gurt, und sie küssten wie in der Nacht im Turm, einen ganzen Steigflug lang.

Auf der Höhe und später beim Abstieg hatten sie die Köpfe zurückgelehnt und einander zugeneigt und blieben stumm.

Beim Abschied, in einer Ecke vor dem Transit, presste Frank Laura mit aller Kraft an sich, sie umschlang seinen Hals und war willig bei ihm.

-- Va bene, sagte sie, als sie wieder Luft bekam.

-- Alles Liebe, sagte er, als er die Augen öffnete.

Zweiundachtzig

Das „Bötchen" (Mirabeau) war ein Motorsegler aus jüngerer Produktion mit zehn Kojen und viel Liegeflächen zum Sonnenbaden.

-- Das ist ja eine Wucht! rief Vera, als sie sich früh am Morgen dem Schiff näherten, das am Ende des Fischereihafens vertäut war.

-- Ich hab's nicht so mit der Seefahrt, entschuldigte sich Mirabeau und grinste.

Noch an Land wurden sie von Guillermo Sanz, seiner Frau Mila, Sohn Filip und Tochter Nina erwartet, die Kids trugen T-Shirts mit aufgesticktem Namen.

-- Willkommen auf der „Gadir", auf andalusischem Boden, sagte der Eigner des Schiffes und startete die Begrüßung bei Elea. Er war sehr groß und musste sich tief beugen.

Filip startete bei Vera.

-- Wir wohnen in Algeciras, aber die Familie stammt aus Barcelona, erklärte er ihr und küsste sie links und rechts, wobei er die Hände leicht auf ihrer Hüfte ablegte. Er war von mittlerer Größe, gut proportioniert und schön wie Apoll.

Fred, an Veras Seite, war von den Socken. Er drückte dem Jungen sehr kräftig die Hand und machte ihn auf missourisch damit vertraut, dass man aus St. Louis und Bonn sei.

-- Eine deutsch-amerikanische Kombination, flötete Vera in ihrem besten Spanisch.

Filip, vielleicht 17, war nicht irritiert und führte Vera an der Hand an Bord. Fred nahm die von Nina, „sweet little sixteen" säuselte er zu ihrem Gefallen vor sich hin und fragte sich bei einem Blick auf den Vater, wie dieses Schlachtross so eine Tochter und so einen Sohn hingekriegt habe.

An Bord wurden die vier Gäste – Eileen war wegen eines verknacksten Fußes im Hotel geblieben – von einer gemischten Crew aus Freunden der Sanz-Kids und zwei echten Seeleuten empfangen.

Die Profis verloren keine Zeit, lösten das Schiff vorsichtig vom Liegeplatz und blieben bei Motorfahrt auch im offenen Wasser, der Wind kam aus Nordwest. Er war nicht sehr stark, so dass sie gut vorankamen und nach zwei Stunden jenseits der Nordwestspitze der Insel auf Südwest drehen und unter Segel gehen konnten.

La Gomera lag in der Sonne, die See war ruhig und glitzerte.

Während Elea und Mirabeau mit den Sanz plauderten und bald auch geschäftliche Angelegenheiten besprachen, suchte sich Vera auf dem vordersten Vorderschiff ein geschütztes Plätzchen für ein Sonnenbad. Sie blieb nicht lang allein. Filip brachte eine Kopfstütze und leistete ihr Gesellschaft. Fred, dem die Volte nicht entgangen war, wollte schon hinterher, wurde aber vom großen Sanz ins Gespräch gezogen. Der Mann sprach ausgezeichnet Englisch, seine Frau auch, aber mit einem anderen Akzent.

-- Ihr Englisch ist fantastisch, bescheinigte Fred beiden, aber, er wandte sich an Frau Sanz, Ihren leichten Akzent kann ich nicht verorten.

-- Er ist tschechisch, erklärte sie.

-- Mila ist aus Pilsen, sagte Sanz, dort gibt es nicht nur das beste Bier.

-- Meine Mama ist aus der Tschechoslowakei, mein Vater hat sie den Kommunisten geklaut, aus Liebe, erklärte zur gleichen Zeit Filip und sah Vera bedeutungsschwer an.

Vera verstand nicht jedes Wort, aber den Sinn und seinen Blick. Sie wunderte sich nicht, als Filip verschwand und mit Sonnenöl zurückkam, er hielt es ihr hin.

246

Vera sah ihm gelangweilt in die Augen. Sie streifte das Bikini-Oberteil über den Kopf, nahm den Smaragd von Eleas Goldkette zwischen die Zähne und pflegte seelenruhig Hals und Busen, danach das Gesicht.

Der Miene des Jungen war göttlich. Sie changierte ins Frustrierte, als sie das Bikini-Oberteil wieder überstreifte und seine Hilfe weder dafür noch für den Schutz des Rückens in Anspruch nahm.

Aber er war in einem Zustand, in dem er sie nur schlecht verlassen konnte. So legte er sich neben Vera auf den Rücken, verschaffte sich Luft und erzählte ihr mit melodischer Stimme eine Geschichte nach der anderen. Vera kam nicht nach, aber als er auch noch eine kurze Gesangsnummer einschob, zeigte sie insofern Anerkennung und guten Willen, als sie sich auf den Bauch drehte und ihn dabei dankbar anlächelte.

Sie hatte den Kopf noch nicht richtig gebettet, da hatte er ihr auch schon den Clip des Bikinis gelöst und setzte an wie zur letzten Ölung. Er verteilte nicht einfach den Glibber-Stoff auf ihrem Rücken, er rieb ihn fest ein und sah offenbar vor allem Veras Gleisdreieck als besonders schützenswerte Zone an. Vera ließ ihn eine Weile machen, vermutlich wollte sie nicht unhöflich sein.

-- Filip, du bist ein verdammt witziger Masseur für dein Alter, aber jetzt ist gut, sagte sie dann, mach den Bikini wieder dicht.

Er verstand nicht sofort, aber schließlich doch. Vera sprang auf und ging mittschiffs. Filip brauchte eine Abklingphase, bevor er folgte.

— — —

Während sie die Ostküste Gomeras entlang segelten, unterbrach der Steuermann seine Tätigkeit, bat Sanz senior zur Seite und redete auf ihn ein. Der nickte und kündigte der Reisegesellschaft an, man werde nun doch in San Sebastián an Land gehen und dort zu Mittag essen.

Die Einfahrt in den gut geschützten Hafen gelang mühelos. Filip suchte ein öffentliches Telefon, während die Reisegesellschaft sich in der näheren Umgebung verteilte. Er brachte gute Nachrichten zurück.

-- Wir essen im Parador, sagte der Senior und ließ den Arm kreisen.

Mirabeau schlug vor, zu Fuß zu gehen, aber Elea winkte ab: Das sei ein langer reizloser Weg, besser sei es, Taxen zu nehmen und rund um den Parador die Aussichten zu genießen. So geschah es.

Beim Essen saßen die Erwachsenen an einem, die Teens an einem zweiten Tisch. Bei den Erwachsenen wurde Englisch gesprochen, und wie sich zeigte, gab es genug Themen jenseits des Geschäfts.

Mirabeau, obwohl von der christlichen Seefahrt unbeleckt, ging es um das Schiff.

-- Warum heißt Ihr Segler „Gadir"? „Gadir" sagt mir auf Anhieb nichts.

Gadir sei ein alter Name für Cádiz, erklärte Mila Sanz, das Boot so zu nennen sei ihre Idee gewesen. Sie liebe Cádiz, man besitze in der Stadt eine schöne Dachwohnung am Gran Teatro. Ihr Mann nickte und meinte, sie wären schon längst nach Cádiz gezogen, wenn er von dort seine Geschäfte annähernd so einfach betreiben könnte wie in der Bucht von Algeciras, das sei aber nicht der Fall.

-- Verglichen mit unserer Stadt ist Cádiz schön verschlafen, schloss die Sanz versonnen, obwohl es am Atlantik liegt.

-- Gadir war eine phönizische Gründung und ein bedeutender Hafen schon zu einer Zeit, als Rom noch ein Kaff war, steuerte Vera zum Gespräch bei.

Alle am Tisch merkten auf und schauten sie überrascht an.

-- Nachdem die Römer die Karthager in drei Kriegen niedergemacht hatten, wurde aus Gadir das römische Gades, die Stadt war eine der reichsten im Westen des Imperiums, fügte sie hinzu.

248

-- Sie wissen gut Bescheid, sagte die Sanz erfreut, studieren Sie alte Geschichte?

-- Nein, sagte Vera, aber mein Mann steht auf Cádiz. Da er noch nie dort war und auch sonst keinen Grund für seine Zuneigung vorweisen kann, behauptet er gerne, seine Vorfahren müssten von dort stammen. Ich war davon eines Tages so genervt, dass ich in die Bibliothek gegangen bin, um mich schlau zu machen. Daraus ist ein Dossier über die Phönizier und Gadir entstanden, das ich ihm zum Geburtstag schenkte. Kein Geschenk hat mich so wenig gekostet, und für keines hat er sich so warm bedankt ...

-- Und was glaubt er jetzt? Dass er Phönizier sei, ein Levantiner unter Germanen? fragte Sanz.

-- So ähnlich. Er sagt, die Phönizier müssen ein außergewöhnliches Volk gewesen sein, kein anderes ist von Griechen, Juden und Römern gleichermaßen verleumdet und verteufelt worden, nicht mal die Perser, übrigens auch ein großes Volk, sagt er.

-- Wow! warf Fred ein, dein Frank hat zwar einen französischen Namen, aber der Gesinnung nach ist er treudeutsch: „Viel Feind, viel Ehr" hat meine Mutter das genannt.

-- Halt dich raus, Yankee! Es waren die Phönizier, die die Buchstabenschrift und das Geld erfanden, Anerkennung, wem Anerkennung gebührt.

-- Vera, du hast ganz Recht, sagte Mila Sanz.

--- ---

Sanz senior bekam einen Anruf und hatte danach eine schlechte Nachricht zu verkünden.

-- Die Gadir hat möglicherweise einen Schaden an der Ruderanlage. Die Leute sind dran, aber sie wissen immer noch nichts Genaues. Wir können das Boot jetzt nicht benutzen. Sollen wir im Auto eine kleine Tour über die Berge machen?

Die Zustimmung war allgemein. Der Desk des Parador organisierte zwei Kleinbusse, ein einzelner für 14 Personen ließ sich nicht auftreiben, und zwanzig Minuten später ging es los.

Sie kraxelten den westlichen Aufstieg zur Canada de Jorge hoch und verdienten sich so bei klarer Sicht einen atemberaubenden Rundblick. Mila Sanz, die das Gelände offensichtlich gut kannte, veranlasste Vera und Fred zu einem kleinen Spaziergang, der das Panorama erweiterte und veränderte.

-- Warum habe ich keine Kamera dabei? ärgerte sich Vera.

-- Weil du diese Arbeit gern deinem Mann überlässt, vermutete Fred.

Den Rückweg traten sie über die Gebirgsstraße weiter östlich an, die sich auf der Höhe mit der aus Santa Catalina traf. Auch hier wussten die Chauffeure, wo das Halten sich lohnte, die Landschaft war schroff.

-- So schön die See ist, das Gebirge hat einfach etwas Erhebendes, kommentierte Vera einen der Haltepunkte mit weiter Sicht.

-- Wem sagst du das? bekräftigte Mila Sanz, meine Leute kommen aus der Hohen Tatra.

Wieder in San Sebastián gab es vom Boot noch keine Entwarnung, Sanz wollte nicht ausschließen, dass man erst morgen nach Puerto zurückkehren könne. Das raubte niemandem die gute Laune, aber Elea ging vorsichtshalber telefonieren, und die Reisegesellschaft verstreute sich über den Ort.

In der Dämmerung traf man sich wieder in einer Bodega am Hafen. Jetzt war amtlich, dass es erst am nächsten Tag zurückginge. Der Steuermann wollte mit einer unklaren Steueranlage keine Nachtfahrt riskieren, und Sanz versuchte nicht, ihn umzustimmen. Stattdessen drückte er Filip einen Packen Peseten in die Hand, um Musik zu organisieren. Musiker gab es hier einige, wie beide wussten.

Filip bat Vera mitzugehen, das erhöhe die Chancen. Ob es Vera war oder doch die Peseten, wollte niemand feststellen, aber am Ende gab es Musik in der Bodega, Filip war wieder an Vera dran, und Vera hatte jetzt auch noch zwei deutsche Hippies am Bändel.

Fred knuffte Mirabeau in die Rippen und konnte es nicht fassen.

-- Was ist das für eine Zauberei? Die geht durch den Hafen, und schon springen die Delfine aus dem Wasser und wollen gestreichelt werden.

-- Fred, sagte Mirabeau, warum fragst du mich? Wie viel Klimmzüge hast du ihretwegen schon gemacht?

Da sich zwei Trommler fanden, wurde auch getanzt. Hier zeigte sich die Meisterschaft des anderen Kindes der Mila Sanz und ihres sehr großen Mannes.

Nina Sanz schien den Solo Dance erfunden zu haben. Ihre Bewegungen folgten dem Rhythmus, dehnten und übersprangen ihn mit einer solchen Eleganz, dass Fred die Spucke wegblieb. Als sie ihm winkte, zögerte er einen Augenblick, ihrer Aufforderung zu folgen. Dann tat er es und war ein kongenialer Partner, er ließ ihr das Spiel, aber er umkreiste und begehrte sie tänzerisch, das beseelte sie und machte sie schön.

-- Das hat sie von ihrer Mutter, sagte Vera voller Hochachtung und neidlos.

Dann ging sie mit Mirabeau auf die Tanzfläche, sie nahmen den Rhythmus auf für einen Rock'n'Roll nach alter Fasson und hatten auch ihre Bewunderer.

Es wurde ein kunterbunter Tanz-Abend im Schatten schroffer Berghänge. Die Temperaturen blieben mild, die Teens wurden nicht müde, Fred, Vera und zwei, drei Inselpärchen hielten mit, und die Musiker schienen ihr Publikum zu genießen.

Als Elea dem Gastgeber signalisierte, es sei genug, blies Sanz zum Aufbruch. Vier seriöse Herrschaften und eine verschwitzte Bande strebten zum Schiff. Dort waren die Kabinen für die Nacht zugeteilt und auf einem Anschlag zu lesen. Während die seriösen

Herrschaften mit der Bitte, keinen Krach zu machen, sofort unter Deck verschwanden, versammelte sich die verschwitzte Bande an der großen Heckdusche.

Eben war noch getuschelt worden, jetzt war es still. Die Teens bildeten eine massive schweigende Kulisse.

Vera und Fred sahen einander an.

-- Lasst das Wasser laufen, befahl Fred ins Dunkle und strippte sich frei. Vera tat es ihm nach. Als sie nackt waren, war auch das Wasser da, und aus der Kulisse wurde Seife gereicht. Als Fred nach dem Einschäumen überlegte, wo er die Seife lassen solle, tauchte Nina neben ihm auf und nahm sie entgegen. Vera sah es und wusste im gleichen Moment, wo sie ihr Seifenstück lassen würde. Sie hob es in offener Hand auf Schulterhöhe, und schon wurde es ihr von hinten abgenommen. „Danke, Filip", sagte sie auf Deutsch, ohne sich umzuschauen und duschte den Rest Seifenschaum ab. Als sie zeitgleich mit Fred die Fläche verließ, waren alle Teens bei der Reinigung und ihrem Eindruck nach fast alle nackt.

Als sie ihre Kabine erreicht hatte, blieb Fred hinter ihr stehen. Sie drehte sich um, schüttelte lächelnd den Kopf und machte ihm einen Kussmund. Er machte aus seinen kräftigen Händen zwei Schaufeln, patschte gefühlvoll ihre Pobacken nach oben und zog weiter.

Vera öffnete die Tür, suchte ein Handtuch und trocknete sich ab. Dann sortierte sie sich in dem engen Raum. Wo es draußen noch geraschelt hatte, war jetzt Stille.

Doch dann klopfte es. Sie glaubte zu wissen wer und schob die Tür einen Spalt auf.

Es war Nina im Bademantel. Vera ließ sie ein, wurde lebhaft umarmt, bekam einen Dankeskuss, und schon war sie wieder draußen.

252

Vera hatte die freudige Überraschung noch nicht verarbeitet, als es erneut klopfte. Diesmal hätte sie ihr Lustempfinden verwettet – und gewonnen.

Es war Filip im Bademantel. Auch ihn ließ sie ein. Auch von ihm wurde sie lebhaft umarmt und unfreiwillig auf Abstand gehalten. Das amüsierte sie so, dass sie ihm einen Dankeskuss gab, bevor sie ihn rückwärts aus der Koje schob und beim Schließen der Tür darauf achtete, dass sie ihm nicht wehtat.

Dreiundachtzig

Frank überlegte unschlüssig, ob er es für die Fahrt nach Puerto bei einem der Reiseveranstalter versuchen oder direkt den Linienbus nehmen sollte, er entschied sich für die Linie. Auf der Höhe des Taxistandes blieb er stehen, um sich zu orientieren und wurde fast umgerannt. Er hörte „Entschuldigung" und erstarrte.

Als er sich umdrehte, wurde der Höreindruck wahr: Es war Paul Zabel, Paul Zabel im Urlaubslook, Paul Zabel mit großkariertem rotblauem Sakko, darin dezente gelbe Streifen! Sie schauten einander ungläubig an, Frank noch mehr als Paul, und fielen sich dann in die Arme.

-- Erst hetzt du mir die Bullen auf den Hals, dann kommst du persönlich vorbei, um mich umzunieten, flachste Frank und lachte übers ganze Gesicht.

-- Ich bringe das „Schmerzensgeld", versicherte Paul.

Er wies auf das nächste freie Taxi, doch Frank blieb beim Linienbus. Den fanden sie rasch und nahmen auf der hinteren Sitzbank Platz. Es ging auch bald los.

Es zeigte sich, dass Paul durch ein langes Telefonat mit Mirabeau am Vortag gut über die Lage auf den Inseln Bescheid wusste.

-- Dann erzähl du mal, forderte Frank ihn auf.

Paul nahm sich Zeit für die erstaunliche Geschichte von Huetli, Kaufmann, der „Sting operation" und den Bemühungen, eine

Unachtsamkeit mit gravierenden Folgen wiedergutzumachen. Als Frank stumm blieb und keine Nachfragen stellte, war er erleichtert und ging über zu den kanarischen Posten im schweizerischen Vermögen. Auch hier hatte Frank keinen weiteren Wissensbedarf, aber eine Frage.

-- Mirabeau hat dich spätestens in diesem Zusammenhang auf Elea Baumeister aufmerksam gemacht?

Das bestätigte Paul, und Frank riet zu friedfertiger Kooperation.

-- Wie lange willst du bleiben? fragte er dann.

Paul meinte, „Wie lange wollen wir bleiben?" sei die bessere Frage. Er wolle der Tippgemeinschaft eine Verdoppelung der 10 000 DM für alle vorschlagen, sozusagen als erste Tranche des „Schmerzensgeldes", die Kohle habe er dabei. Danach wären 14 Tage länger auf den Inseln ja wohl drin.

Frank schüttelte den Kopf.

-- Ich kann jetzt nur für mich reden, aber ich düse am Montag zurück nach Deutschland. Will Mirabeau denn bleiben?

Mirabeau habe sich noch nicht entschieden, musste Paul zugeben. Ob Frank nicht erst einmal mit Vera sprechen wolle? insistierte er.

-- Und du mit Inka? mokierte sich Frank. -- Paul, du hast es sicher gut gemeint, aber schon Mirabeau hätte dir klarmachen müssen, dass diese Nummer nicht geht.

Paul wollte es jetzt genau wissen, aber Frank war nur zu einem Raisonnement bereit.

-- Auf dieser Welt gibt es 12 428 Frauen, die mit mir glücklich wären und ich mit ihnen. Dieses Wissen ist ein nützliches Gegengift gegen romantische Verstiegenheiten. Aber ist es auch ein Trost, wenn ich einsam in der Kneipe sitze? Die vergangenen 14 Tage waren nicht nur aufreibend wegen des Haftbefehls, sie gingen auch ans Herz, und wir mussten Charakter beweisen. Ich erinnere mich an einen Satz meines Lehrers René Allendy, den ich mir als Unterprimaner ins Tagebuch schrieb: Die Liebe als

254

Leidenschaft ist revolutionär, aufrührerisch, sie zerrt an der guten Ordnung – jedenfalls so ähnlich. Ich bin davongekommen und nehme etwas mit. Aber länger will ich das Schicksal nicht herausfordern.

-- Und was nimmst du mit? wollte Paul zumindest erfahren.

-- Ich habe gehört und verstanden, wie Vera sich behauptet hat und begehrt wird, das schärft meine Achtung und meine Sinne.

-- Übel ist es doch auch dir nicht ergangen, wenn ich mal von der Gefangennahme absehe?

-- Paul, deine Schnapsidee hat uns 14 Tage außerhalb der Norm verschafft, unser Leben hatte plötzlich etwas Experimentelles, aber der Alltag blieb ja nicht nur wegen des verunglückten Haftbefehls präsent. Wir sind nicht ausgestiegen, wir haben gespielt, meinetwegen: spielerisch das Leben erkundet, aber niemand dürfte vergessen haben, dass jede Spielzeit abgepfiffen wird. Am Montag ist Sense. Es wäre schön, wenn das Spiel nicht nur für Vera und mich ein gutes Ende nähme, sondern auch für Inka und Mirabeau.

-- Über dein italienisches Abenteuer willst du nicht reden?

-- Wir sind gleich da, Paul, hier – er zeigte aus dem Fenster – einen Kilometer weiter liegt unser Hotel.

Frank machte jetzt für Paul den Reiseführer, und Paul gab das hartnäckige Fragen auf.

Im Hotel erfuhr Frank, dass Vera und Fred auf Gomera festhingen und erst morgen zurückkämen, von Eileen gab es ein Briefchen: Frankie, I'm handicapped awaiting you.

-- Um halb 8 Abendessen, annoncierte er dem Freund, dann zog er ab, um Eileen notfalls beizustehen.

– – –

Frank klopfte, und es tat sich nichts. Er klopfte erneut, jetzt fester und mehrfach, danach hörte er Bewegung. Als Eileen öffnete, sah sie ein Bisschen verschlafen aus, aber sie lächelte. Sie ließ Frank ein.

-- Ich habe gelesen, dann bin ich eingeschlafen.

-- Und wo ist das Handicap?

Sie setzte sich aufs Bett, zog das Knie an, hob das linke Bein auf die Decke und zeigte auf das Fußgelenk.

-- Ich bin heute Morgen umgeknickt, aber es ist schon viel besser.

Frank ging vor ihr in die Hocke, besah und befühlte Fuß und Fessel, als ob er etwas davon verstünde. Er nahm sich Zeit. Eileen beendete die Visite, indem sie ihn kurz antippte, danach saß er auf dem Hosenboden, und beide lachten.

-- Als Arzt wärst du nicht überzeugend, Frankie, sagte sie, stand auf, reichte ihm die Hand und zog ihn hoch.

-- Ich muss unters Wasser, um halb 8 ist Essen, da habe ich eine Überraschung für dich.

-- Ich gehe mit, erzähl mal.

Da es nur bis zur nächsten Tür ging, blieb sie barfuß. Frank schloss auf, kündigte ihr Paul Zabel an und wollte dann im Bad verschwinden.

-- Erzähl weiter, sagte sie und folgte ihm.

Frank wechselte in den nüchternen Berichtsmodus, was den Effekt hatte, dass er sich sozusagen beiläufig auszog, auch vermied er jeden Blickkontakt. Da er unter der Dusche mit sich selbst in Berührung kam, konnte er sich dem Reiz der Situation nicht völlig entziehen, aber er rang ihn nieder. Damit war es vorbei, als sie ihm zum Abtrocknen nicht das große Badetuch reichte, sondern ein kleines Handtuch und mit klinischem Interesse zusah, wie er damit hantierte. Frank trat aus sich heraus.

Sie reichte ihm die Hand, damit er sicher die Wanne verlassen konnte, dann öffnete sie die Bluse und zog sie aus. Frank hielt ihre Hand, damit sie sicher den Rest abwerfen konnte. Als sie nackt war, setzte er sich auf den Rand der Wanne, legte beide Hände sanft an ihre Oberschenkel und hob den Blick. Sie lächelte kaum sichtbar und schob seine Haare mit einem langsamen Kammgriff aus der Stirn. Er küsste sie auf den Bauch, züngelte ohne Hast in ihrem Nabel und blickte sie wieder an. Sie hatte ihren Gesichtsausdruck nicht verändert und beließ die Hand in seinen Haaren. Er näherte sich erneut ihrem Körper, wanderte mit den Händen an ihren Po und vergrub Nase und Mund in ihrem dunklen Busch. Er schnüffelte und wühlte und suchte und fand die bloße Haut.

Das lud ihn auf und sie auch.

Nach einer Ewigkeit ergriff sie seine Hand und zog ihn mit, vom Haken an der Tür nahm sie das große Badetuch.

Das Tuch breiteten beide aus. Eileen legte sich auf den Rücken, sie öffnete Beine und Arme und nahm Frank in Empfang. Sie presste ihn, als er so weit vorgedrungen war, wie er konnte, und gab einen leisen steinerweichenden Laut von sich, nachdem er sie geküsst hatte. Er wollte sich bewegen, aber sie hielt ihn fest, und als er sie begriff, kratzte sie ihn mit langen Fingernägeln von unten nach oben und hinterließ auf seinem Rücken eine grau schimmernde Spur. Das spannte ihn aufs Äußerste an und entlockte ihr einige weitere steinerweichende Laute. Als er sie leicht hob, zog sie die Knie an. Er küsste sie in dieser Stellung und nahm ihr Gesicht in sich auf, bevor er tief Luft holte. Dabei sah er, wie unter ihren Lidern die Kinder Fangen spielten. Das verzauberte ihn vollends, versetzte ihn in eine lebendige Starre, aus der erst sie ihn löste, als sie zu wippen begann. Er suchte ihre Hände, streckte beider Arme über ihren Kopf, sie fanden einen gemeinsamen Rhythmus, einen geschmeidigen Lauf und jubelten im Ziel als siegreiches Doppel, beieinander und doch jeder für sich.

Vor der Leere machte Frank ihre Beine lang und rollte auf den Rücken. Er nahm sie mit, schlang seine Beine um sie, zog die Knie bis zu ihren Rippen und gab ihr Halt nach links und rechts, noch war er fest verankert. Er verscheuchte das Ruhebedürfnis, strich ihr die Haare aus dem Gesicht und fühlte mit dem Daumen ihre Augenbrauen. Mit dem mittleren Finger zeichnete er ihre Lippen, ihre Nasenflügel und ihre geschlossenen Lider nach. Er küsste das Grübchen in ihrem Kinn, wanderte mit der Zunge an ihrer Oberlippe hin und her, nahm beide Seiten ihres Kopfes in die Hände, legte Muscheln um ihre Ohren, all dies wieder und wieder. Er ging mit den Fingernägeln durch ihre Haare und griff fest in die Muskulatur ihres Nackens. Er wackelte sie, sie hob den Kopf, den sie auf Brust und Hals abgelegt hatte, öffnete die Augen, sah ihn an, schloss die Augen und legte den Kopf wieder ab. Er versteckte die Nase unter ihren Haaren und sog ihren Duft ein, wieder und wieder. Ruhig wurde er, als sie flach atmete und wegdämmerte.

Als Eileen sich gefunden hatte und sich vorsichtig von ihm löste, merkte er etwas, fasste in die Luft, blieb aber ohne Bewusstsein. Sie sammelte das Wenige, was sie getragen hatte, in der Hand. Als sie bloß in der Tür stand, schaute sie Frank aus der Ferne an und sagte zu sich selbst: -- Dusel und Massel, Eileen, unverschämt Glück gehabt, aber warum auch nicht?

— — —

Paul wartete schon eine Weile, als die beiden im Restaurant erschienen, aber er zeigte keine Ungeduld. Stattdessen war er sichtlich angetan von Eileen Hanson, die ganz in Rot gekleidet war und strahlend schön. Frank stellte sie vor.

-- Fred Garner wirst du morgen kennenlernen, er ist mit Vera, Mirabeau und Eleanor auf dem Boot.

Eileen genoss die Aufmerksamkeit, die sie sonst mit Vera teilte, und überließ den Männern weitgehend das Gespräch. Nur einmal, als der Investor Paul über die Pflanzenwelt Teneriffas dilettierte, ging sie dazwischen und gab ihm Nachhilfe.

Als das Essen vorüber war, verabschiedete sie sich. Sie drückte Paul die Hand, küsste sich mit Frank züchtig links und rechts und eilte davon.

-- Warum will sie so schnell ins Bett? bedauerte Paul auf dem Weg zur Bar ihren raschen Abgang.

-- Ich weiß es auch nicht, gab Frank zurück, hoffentlich hat sie keine Schmerzen mehr.

Im weiteren Gespräch knüpfte Paul an den Austausch im Bus an, aber Frank war anhaltend unwillig zu plaudern. Stattdessen lieferte er erneut Beobachtung, Analyse und Introspektion.

-- Deine Kohle hat uns vier in ein Ambiente versetzt, das ich weder aus dem Alltag noch von Reisen kenne: fantastisch eingerichtete Vier-Sterne-Hotels mit betuchten und in der Regel wohlerzogenen Gästen, gehobenes Bürgertum, sogar jugendliche englische Upper Class, Hotels mit einem außerordentlich freundlichen und kundigen Personal, mit erstklassigem Essen. Und was geschieht? Wir bewegen uns seit dem dritten Tag darin wie die Fische im Wasser. Wäre ich unter anderen Bedingungen an die Martini geraten und der Herr Produzent hätte mir angeboten, für gute Bezahlung ihren Assistenten abzugeben – das Angebot hätte ihm kein Kopfzerbrechen bereitet und mich hätte es nicht gewundert.

-- Und warum erzählst du mir das?

-- Weil ich damit an unsere letzte Auseinandersetzung in Stieldorf anknüpfen will. Dort habe ich das Kreuz über die politische Studentenbewegung geschlagen, jetzt nagt schon die Befürchtung an mir, dass auch der emanzipatorische Impetus versanden könnte. Wenn das Sein das Bewusstsein bestimmt – und das ist so sicher wie das Amen in der Kirche – dann wird die Aufsteiger der arbeitenden Klassen auch ein Aufsteiger-Bewusstsein ereilen, das sich vermutlich zu einem neuen und anderen Selbstverständnis verfestigen wird als jenes, mit dem sie aufgebrochen sind und das die meisten heute noch erfüllt.

Paul, klassenverräterischer Sohn aus dem rheinischen Bürgertum, wollte nicht direkt widersprechen.

-- Fürchtest du um deine revolutionäre Gesinnung? spottete er.

-- Nein, um mich fürchte ich nicht. Ich bin durch die Umstände meines Heranwachsens ein in der Wolle gefärbter Nonkonformist.

Das ist ein Habitus, den werde ich vermutlich ein Leben lang nicht los, selbst wenn ich wollte. Und solange der Konformismus kapitalistisch aggressiv und deutschnational durchseucht ist, werde ich auch meine Gegner nicht verlieren, das macht mir keine Sorge.

-- Was sonst?

-- Paul, wie viele Nonkonformisten kennst du? Wie viele Studenten, die stolz sind auf ihre proletarische oder kleinbürgerliche Herkunft und sich auch deshalb und nicht allein aus moralischen oder ideologischen Erwägungen einer emanzipatorischen Gesellschaftspolitik verschrieben haben? Und mit Schmackes dazu stehen?

-- Ein Grund mehr, mit einer kritischen Zeitschrift zu intervenieren, war Pauls Antwort.

Vierundachtzig

Die Gadir machte um halb 12 an der Mole fest. An Land warteten Eileen, Frank, Paul Zabel und ein Chauffeur, der am Hafen seinen Bus geparkt hatte. Auf dem Boot stand die gesamte Reisegesellschaft parat, Elea hatte für den Rest des Tages in die Villa am Hang eingeladen.

Die Begrüßung verlief ungezwungen und fröhlich, obwohl die meisten einander nicht kannten. Aber die Neugier war groß, in ihrem Fokus befanden sich Eileen und Frank bei den Teens, Paul bei Elea und den Sanz.

Fred und Vera durchschauten den Aufbau des Interesses, sie konnten sich einen Reim darauf machen. Eileen und Frank waren von der Aufmerksamkeit irritiert und suchten bei ihren Partnern Halt, was die wiederum amüsierte und zu Spielchen veranlasste. So verkuppelte Fred eine Busfahrt lang Nina mit Frank, und Vera tat das gleiche mit Filip und Eileen, die Kuppler hockten sich anschließend auf den Rückbänken mit den übrigen Teens zusammen und schürten Vorfreude auf Eleas großen Pool. Es gebe auch eine Musikanlage, verkündete Vera.

260

In der Villa angekommen, gab es ein paar nette Wort von Elea, dann verstreuten sich die Gäste. Die Teens zog es sofort an den Rand des Beckens, Vera und Fred mussten mit. Eileen und Frank aber klatschten einander ab.

-- Ein nettes Spielchen, aber dafür auch keine Fragen, sagte Frank. Wie heißt dein Beau?

-- Filip! Oder Apoll, wie du willst. Seine Schwester ist aber auch ein Schätzchen. Wie heißt sie?

-- Nina, sie ist zum Fressen süß. Vera hätte sie nie neben mich gesetzt.

-- Was soll das wieder heißen? tat Eileen verwundert und schoss die Frage nach, die sie seit gestern stellen wollte und bisher nicht stellen konnte, weil immer Leute drum herum waren: -- Frankie, wer bin ich dir?

-- Du bist mir so schwarz wie hell deine Haut und dein Gemüt, antwortete er ohne Zögern. Ich liebe Aretha über alles, aber ich kann leider nicht singen, nur buchstabieren: R-e-s-p-e-c-t!

Eileen hängte sich jetzt nicht nur ein, sondern schmiegte sich in seine Nähe, jedenfalls für die ersten Schritte, und beide zogen ebenfalls zum Pool.

Im Wasser war noch niemand.

– – –

Am Tisch der Erwachsenen saßen nur Elea und Paul. Mirabeau hatte Guillermo und Mila Sanz auf einen Rundgang durch Haus und Garten eingeladen, er wusste warum.

Elea machte kein Federlesen.

-- Ich bin sehr froh, Herr Zabel, dass wir durch Vermittlung unseres gemeinsamen Freundes zusammengekommen sind und dass ich in Ihnen einen kultivierten Zeitgenossen kennenlernen darf. Ich kannte eine andere Person ihres Namens, wir waren keine Freunde und wären auch keine geworden. Ich habe Ihren Vater lediglich zweimal getroffen, meist hatte ich mit seinem Geschäftsführer zu tun, aber die beiden Male waren unerfreulich.

Ihr Vater hat im Süden der Insel Land gekauft wie einst J.J. Astor in New York, er war damit nicht allein, aber er hat den Ton angegeben. Es wird sich zeigen, ob in den nächsten Jahren trotzdem Grundlagen gelegt werden können für einen touristischen Betrieb im Süden, der den Besuchern und den Leuten, die hier leben und arbeiten müssen, bekömmlich ist, oder ob der Zug schon abgefahren ist, weil die Eigentumsverhältnisse sind, wie sie sind.

Paul war von der Eröffnung nicht überrascht. Mirabeau hatte ihn vorgewarnt und seinen Vater kannte er. Er blickte Elea entspannt an.

-- Für die Einladung und Ihre Worte, nicht nur die freundlichen am Anfang, bin ich dankbar, Frau Baumeister. Ich habe das Sol in Puerto für 14 Tage gebucht, ich kann daraus vier Wochen machen. Wenn Ihnen daran liegt, mit mir ins Gespräch zu kommen und gegebenenfalls ein gemeinsames Ansinnen oder auch ein Projekt zu entwickeln: bitte, ich bin offen dafür und wäre Ihnen verbunden.

Elea, der Mirabeau im Vorfeld ein Bild von Paul verschafft hatte, wollte ihm glauben trotz seines Vaters, das konnte man ihr ansehen, und so nahm Paul es wahr. Sie gaben einander die Hand und verabredeten sich auf morgen im Büro, Uhrzeit noch offen.

— — —

Nach dem Essen löste Elea wegen der vielen Kids bald die Tafel auf. Sie bot den beiden Sanz und Paul einen Spaziergang in die nähere Umgebung zu einer Bellevue an, und bald machten sie sich zu viert auf den Weg.

Mirabeau blieb zurück, seine Aufmerksamkeit galt den Chicas, denen er während des Essens plaudernd nähergekommen war. Er schielte auf die Pool-Gesellschaft, die sofort wieder zusammengefunden hatte, und da er in der Villa fast zu Hause war, erschien er dort zünftig in Badehose. Er wurde interessiert, aber auch skeptisch aufgenommen.

262

Der Grund wurde ihm klar, als er merkte, dass alle gerne ins Wasser wollten, aber offenbar kaum jemand passende Kleidung dabeihatte.

-- In den Schränken gibt es Bikinis und garantiert auch Badehosen von Abián, soll ich die holen gehen? fragte er Vera hinter vorgehaltener Hand.

-- Ich vermute, das ist nicht, was deine Gäste erwarten, gluckste die einzige blonde unter all den mehr oder weniger brünetten Schönheiten.

Fred schaute her und grinste. Auch Frank, der neben Vera saß und den Wortwechsel mitbekommen hatte, ging ein Licht auf, er war nun auf dem Quivive.

Mirabeau erhob die Stimme und kündigte an, dass er gerne seine Badehose zur Verfügung stellen würde, wenn einer unbedingt schwimmen wolle.

-- Dann bist du ja nackt, tönte es von der anderen Seite des Pools.

Mirabeau verzichtete auf eine Antwort, auch sonst blieb es still, alle warteten auf einen, der sich traute. Blicke wanderten hin und her, auf Vera und Fred verweilten sie am längsten. Denen blieb die Aufforderung, die darin lag, nicht verborgen, aber sie reagierten nicht.

Bevor das Schweigen unangenehm wurde, traute sich „Nina zum Fressen süß".

-- Wenn Vera und Fred es vormachen wie in der Nacht, kommen wir alle hinterher, sagte sie und hob fröhlich die Arme. -- Aber beeilt euch, bald sind die Tutoren wieder zurück, fügte sie, direkt an Fred gerichtet, hinzu.

Fred interpretierte die Situation anders.

-- Nein, nicht Vera und ich, wir gehören zu euch. Diese drei, feixte er und zeigte auf Eileen, Mirabeau und Frank, stehen deinem Plan im Weg, Nina.

263

Die Stille war diesmal kürzer. Der sie unterbrach, war Mirabeau mit einem „Moment mal". Der Wikinger ging ins Haus und kam mit einer ganzen Ladung Hand- und Badetüchern zurück. Er legte sie wortlos am Pool ab, zog die Badehose aus und hechtete ins Becken.

Als die Augen sich von Mirabeau abwendeten und Eileen und Frank suchten, waren die beiden schon auf dem Sprung, ihre Nacktheit gerade wieder zu verbergen. Sie schwammen zu Mirabeau, und alle drei betrachteten nun vom Ende des Beckens aus mit einem schwer zu leugnenden voyeuristischen Interesse, was sich tat.

Die Teens lösten ihre Phalanx rasend schnell auf und klatschten ins Wasser wie eine Gewehrsalve. Fred brauchte länger, und Vera rührte sich erst gar nicht. Als aber Filip sich aus dem Becken stemmte und mit ausgestreckter Hand auf sie zukam, war sie in Windeseile ihre Sachen los und machte, an ihm vorbei, einen großen Satz ins Wasser. Sie schwamm zu Frank, kam ihm sehr nah und sagte in einem gewissen Befehlston: -- Du bleib bitte bei mir!

Frank küsste sie auf die Nasenspitze und bewunderte die feine Goldkette mit Smaragd, die sie um den Hals trug.

-- Wo hast du das denn her?

-- Elea hat mir das Kettchen geschenkt, als ich aufbrach, dich zu retten. Sie hat uns beiden Glück gebracht.

Im Becken waren dreizehn Personen zum Schwimmen zu viel, für eine Wasserschlacht aber gerade richtig. Aus dem Spiel hätte ein geschulter Beobachter vermutlich etwas herauslesen können. Die Kids kosteten aus, was so schnell nicht wiederkäme, wenn überhaupt, und nahmen fürs weitere Leben ganz ungewöhnliche Erinnerungen an das Orotava-Tal mit. Nur bei Vera und Frank beschränkten sich die Sinneseindrücke fast ausschließlich auf Seheindrücke, aber auch die waren vergnüglich, wie man an ihren Gesichtern ablesen konnte.

Als die Balgerei von Mirabeau abgepfiffen wurde, waren alle froh, am Beckenrand Tücher in Griffnähe zu finden.

— — —

Der Abschied von Elea und der Villa hatte unterschiedliche Gesichter.

Die Reisegesellschaft zeigte sich ausgelassen und dankbar. Mila Sanz sprach gleich mehrere Einladungen aus, die gern entgegengenommen wurden. Elea lächelte und küsste sich mit den Sanz-Teens links und rechts.

Paul sagte nur „Tschö, bis morgen". Er war heiter und Elea ebenso. Beide nährten den Eindruck, dass der Anfang geklappt habe und sie auf die Fortsetzung gespannt seien. Eileen und Frank, die als nächste anstanden, hinterließen einen unschlüssigen Eindruck. Frank bedankte sich für die Gastfreundschaft und besonders für das Fest nach seiner Befreiung, in diesen Dank schloss er Eileen ein. Beide umarmten Elea und freuten sich zu hören, dass sie jederzeit willkommen seien. Ein letztes Gran Herzlichkeit, vielleicht aber auch nur Vertrautheit schien zu fehlen.

Nicht so bei Vera und bei Fred. Beider Anhänglichkeit an Elea war groß, und in Veras Fall hatte es seit dem Kennenlernen an der Plaza del Charco viele Belege für Eleas unbedingte Zuneigung für die jüngere gegeben. Dieser Abschied war wehmütig, er galt indes nicht nur der Hausherrin, sondern auch dem Haus, dieser Höhle und auch dem Himmel, an dem zu dieser Tageszeit noch kein Mond klebte.

Am Hafen war es einfacher. Ninas und Filips Präferenzen hatten sich nicht verändert, was Eileen und Frank generös mit einem aufmunternden Lächeln begleiteten. Die Berührungen waren aber auch da züchtig, gut gelaunt und rasch vorbei.

-- Auf Wiedersehen, sagte Mila Sanz auf Deutsch, warum nicht in Algeciras?

-- In Cádiz, Mila, in Cádiz! entgegnete Vera, und der Phönizier nickte zustimmend.

Der vorletzte Abschied verband Vera und Frank mit Paul. Es geschah nach dem gemeinsamen Abendessen, an dem auch Fred und Eileen teilnahmen.

-- Wir reden in Ruhe, wenn du zurück bist und hoffentlich hier alles zu deiner und ihrer Zufriedenheit geregelt werden konnte, schlug Frank vor.

Paul war einverstanden und schob ihm unterm Tisch zwei Couverts zu.

-- Das mit dem Schmerzensgeld war ernst gemeint, sagte er, Widerspruch nicht duldend, ich bin froh, dass ihr beide mir verziehen habt.

Vera tätschelte seinen Arm.

-- Viel Spaß, Paul, sei gut zu Elea und komm gesund zurück ins Siebengebirge!

Der letzte Abschied kam fast ohne Worte aus. Schon im Aufzug waren Eileen und Vera, Frank und Fred schweigsam, ja bedrückt. Vor den Zimmern stehend schauten sie sich an, Frank und Fred umarmten einander ohne Schwung, fast wie Ertrinkende, während Eileen und Vera sich betrachteten, küssten, seufzten, sich wieder betrachteten und eine Träne verdrückten. Als die Gegenüber wechselten, taten Fred und Frank das gleiche, sie küssten die Tränen weg.

-- Wir sehen uns wieder in Deutschland, sagte Fred mit einer dunklen Stimme.

Die Anderen nickten. Dann wurden die Türen geöffnet und geschlossen.

Fünfundachtzig

Vera und Frank hatten ihre Reisekleidung mit Blick auf heimische Temperaturen gewählt, nützlich war das schon an diesem Morgen in Puerto. Pünktlich zum Abschied waren Wolken aufgezogen, die Luft war feucht und empfindlich kühl, die Sonne nicht einmal zu ahnen.

266

Vera trug ein elegantes Kopftuch, das Frank irritierte, seitdem sie es in der Halle umgebunden hatte. Als sie sich an der Vorfahrt zum Hotel stehend an ihn schmiegte, fiel ihm der Groschen. Er sagte kein Wort, aber roch verstohlen am Gewebe. Es duftete nach frischer Wäsche.

Der Bus war in der Zeit und zur Hälfte besetzt, die Stimmung der Heimkehrer gedämpft, aber nicht unglücklich. 14 Tage hatte die Sonne geschienen, folglich kein Husten, kein Schniefen, aus den Unterhaltungen war eine behagliche und leicht bräsige Zufriedenheit herauszuhören.

Vera aber bekam noch auf dem Gebiet der Stadt Puerto einen großen Schreck. Sie setzte sich kerzengerade auf.

-- Frank! Wir haben uns ja gar nicht von Mirabeau verabschiedet, sagte sie entsetzt, das ist unverzeihlich! Was wird er von uns denken?

Auch Frank realisierte das Versäumnis erst jetzt.

-- Als er beim Abschied von der Villa nicht auftauchte, dachte ich, er würde uns zum Hafen begleiten, aber dann war er mir aus dem Sinn, bis jetzt, versuchte er zu rekapitulieren.

Vera kramte in ihrer unergründlichen Handtasche und fand das Büchlein mit den Adressen und Telefonnummern.

-- Ich rufe ihn vom Flughafen aus an, das Ding müssen wir noch hier bereinigen, nicht von Bonn aus.

-- Du wirst ihn kaum erreichen, vermutete Frank.

Der Bus kam gut durch. Als auf den Verkehrsschildern San Cristóbal annonciert wurde, verließ er die Hauptstraße und nahm den Zubringer zum Flughafen.

-- Nicht nochmal San Cristóbal, sagte Frank und drückte Vera an seiner Seite. Sie schaute fragend, er gab keine Erklärung.

Auf dem Flughafen war der Schalter noch geschlossen. Sie stellten sich an, dann verließ Frank die Schlange, um Zeitungen zu kaufen. Er bekam eine „Frankfurter Rundschau" vom

267

Wochenende und blätterte darin, als sich ihm von hinten eine Hand auf die Schulter legte.

-- Wenn du sie schon gekauft hast, brauche ich sie nicht zu kaufen.

Es war Mirabeau. Frank hielt die FR mit einer Hand, die andere packte er auf die Pranke des Wikingers und schaute ihn über die Schulter an.

-- Gut, dass du gekommen bist.

Sie gingen Richtung Schalter, das letzte Stück schlichen sie sich heran. Mirabeau trat hinter Vera und griff zu. Frank, der schräg hinter ihm war, wollte noch warnen, dass sie schreckhaft sei, aber da hatte Mirabeau schon den Ellbogen in den Rippen.

Es war schmerzhaft, aber kein Malheur. Als Vera sah, wer sie überrascht hatte, verwandelten Schreck und Ärger sich in freudige Überraschung. Sie fiel Mirabeau um den Hals und hüpfte auf und ab wie ein Mädchen.

-- Du Bandit! Uns so auf die Folter zu spannen!

Frank und Mirabeau rahmten Vera ein und legten ihr beide eine Hand auf die Schulter, während sie den Wagen schob. Ihr war wohl, und so sah sie aus. Als die Schlange wieder stand, drehte sich ein soignierter Vierzigjähriger vor ihr um und musterte sie unverblümt. Da lächelte sie ihm zu, hob anmutig die Schultern und sagte mit einer entwaffnenden Selbstverständlichkeit: -- Jules et Jim, Jeanne ma mère.

Der Flug verlief wie alle Flüge auf dieser Reise: ruhig.

In Frankfurt hätte der Zoll eine Hürde sein können, denn sie hatten zu viel Zigaretten dabei und auch eine Flasche Carlos Primero wäre hopsgegangen. Aber sie kamen durch, die Zöllner waren jung, herausgegriffen wurden ältere Semester mit Wampe.

In der Vorhalle angelangt, machte Frank augenblicklich Inka Gotland neben dem Infostand aus. Er stoppte den Gepäckwagen und wies in ihre Richtung.

-- Mirabeau, zuerst mal nur du, deinen Koffer bringen wir nach.

268

Der Wikinger räusperte sich, packte auch seine Reisetasche auf den Wagen und tigerte los. Inka sah ihn, als er noch ein paar Meter entfernt war. Als er sah, dass sie ihn sah, verharrte er. Dann aber liefen beide los, und Vera und Frank waren sich einig: beide gleichzeitig.

Sie hielten sich noch, als die Freunde kamen und ihren Teil der Good Vibrations abkriegen wollten. Es war eine Menge, die Freude war groß. Sie waren alle vier angefasst von der Erleichterung und taten auch nach dem ersten Rausch nicht viel, außer einander zu berühren, anzulächeln und zu versichern, dass es gut sei.

Sechsundachtzig

-- Willst du mich ausspionieren, dass du plötzlich mit in die Sauna gehst? fragte Vera spitz und immer noch ungläubig.

Frank packte sein Bündel fertig und rückte vom Tisch ab.

-- Denk bitte dran, dass wir morgen Nachmittag die Fotos machen. Das Wetter soll gut werden, und das Licht hier oben dürfte um vier gerade richtig sein.

Er fasste sie um die Schulter und zog sie zur Tür.

-- Und jetzt spinn nicht. Mir fehlt schon nach zwei Tagen die Wärme des Südens, deswegen folge ich dir. Irgendwas muss ja an der Sauna dran sein, wenn ihr alle so draufsteht und den Besuch herbeisehnt.

Unter den Stelzen des Hochhauses an der Von-Sandt-Straße warteten Inka, Mirabeau und Arno. Sie fuhren mit dem Aufzug in den Sauna-Bereich, und Arno gab zum Besten, dass er Vera nun nicht mehr schützen müsse, sie habe ja ihren Scheich dabei.

Der Scheich ließ sich weder eine gewisse Befangenheit, noch seine Neugier anmerken, sondern wanderte wie ein Schlafwandler durch die Angebote für trockene und feuchte Hitze, für kalte Füße und Ganzkörperabschreckung. Er nahm hier teil und sah dort zu, nach einer Stunde erwischte ihn Inka alleine und stellte ihn.

-- Frank, unter uns zwei vertrauten Körpern. Ich sehe, dass es dir Spaß macht, aber das wusstest du ja vorher nicht. Also jetzt rück mal raus: Was hat dich hierhergetrieben?

Frank sah sie forschend an.

-- Kannst du ein Geheimnis bewahren?

-- Ja klar, lachte Inka.

Frank hob den Zeigefinger.

-- Wehe, du verrätst mich!

-- Ich verrate dich nicht, François, großes Ehrenwort.

-- Arno, sagte er.

-- Arno?

-- Eigentlich Abián.

-- Abián? Verstehe ich nicht, erklär es mir.

Und Frank erklärte ihr, dass Vera ihm beiläufig gesagt habe, vor Abián habe sie sich anfangs ein Bisschen gefürchtet, „weißt du, ein Typ wie Arno". Das habe er nicht verstanden und sich ohne Ergebnis den Kopf zerbrochen, er habe aber auch nicht nachfragen wollen.

-- Und jetzt ahnst du was und ein Bild hat sich in deinen Kopf geschlichen! schloss Frau Gotland gedankenschnell und sprachgenau, ein unstillbares Lachen rauschte durch ihren Körper, sie konnte sich nicht mehr einkriegen.

Die beiden leibhaftigen Mütter, die zwei Meter entfernt standen, hatten den Wortwechsel verfolgt und wenn sie auch nicht alles mitgekriegt hatten, so doch die Hauptsache, also traten sie Inka mit knochentrockener rheinischer Heiterkeit zur Seite. Frank lachte mit, nicht knochentrocken, verschämt auch nicht, irgendwas dazwischen.

Inka ließ die Zähne blitzen und fixierte ihr lachend sprachloses Gegenüber.

-- Es ist schön, François, dass auch dir eine gewisse Eifersucht nicht fremd ist. Was wüsstest du sonst noch gern? Heute ist

Internationaler Frauentag, da erzähle ich dir alles, und ich verpetze deine verdammte Neugier nicht.

Frank streckte ihr die Zunge raus und ging ab zum Whirlpool, wo Vera und Arno standen und ihn neugierig erwarteten.

Siebenundachtzig

Frank trank mit der Giraudoux Kaffee bei Tchibo, als Barbara Hörmann mit der Nachricht kam, der Antrag sei jetzt gestellt.

-- Am Donnerstag Misstrauensvotum gegen die Regierung Brandt! Jetzt haben sie offenbar genug Stimmen zusammengekauft und trauen sich.

Richtig überrascht waren sie alle nicht, aber die Zuspitzung der Lage brachte sie auf.

-- Was wird eine Stimme kosten? fragte Madeleine.

-- Keine Ahnung, antwortete Barbara, 50 oder 100 Tausend wird gemunkelt.

-- Die Zahlen sind schön rund, meinte Frank.

Er wollte wissen, warum nur die „schwarze Bande" Abgeordnete umdrehe, warum nicht „auch wir"? Einwände ließ er nicht gelten.

-- Wer ist 69 gewählt worden? Die oder wir? Die Moralprediger sollen das Maul halten oder sich an dem deutschnationalen Gesocks abarbeiten, das hinter dem Betrug steckt und die Uhr zurückdrehen will, schimpfte er.

Barbara und Madeleine schauten sich an und waren amüsiert.

-- Du redest wie ein Kanalarbeiter, spitzte Barbara ihren Eindruck zu, ich frage mich, warum du immer noch nicht in der Partei bist? Du musst dich ja nicht gleich den „Freunden sauberer Verhältnisse" anschließen.

Frank nahm einen Schluck Kaffee.

-- Heute Abend ist Mitgliederversammlung im Hotel Wilckens, informierte Madeleine, die Beueler wollen überlegen, was man tun kann. Komm hin und füll den Antrag aus.

-- Die beschließen einen Fackelzug, da wette ich, spottete Frank.

-- Beschließen sie nicht, wenn wir ihnen klarmachen, dass sie eine wortgewaltige Demo auf die Straße bringen müssen, entgegnete sie, zeig ihnen die Faust, Barreur!

-- Holst du mich ab? fragte er das Mädchen mit den langen schwarzen Haaren und den vielen Locken.

-- Bei dir zu Hause? Um halb 8? D'accord.

— — —

Madeleine kam vor der Zeit und traf einen Dilettanten, der auf einer Schreibmaschine rumhackte. Es war der Antrag auf Graduiertenförderung, er musste noch diese Woche gestellt werden.

-- Vera ist gestern schon nach Hamburg, Kongressvorbereitung, ich habe den Text nicht rechtzeitig fertiggekriegt, jetzt muss ich selbst tippen.

Die Giraudoux kommentierte das nicht. Sie inspizierte die Bücherregale, nahm die Kameras in die Hand und blätterte sich mit wachem Interesse durch einen Stapel großformatiger Fotoabzüge.

-- Hey, so was hätte ich aber auch mal gerne! rief sie aus, richtete sich kerzengerade auf und wackelte unverschämt mit dem Po.

Frank, der sie hörte und wackeln sah, brauchte nach den Fotos, die sie bewegten, nicht mehr zu fragen.

-- Immer nur blond ist doch langweilig, legte sie nach, aber – sie schaute zu Frank rüber und hob den Daumen – lässig fotografiert!

Sie nahm einen Abzug aus dem Packen, suchte den passenden Platz vor der großen Schlafcouch und sah erneut das Foto an.

-- Zu mir passt der Produktionsort eh viel besser, meine Alabasterhaut, die schwarzen Haare, die dunkelblauen Augen, das macht Kontrast.

Frank gab die Schreibmaschine auf und wandte sich ihr zu.

-- Madeleine, du drehst am Rad. Soweit kommt es, dass ich dich nackt auf unser Ehebett lege und fotografiere.

-- Ist schon klar, François, wenn du mich nackt hinlegst, fotografierst du mich nicht, zog sie eine naheliegende Schlussfolgerung und legte die Aufnahme zurück auf den Stoß der übrigen.

Madeleine Giraudoux war in Paris auf der Rive Gauche in ein sehr elitäres Lycée gegangen und für ein paar Tage noch Teenager.

– – –

Frank hatte sich über den Veranstaltungsort für die Mitgliederversammlung gewundert, als er jedoch im angesagten Hotel drin war, wunderte er sich nicht mehr. Es war eher eine Kneipe am Bahnhof.

Madeleine zog ihn mit „zu Herta".

-- Frank Barreur ist Genosse. Er will jetzt auch offiziell in die Partei eintreten. Ich bürge für ihn.

Herta reichte Frank ein Beitrittsformular, schaute ihm in die Augen, gab ihm die Hand, ein fester Händedruck.

-- Ich freue mich, Genosse Barreur, junge Freunde von Madeleine sind uns immer willkommen, in diesen Zeiten besonders. Das Mitgliedsbuch braucht 14 Tage.

Frank war gerührt.

-- Ich freue mich auch. Ich habe es mir gut überlegt.

Dann fasste er Madeleine um die Schulter und strahlte beide Frauen nacheinander an.

Der Vorsitzende des Ortsvereins ergriff mit leichter Verspätung das Wort und hielt eine gesetzte Rede zur Einführung, die man an dem Tisch, an dem Frank mit Madeleine Platz genommen hatte, gleichwohl für „kämpferisch" hielt. Sie galt der aktuellen Lage, Vorschläge zu einer konkreten Tat waren nicht enthalten.

Es folgten vier Wortmeldungen mit einigen Invektiven gegen die „Schwarzen" und die „Reaktion", darin beim dritten Redner ein konkreter Handlungsvorschlag: Fackelzug zum Kanzlerdomizil auf dem Venusberg.

Frank stieß Madeleine sanft in die Rippen.

Als der vierte Redner auf Abwege geriet, stieß Madeleine Frank in die Rippen.

-- Hau rein, solange noch alle zuhören! Das dauert sonst auch zu lang, raunte sie ihm zu.

-- Warum ich, warum nicht du? raunte er zurück, wie sieht das aus? Ich bin neu hier und reiße gleich die Klappe auf. Du kannst die genauso gut aufrütteln!

-- Heb den Arm, Frank!

Frank hob den Arm und kam als übernächster dran.

Er schlug vor, für den Vorabend des Misstrauensvotums, also Mittwoch, einen Demonstrationszug mitten durch die Stadt anzumelden: Rhein, Rathausgasse, Marktplatz, Sternstraße, Vivatsgasse, Münsterplatz. Er sagte, der Widerspruch gegen die Machenschaften der Reaktionäre um Barzel und Strauß müsse seinen Ausdruck in einer Tat finden, die jeder verstehe.

-- Am Vorabend der Abstimmung werden Fernseh-Teams aus der ganzen Welt in Bonn sein, die brauchen Bilder und Stimmen des Zorns! Wer soll sie liefern, wenn nicht wir?

Er wurde leidenschaftlich, wütete gegen die Feinde von Frieden, Völkerverständigung und einem anständigen Leben für die arbeitenden Klassen, er rief zur Mobilmachung auf.

-- Die Gewerkschaften müssen trommeln, wir brauchen viele Busse aus dem Ruhrgebiet, wenn der Münsterplatz am Ende rappelvoll sein soll. Da nur zwei Tage Zeit sind, müssen unsere Gliederungen und die Baracke sich ab morgen früh die Finger wund telefonieren.

Madeleine saß neben ihm, die Nase hoch in der Luft.

Die Reaktion war eindeutig. Ein einzelner Genosse wollte bremsen, da schlug ein anderer Schluss der Debatte und Abstimmung vor, danach hatten jedenfalls die Beueler die große Demo schon mal beschlossen.

274

-- Du hast sie gepackt, Steuermann! Ich glaube, am meisten hat sie überzeugt, dass du gleich eine genaue Route für den Demonstrationszug mitgeliefert hast ...

-- Da kannst du Recht haben, sagte Frank ungerührt und heimatverbunden.

— — —

Auf dem Nachhauseweg besorgte er sich Kleingeld und rief in Veras Hamburger Hotel an. Frau Mühlen sei außer Haus, hieß es. Er wählte Mirabeau daheim in der Helenenstraße an, bekam Inka an die Strippe und informierte über seinen Parteieintritt und die Demo am Mittwoch. Inka lobte ihn und suchte ihm die Nummer von Fred in Tübingen raus. Dort erreichte er Eileen und versorgte auch sie mit den Neuigkeiten. Beide verabredeten, dass Mirabeau informiert würde, wenn sie nach Bonn kämen. Im Briefkasten fand er eine Postkarte von Jordi Montt aus Aachen, der fragte, ob er am Wochenende vorbeischauen könne, er habe eine Botschaft von Cristina. Frank lief wieder zu einem öffentlichen Fernsprecher, wählte die angegebene Nummer und hinterließ, Jordi sei bereits am Donnerstag zur Demo willkommen, er möge Mirabeau unter der bekannten Nummer Bescheid sagen.

— — —

Am 25. April wurde sozialdemokratisch viel telefoniert, wenn auch noch nicht in der Frühe und insgesamt nicht genug.

Frank erreichte Vera mittags auf dem Kongress in Hamburg. „Viel Arbeit, nicht die beste Organisation hier, aber sonst okay", sagte sie. Die Nachricht vom Parteieintritt quittierte sie mit „Dann ist es ja endlich passiert". Für Donnerstag machte sie keine klare Ansage, es könne sein, dass sie sogar erst am Freitag zurückkomme, man müsse nochmals telefonieren. Frank war anschließend ratlos und zuckte mit den Schultern. „Wir brauchen endlich ein eigenes Telefon" schrieb er nach der Rückkehr aus der Zelle auf ein Blatt Papier und spengelte es über seinem kleinen Schreibtisch an die Wand.

Achtundachtzig

Am Vormittag des 26. April wurde sozialdemokratisch erneut viel telefoniert. Es drehten jetzt auch Kader an der Wählscheibe, die nicht der Sozialdemokratie angehörten, aber besser wussten, wie man eine Demo auf die Beine stellt. Ab dem späteren Nachmittag durften die Bonner Organisatoren auf eine eindrucksvolle Veranstaltung hoffen. Doch dann kam der große Regen, und das Bangen begann.

Frank hatte bei Mirabeau hinterlassen, dass er bis zur Ankunft des Demonstrationszuges an der Freitreppe des Rathauses anzutreffen sei, danach ziemlich weit vorne im Zug. Tatsächlich war er seit Mittag in der Stadt unterwegs und pendelte zwischen Uni-Hauptgebäude, Tchibo, dem Büro der Stadtratsfraktion und der Universitätsbibliothek hin und her, den Antrag auf staatliche Graduiertenförderung hatte er gleich zu Anfang abgeliefert. Als die Wolken immer dicker und schwärzer wurden, fuhr er auf die „Schääl Sick" und versorgte sich mit Anorak und Baskenmütze. Auf dem Rückweg sah er bereits massenhaft Demonstranten am Rheinufer.

Es dämmerte, als der Regen einsetzte. Aus dem Rathaus kam ein Polizist in Einsatzkleidung und steckte dem Lokalchef des „Express", der neben Frank stand, es würden bestimmt 20 000 werden, „aber beruf dich nicht auf mich".

Vor dem Rathaus wuchs die Menge an, und da sich jedermann gegen den Regen schützte, waren Gesichter kaum zu erkennen. Der Wikinger jedoch ragte heraus, er hatte nicht nur Inka im Schlepptau, sondern auch die Amis aus dem Schwäbischen und den Katalanen aus Aachen. Die Begrüßung geriet feucht und war herzerwärmend. Eines der zahlreichen Kamerateams, die am Rathaus versammelt waren, hielt auf die Szene, es war NBC, und Eileen lieferte den O-Ton: „A great day for German democracy!

276

We stand up against the rightist reactionaries! What they are trying to achieve is Machterschleichung".

-- Ich war nie zuvor im US-TV, lachte sie danach.

Bald darauf strebte die Spitze des Demonstrationszugs um die Ecke. Frank erkannte den Vorsitzenden des Unterbezirks seiner Partei und den Jungsozialistenhäuptling, die anderen sagten ihm nichts. Die Giraudoux tauchte auf und winkte, aber Frank zögerte, er hatte die Hoffnung noch nicht aufgegeben. Dann sah er, wie sich ein Riesenkerl quer durch den Zug der Demonstranten kämpfte, eine zierliche Person an der Hand hinter sich her schleifend.

Es waren Arno und Vera.

Sie wurden begrüßt wie der verlorene Sohn samt Tochter. Diesmal hielt ein anderes TV-Team drauf. Arno brüllte „Barzel!" und hieb den Daumen nach unten, das machte Eindruck auf die Südkoreaner.

Nun reihten sich Frank, Vera, Arno, Jordi, Eileen, Fred, Inka und Mirabeau untergehakt in die nächste Kohorte ein. Als sie in Gang kamen, stimmte Frank seine Lieblingsparole an: „Nieder mit Barzel, nieder mit Strauß, die Macht, die geht vom Volke aus!" Das skandierten sie ein ums andere Mal und hatten einen Mordsspaß. Schon als sie in die Vivatsgasse einbogen, waren sie völlig durchnässt, und das Wasser stand ihnen in den Schuhen. Frank sah Vera gut geschützt unter einem Riesen-Anorak, aber dann erkannte er, dass sie tatsächlich auf Pumps unterwegs war. Im Lärm schrie er ihr zu: „Das wirst du mal unseren Enkeln erzählen". Sie strahlte ihn aus einem nassen Gesicht an.

Der Münsterplatz wurde rappelvoll, obwohl es anhaltend aus Eimern goss. Die erwähnte Losung setzte sich durch. Die Lust auf fein ziselierte Reden wurde weggewaschen, wenn es sie denn gegeben haben sollte.

Es war eine eindrucksvolle Demonstration ohne Firlefanz. Dass sich später außer den Teilnehmern kaum noch jemand daran erinnern konnte, hatte mit der Überraschung am Tag danach zu tun.

„Genug ist genug", sagte Mirabeau, und die Gruppe teilte sich nach einer Verabredung auf morgen halb 10 in der Helenenstraße. Die Amis gingen mit Mirabeau und Inka, Jordi für heute mit Arno, Frank und Vera holten Veras Koffer aus der Schließanlage am Bahnhof und fuhren mit der Straßenbahn nach Beuel.

Der Wagen war vollgestopft mit Teilnehmern an der Demonstration, die Luftfeuchtigkeit erreichte gefühlte hundert Prozent. Obwohl durchnässt, heiser und erschöpft war die Stimmung ausgezeichnet. Es wurde gesungen.

Im Appartement hinter der Rheindorfer Straße war es wohlig. Vera und Frank warfen das nasse Zeug ab, dabei kam unter Veras Riesenanorak ein Riesenholzfällerhemd zum Vorschein, ihre lange schwarze Hose war nass bis zum Knie.

In der Dusche genossen sie erst lange das warme Wasser, dann schäumten sie sich die Haare ein und drängten sich, Stirn an Stirn, unter den Strahl. Frank ging Vera ins Halskehlchen, sie kitzelten einander und alberten rum. Als Frank ernstmachen wollte, drehte Vera ihn mit dem Gesicht zur Wand und bestrich seine Waden mit kaltem Wasser.

-- Das ist gut für ein starkes Herz, veräppelte sie ihn.

Die Überschwemmung, die sie verursacht hatten, bereinigte Frank. Vera föhnte derweil ihre Haare und war eingeschlafen, kaum dass sie sich unter die Decke gekuschelt hatte. Frank konnte ihr nur noch gefühlvoll in den Po beißen, als er ihre Nähe suchte.

Neunundachtzig

Über dem Haus in der Helenenstraße war der Himmel lokal blau, ein Sonnenstreif lag auf dem Auswärtigen Amt auf der anderen Rheinseite.

Arno und Jordi waren schon da, als Vera und Frank aufkreuzten, sie saßen mit Fred und Eileen im Wintergarten, den

278

der Handwerker Mirabeau über die Veranda gezimmert hatte. Die Begrüßungen, die am Vorabend der Nässe wegen knapp ausgefallen waren, wurden jetzt gefühlvoll nachgeholt, und es beteiligten sich daran auch diejenigen, die sich beinahe täglich über den Weg liefen.

Mirabeau hatte in der Ecke den tragbaren Fernseher und ein Kofferradio aufgebaut. Um 10 drehte er erst die Nachrichten des WDR laut, danach ging er auf die Übertragung aus dem Bundeshaus. An Kiesingers Rede war das Interesse gering.

-- Angeblich steht nicht nur Barzels Ministerliste, sie haben auch schon den Fotografen für die obligatorischen Fotos angeheuert, gab Frank in die Runde.

-- Gibt's gar keine Hoffnung., dass sie am Ende mit Zitronen gehandelt haben? wollte Inka wissen.

Gehört hatte niemand was, und nur Fred hielt die Sozis für clever genug, die „Machterschleichung" zu durchkreuzen – wie Eileen hatte er das Wort in einer Diskussion aufgegabelt.

-- Ihr werdet sehen!

Arno war als letzter mit dem Frühstücken fertig, aber er war der erste, der sich verabschieden musste. Vera holte sich bei Frank den Autoschlüssel, um Jordis Koffer umzupacken.

Es redete immer noch Kiesinger.

– – –

Eileen und Vera verzogen sich ins Wohnzimmer und tauschten sich aus. Eileen fing mit Teneriffa an und endete bei der Wohnung in Tübingen, sie hatte keine Dramen zu berichten, sondern ließ Vera an ihrer Zufriedenheit teilhaben. Sie sei ziemlich sicher, dass sich ihre universitären und beruflichen Pläne realisieren ließen, und privat sei alles okay. Vera hatte nur eine Nachfrage.

-- Du kannst dir wirklich vorstellen, dass Paul und Elea nicht nur beruflich Bande finden?

Das konnte sie, aber es sei bloß ein Eindruck nach einem langen gemeinsamen Abend gewesen, direkte Belege habe sie keine.

-- Und du, Sweetheart? fragte Eileen.

Vera berichtete von einer gewissen Unzufriedenheit mit dem Job.

-- Das ist eine typische Männergesellschaft, wo ich arbeite, war es immer. Spaß hast du nur, wenn du dich voll darauf einlässt. Wenn nicht, kriegst du zwar auch Anerkennung, aber dann packen sie dir ungerührt alle Arbeit auf, vor allem die schwierigen Sachen. So war es gerade wieder fünf Tage lang in Hamburg.

-- Und du wolltest dich partout nicht vom Präsidenten bumsen lassen, um es bequemer zu haben? ging Eileen in medias res.

-- Um Himmels willen, entsetzte sich Vera, auch noch der Präsident!

Eileen erfuhr, dass der Präsident alt und schwächlich sei – im Gegensatz zu der Horde Referenten und dem Abteilungsleiter.

-- Und Frankie? wechselte sie nicht das Thema, aber die Person.

-- Ist jetzt Sozialdemokrat.

-- Aber das stört dich doch nicht, oder?

-- Mich stört, dass ausgerechnet das Früchtchen Giraudoux ihn überredet und für ihn gebürgt hat, um anschließend ihren Erfolg mit ihm zu feiern, bemerkte Vera kühl.

-- Woher weißt du das?

-- Von ihm selbst, musste sie eingestehen.

-- Dann kann es so arg nicht gewesen sein, beschwichtigte Eileen.

-- Sweetheart, um Frank scharwenzeln viele herum, daran habe ich mich gewöhnt, und es beunruhigt mich nicht. Aber diese scharfe Pariserin ist ein raffiniertes Luder, und drei Jahre jünger ist sie auch.

-- Dann ist sie ja noch ein Kind.

-- Ich weiß, wie ich mit 19 hinter Franco her war und ihn mir zurechtgelegt habe, ließ Vera sich nicht beirren.

Eileen wechselte erneut die Person, wenn auch nicht das Thema.

-- Und wer ist Arno, mit dem du gestern aus dem Nichts aufgetaucht bist? Hat er dich aus Hamburg hergefahren?

-- Arno ist der Einzige, mit dem ich meinen Liebsten erschrecken kann, seitdem er weiß, dass Arno mich nicht mehr erschreckt. Einen liebenswerteren Riesen gibt's nämlich im ganzen Rheinland nicht.

-- Und was tut Arno?

-- Er ist Dichter. Im gewöhnlichen Leben macht er Reden und Texte, unter anderem für meinen Verband.

-- Und gestern hat er dir ein Gedicht geschrieben, bevor er dich zur Demo brachte?

-- Er hat mir mit einem großen Anorak ausgeholfen, wenn du dich erinnerst.

Eileen nahm ihre Blutsschwester in den Arm, die sich auch sofort anlehnte. Sie wiegte sie, blieb lange stumm und summte ihr dann ins Ohr.

-- Mach nichts falsch, Vera, und vergiss nicht die Kinder, von denen du mir auf Teneriffa erzählt hast.

Vera nickte an ihrem Hals.

--- --- ---

Im Bundestag war Walter Scheel ans Pult getreten, nun versammelten sich alle vor dem Fernseher. Das Echo war freundlich, in Franks Fall leicht kritisch.

-- Die Entscheidung ist längst gefallen, und er tut so, als könne er noch jemanden zur Besinnung bringen. Er redet für das Geschichtsbuch.

Jordi nahm die Wortmeldung zum Anlass, Frank um einen Gefallen zu bitten.

-- Wir müssen dafür zum Auto, ich muss an meinen Koffer.

Beide gingen vors Haus, Frank öffnete die Heckklappe, und Jordi entnahm seinem Köfferchen eine flache Kartonage, als Geschenk verpackt, der grüne Aufkleber lautete: „Per Frank. Cristina".

-- Was ist es? fragte Frank.

Jordi hob die Schultern und machte große Augen, er war offenbar ebenso neugierig wie der Adressat. Frank löste vorsichtig die Verpackung, sichtbar wurde eine Hutschachtel, darin eine tiefblaue Baskenmütze, am Rand fein bestickt in roter Farbe mit einem Wort in Schreibschrift: „Francis".

-- Ist das eine schöne Überraschung an diesem blöden Tag! freute sich Frank und küsste das Geschenk. -- Nur warum „Francis"? So hat sie mich nie genannt.

Jordi wusste keine Antwort, er hatte jedoch verlässlich gute Nachrichten aus zweiter Hand.

-- Die Oma war eine Woche lang bei ihr in Madrid. Das war aus familiären Gründen dringend nötig. Tina hat ja eine große Autorität, aber der Wechsel in die Dienste der Regierung war für die meisten der Unseren in Barcelona so ein Bruch, dass eine Kluft entstand. Den kittet die Oma jetzt.

-- Sie hängt an ihrer Enkelin?

-- Und wie! Da kannst du eifersüchtig werden! Mich brauchte sie ja nicht zu besänftigen, aber sie hat mir ausführlich berichtet, wie es ihr geht.

-- Und wie geht's ihr?

-- Gut, sagt die Oma. Sie sei zwar wieder dabei, zu viel auf einmal zu wollen und zu tun, aber sie werde es stemmen. Sie sei ausgeglichen und fröhlich, niemand müsse um sie fürchten, schon gar nicht aus politischen Gründen.

-- Cristina ist ein Engel, sagte Frank, sie hat alles Glück der Welt verdient.

Er löste sauber den Aufkleber von der Verpackung und warf diese samt Kartonage in den nächsten Papierkorb. Mütze und Widmung ließ er in seiner Sporttasche verschwinden.

-- Hat Tina einen privaten Telefonanschluss in Madrid? Ich danke ihr telefonisch schneller, als wenn ich schreibe.

-- Privates Telefon hat sie noch nicht, aber die Dienstnummer kann ich dir geben und auch die private Anschrift.

– – –

Im Bundestag ging Brandt in die Bütt und war trittsicher. Auch er sprach direkt ins Geschichtsbuch.

Danach waren drei Stunden rum, und der Präsident beendete die Debatte. Er eröffnete die Abstimmung.

In der Helenenstraße kam Spannung auf „against all odds" (Eileen).

-- Vielleicht hast du ja doch Recht, sagte Mirabeau zu Fred und pochte ihm auf die breite Brust.

Vera und Frank belegten gemeinsam einen Sessel, Inka und Jordi nahmen nebeneinander Platz, Eileen blieb erst stehen, dann setzte sie sich zu Fred, nur Mirabeau tigerte rum. Die Auszählung dauerte. Dann war es so weit.

Der Präsident nahm das Wort und verkündete die Zahlen.

-- 247 ist zu wenig! schrie Inka, noch ehe der Mann seinen Satz beendet hatte.

Sie sprang auf und hüpfte herum wie unter Strom, die Anderen schlossen sich an, als sie sahen, wie im Plenum auf der linken Seite die Arme hochgeworfen wurden.

Sie umarmten und herzten einander, sie schrien und fluchten aus Erleichterung, sie rissen die Fenster auf, schließlich sangen sie spontan, was auch auf der Rüdesheimer Drosselgasse gesungen wird, wenn die Sonne scheint und das Glas voll ist: „So ein Tag, so wunderschön wie heute ...". Erst danach machte sich Mirabeau am Plattenspieler zu schaffen und kündigte Ernst Busch an.

-- Das Lied passt zwar jetzt nicht mehr, aber das war meine Stimmung seit Tagen.

Und Ernst Busch sang „Arbeiter, Bauern, nehmt die Gewehre, nehmt die Gewehre zur Hand ...".

-- Schade, dass Tina und die Oma das nicht miterleben können, bedauerte Jordi, nahm Veras Hände und hüpfte mit ihr.

Frank strahlte die beiden Gleichaltrigen an, die ihm nahe waren.

— — —

Als die erste Flasche Schampus geleert und eine gewisse Beruhigung eingetreten war, nahm Inka Frank beiseite.

-- Jetzt bist du Mitglied in einer Regierungspartei, frotzelte sie ihn, das war nicht deine Erwartung beim Eintritt, oder?

Frank schüttelte den Kopf.

-- Aber wie man weiß, redete er sich die Lage passend, muss man in so einer Volkspartei nicht alles vertreten oder gutheißen, was die Oberen veranstalten, ich werde es aushalten.

Sie zog ihn ans Fenster und steckte sich eine Zigarette an.

-- Mirabeau hat beruflich ein Angebot aus Florenz, keine kleine Sache. Er will sich drauf einlassen, und ich bestärke ihn. Wahrscheinlich könnte ich eine Doktorarbeit mitnehmen, vergleichend mit Italien geht rechtswissenschaftlich immer was. Vielleicht machen wir auch ein Kind. Bist du überrascht?

Frank war durchaus überrascht, aber da sie auf „Kind" geendet hatte, schaute er sie nicht erstaunt, sondern lächelnd an.

-- In Italien haben's die Kinder gut.

Da zupfte sie ihn ohne weitere Erläuterung am Hemd, winkte Mirabeau und reckte den Daumen in die Höhe. Der Wikinger stieß zu ihnen.

-- Was hat sie dir versprochen: Trauzeuge oder Patenonkel?

Statt einer Antwort winkte Frank nach Vera. Sie kam ahnungslos, Jordi im Schlepptau. Mirabeau sah sie scharf an.

-- Was ist dir lieber: Trauzeugin oder Patentante?

-- Ich will auch mal ein Kind! sagte Vera wie aus der Pistole geschossen und grapschte nach Franks Hand.

Inka klärte Vera und Jordi auf.

-- In der Politik bleibt es Gott sei Dank beim Alten, aber neu wird's nicht nur bei euch, sondern auch bei mir – bei uns, kommentierte Vera und zog Frank näher. -- Mein Liebster bekommt ein Graduiertenstipendium, und ich beginne im Wintersemester mit dem Studium.

Das Erstaunen war groß, alle hatten Veras Glaubensbekenntnis im Ohr: „Warum soll ich Betriebswirtschaft studieren? Dann verdiene ich auch nicht mehr Geld als jetzt und habe zusätzlich die Abgeordneten am Hals".

-- Was wirst du studieren? fragte Inka nach der Überraschung.

-- Also, ich denke, Biologie und ... begann Frank.

-- Du, sag jetzt bitte nichts Falsches, Frankie Baby, unterbrach ihn Vera resolut, ich mache Management und Arbeitsorganisation.

-- Das passt, stimmte Mirabeau ihr zu, und die anderen nickten einträchtig.

Frank steckte sich eine Reval an.

-- Nach René Allendy haben wir beide eh noch fünf Jahre Zeit, bis wir reif für Kinder sind. Ich finde das tröstlich, denn bis dahin könnte ich vielleicht mit dem Studium fertig sein.

-- Die einen nehmen sich jahrelang Zeit, und bei anderen geht es schwuppdiwupp, amüsierte sich Jordi.

-- Katalane, wo hast du dieses Wort her? wunderte sich Vera.

-- Aus dem Karneval zu zweit, erklärte ihr Jordi aus Aachen.

— — —

Als der Aufbruch beschlossene Sache war, kam ein Anruf aus Godesberg für Frank. Stefan Lebrecht war dran mit einer Einladung.

-- Wir feiern auf dem Berg die krachende Niederlage der Reaktion, feixte er, vermutlich kriegen wir noch prominenten Besuch, und „Hans" – du erinnerst dich – ist jedenfalls schon hier, wir haben auch was zu essen, kommst du?

-- Kann ich die Freunde mitbringen?

-- Kein Problem, antwortete Stefan, die Adresse kennst du ja.

In der Stiftungseinrichtung auf dem Venusberg hatten ein paar Stipendiaten aus der Stadt einen Party-Rahmen improvisiert inklusive Grill auf der Veranda zum Garten hin. Das Wetter spielte einigermaßen mit, und sobald die Sonne schien, war es frühlingshaft.

Die Begrüßung war leicht exaltiert, Vera und Madeleine Giraudoux tauschten Wangenküsse, als seien sie beste Freundinnen.

Stefan schleppte Frank gleich danach zu einem Hünen um die 40, der draußen das Grillfeuer überwachte, und stellte vor: „Hans" und „der Fotograf". Die beiden verstanden sich auf Anhieb.

Hans hatte den Grizzly kennengelernt, als er 1969 Willy Brandt auf die Kanaren begleitet hatte, und ihm dort in einer Sache geholfen, die er nicht weiter erläuterte. Frank bedankte sich für die Rettung und bat, den Dank an das Kommando weiterzugeben. Und wie gehe es dem Grizzly? „Alles okay, wir sind nicht ohne Freunde in Spanien".

Auch ohne Besuch des überraschenden Schützenkönigs vom Tage wurde die Stimmung immer besser, am späten Nachmittag ausgelassen und rheinisch besoffen.

-- Heute himmelhochjauchzend und morgen wieder zu Tode betrübt wie nach der Wahl in Baden-Württemberg am Sonntag! Dass der Haushalt des Kanzlers durchgeht, kann ich mir beim besten Willen nicht vorstellen, ließ einer aus der Baracke verlauten. Frank gab ihm Kredit, nachdem er ihm eine Weile zugehört hatte.

Ein anderer bekam keinen Kredit, er hatte sich an Vera versucht. In ihren Worten:

-- Stell dir vor, da kommt einer mit Knarre unterm Sakko und fragt, ob wir nicht Lust hätten auf eine echt scharfe Party? Ich habe ihn zur Seite genommen und dezent darauf hingewiesen, dass meine beiden Freundinnen schwanger seien. Da hat er mir – sie legte die Hand aufs Herz – das Blaue vom Himmel über der Ruhr versprochen.

-- Und du? fragte sanft ihr Mann, der sie kannte und so schicker war wie sie.

286

-- Ich habe ihm gesagt: Guck, die einen Mädels mögen keine Corsage, und ich mute meinem empfindsamen jugendlichen Körper keinen Kerl über 30 zu.

-- Hast du ihm damit das Maul gestopft?

-- Er hat mich so was von groß angeguckt! Da habe ich ihm einen Fingerzeig gegeben und ihn auf eine kleine Schwarzhaarige mit vielen Locken aufmerksam gemacht. Die ist fast so begabt wie ich und, hey, noch ein Teenager, habe ich gesagt, eine echte Pariserin ist das, frag die, Du weißt doch: Pariserinnen!

-- Ich muss deine Hinterlist rügen, Chérie, aber ist er deinem Rat gefolgt?

-- Nein, er hat gesagt, von der komm ich doch her, die hat mir genau so einen Scheiß verklickert wie du, nur auf dich gemünzt.

-- Liebling, sagte Frank und schaute ihr tief in die Augen, wir machen jetzt die Biege, bevor ich auch noch Schnaps trinke und zu Gewalt neige, Jordi wird irgendwie nach Hause finden oder halt: schwuppdiwupp.

Vera hängte sich ein, sie sagte „Du bist wirklich mein Liebster" und stöckelte mit ihm aus der Szenerie.

Vor dem Tor bestand sie darauf, dass er sie auf der Stelle küsse, sie war aufgedreht und fröhlich wie das Rheinland an Karneval.

Am Auto angelangt setzte sie sich seitlich auf die Motorhaube, stützte einen Fuß auf dem Reifen ab und kramte in ihrer unergründlichen Handtasche nach dem Zündschlüssel. Zwei Polizisten auf Streife sahen entspannt zu. Sie fand den Schlüssel und ließ ihn kokett in Franks Hand gleiten. Beide bestiegen den blauen Fiat 127 und donnerten unbehelligt zu Tal.